Andrea De Carlo

Margherita und der Mond

ROMAN

Aus dem Italienischen von
Petra Kaiser

Diogenes

Titel der 2018 bei La nave di Teseo editore, Mailand,
erschienenen Originalausgabe: ›Una di luna‹
Das Zitat von Carlos Castaneda auf S. 13 stammt aus:
›Tensegrity, Die magischen Bewegungen der Zauberer‹, aus dem
Amerikanischen von Thomas Lindquist, Frankfurt/M. 2001, S. 25.
Covermotiv: Foto von John Rawlings für Vogue
Copyright © Condé Nast

Der Autor versichert ausdrücklich, dass die Namen der Gestalten dieses Romans NICHT mit denen von realen Personen übereinstimmen, die diese auch nur teilweise inspiriert haben. Da es jedoch möglich – und in einigen Fällen sogar wahrscheinlich – ist, dass es reale Personen mit den gleichen Namen und einigen Eigenschaften der Figuren dieses Romans gibt, versichert der Autor, dass es sich um reinen Zufall handelt: Nicht von ihnen wird hier erzählt.

Langsam wurde ich nervös

Langsam wurde ich nervös, eine geschlagene Viertelstunde stand ich nun schon am Bahnhofsufer direkt neben der Vaporetto-Haltestelle und wartete, dann tauchte endlich das grüne Boot meiner Eltern auf, mit meiner Mutter am Steuer, meinem Vater auf der Mittelbank, und schob sich langsam durch den dichten Verkehr, zwischen Vaporetti, Kuttern und hoch mit Kartons, Bierfässern, Zement- und Abfallsäcken beladenen Lastkähnen hindurch, die sich auf dem jadefarbenen Wasser tummelten.

Fünf oder sechs Meter vom Ufer entfernt drosselte meine Mutter den Motor und steuerte das Boot zielsicher in die Haltebucht zwischen den Holzpfählen, wobei ihr Gesicht wie so oft keinerlei Regung zeigte. Mein Vater sprang sofort auf, stellte sich breitbeinig hin, um das Schwanken auszugleichen, zupfte dann seinen blauen Mantel und den weißen Schal zurecht. Er ist zwar nur eins vierundfünfzig groß, dafür aber unglaublich energiegeladen. Ursprünglich stammt er aus den Abruzzen, aus Pescocostanzo, ist mittlerweile siebenundachtzig und lebt seit sechzig Jahren in Venedig. Er ist schmächtig, hat dichte, glatte weiße Haare, buschige, ebenfalls weiße Augenbrauen und eine Adlernase, von der ich als Kind inständig hoffte, sie nicht zu erben; sein Teint ist ziemlich blass, an den Schläfen beinahe durchsichtig, weil er sich nur ungern im Freien aufhält, und er hat flinke blaue Augen. Sein Name ist Achille, und er ist Faschist. Ich glaube, das hängt damit zusammen, dass sein Vater, als er meine Großmutter traf, noch mit einer anderen Frau verheiratet war und deshalb umgehend das Weite suchte, als er erfuhr, dass er sie geschwängert hatte. So kam es, dass meiner Großmutter später, bevor sie nach Buenos Aires auswanderte, um dort bei einer reichen Familie eine Stelle als Köchin anzutreten, keine andere Wahl blieb, als den kleinen Achille im Alter von fünf nach Ravenna ins Heim zu geben, weil aus ihrem Sohn unbedingt ein richtiger Italiener werden sollte. Folglich erfand sich der kleine Achille, wer wollte es ihm verübeln, fast zwangsläufig eine Vaterfigur à la Benito Mussolini, mit markigem Kinn und wild entschlossener Miene, und klammerte sich an eine Ideologie scheinbar starker, letztlich jedoch gescheiterter, verbitterter Männer. Vermutlich war das auch eine Art Kompensation für seine geringe Größe, seine zierliche Statur, seine extreme Dünnhäutigkeit und erklärt vielleicht auch seine Neigung, erst Kopf und Kragen zu riskieren, sich dann aber als Opfer himmelschreiender Ungerechtigkeit aufzuführen. Solange ich denken kann, war er unberechenbar, schwankte permanent zwischen autoritärem Gehabe und grenzenloser Naivität, Intuition und Verblendung, aggressivem Auftreten und konventioneller Höflichkeit; ein ewiges Auf und Ab von sensationellen Erfolgen, katastrophalen Fehlentscheidungen, überbordender Großzügigkeit, blindem Vertrauen in die falschen Menschen, Paranoia und Größenwahn, Zusammenbrüchen und Depressionen. Seit ich klein war, musste ich diese extremen Gegensätze, dieses

Wechselbad der Gefühle, über mich ergehen lassen; daraus unbeschadet hervorzugehen hat mich große Anstrengung gekostet.

»Wir sind spät dran«, sagte ich, so ruhig ich konnte. Ich fing die Leine, die mir meine Mutter zuwarf, und zog den Bug Richtung Ufer. Wie immer machte sie dabei ein Gesicht, das nicht verriet, ob sie besorgt oder gleichgültig war. Das Boot sah reichlich heruntergekommen aus, die Farbe blätterte ab, der verrostete Motor spuckte, beides brauchte dringend eine Grundüberholung.

»Tausend Dank, Margherita, ich weiß selbst, dass wir spät dran sind!«, sagte mein Vater ungehalten. Denn normalerweise ist er die Pünktlichkeit in Person: Ist man mit ihm verabredet, kommt er unweigerlich zu früh und regt sich dann auf, wenn er warten muss, auch wenn man selbst pünktlich erscheint. Mit einiger Mühe bückte er sich und hob den Koffer hoch. Rollkoffer lehnt er schlichtweg ab, das sei was für Schwächlinge, und dann noch dieser blöde Name, Trolley, wenn er das schon höre, das sei doch gar kein Italienisch. Deshalb benutzt er lieber einen ohne Rollen, auch wenn er sich damit übernimmt.

Meine Mutter machte Anstalten, ihm zu helfen, aber er kam ihr mit einer wütenden Geste zuvor. Sein brauner Lederkoffer ist ein Uraltmodell aus den Sechzigern und sieht mit den dicken Messingschnallen und breiten Riemen aus wie ein aufgezäumtes Muli ohne Kopf und Beine, außerdem ist er tonnenschwer und wiegt selbst leer garantiert mehr als alles, was er für eine zweitägige Reise eingepackt hat.

Noch einmal zog ich an der Leine und stellte den Fuß auf den Bug, um meinem Vater das Aussteigen zu erleichtern.

Auch mich macht Zuspätkommen extrem nervös: eine Angewohnheit von vielen, die ich von ihm geerbt habe. Aber ich verkniff mir jede Bemerkung, denn ein falsches Wort kann bei ihm leicht ungeahnten Schaden anrichten; deshalb behandele ich ihn immer wie ein rohes Ei.

Wie beiläufig ließ meine Mutter den Blick schweifen, erst über den Kanal, dann wieder zurück zu meinem Vater. Sie ist hochgewachsen, elegant, immer leicht abwesend, dreiundzwanzig Jahre jünger als er, Venezianerin wie ich (mehr als ich) und trägt immer noch denselben Bubikopf wie in meiner Kindheit, vielleicht einer der Gründe, warum ich mir die Haare wachsen ließ, sobald ich konnte. Sie wirkt nicht gerade besonders italienisch, mit den langen Gliedmaßen, dem ovalen Gesicht, dem durchscheinenden Teint, den leicht schrägen Augen. »Ich glaube, den Zug habt ihr verpasst«, sagte sie in jenem unbeteiligten Ton, den sie sich als Mittel zum Selbstschutz zugelegt hat und der meinen Vater regelmäßig auf die Palme bringt (und mich auch).

»Wenn wir ihn verpasst haben, dann ist das allein deine Schuld, Teresa!«, sagte er. Unter den wenigen Familienfotos gibt es kein einziges, auf dem sie beide lächeln. Auf einem alten Schnappschuss aus Capri guckt sie nicht einmal in die Kamera, während er sie herausfordernd fixiert, mit kalten Augen unter dichten, damals noch grauen Brauen.

Da die Zeit langsam knapp wurde, sagte ich: »Wenn wir jetzt losgehen, schaffen wir es vielleicht noch, Achille.« Papa habe ich ihn nie genannt, und er legte auch keinen Wert darauf, ebenso wenig wie meine Mutter sich wünschte, dass ich sie Mama nannte. Als ich als Kleinkind irgendwann anfing, sie Achille und Teresa zu nennen, haben sich beide wohlweislich davor gehütet, mich zu korrigieren, es war ihnen nur recht. Freunden und Bekannten gegenüber taten sie zwar so, als sei das eine amüsante Eigenart ihrer kleinen Tochter, fanden es vielleicht sogar irgendwie schick, in Wahrheit aber war es nur ein weiterer Versuch, sich von der Elternrolle zu distanzieren.

»Ich komm ja schon, Margherita!«, sagte mein Vater so aggressiv, wie ich befürchtet hatte. Mit einer abfälligen Geste ließ er meine Mutter stehen und setzte sich leicht schwankend in Bewegung. Eigentlich weiß ich, dass er wesentlich weniger Probleme mit dem Gleichgewicht hat, als es auf den ersten Blick scheinen mag, denn sein Schwerpunkt liegt ziemlich tief, und früher, in längst vergangener Zeit, hat er sogar im Fliegengewicht geboxt, trotzdem fährt mir jedes Mal der Schreck in die Glieder, wenn ich ihn so wanken sehe.

Ich sah auf die Uhr, auf meinen kleinen Rollkoffer, dann wieder zu meinem Vater, der sich unerträglich langsam Richtung Bug bewegte. Um uns herum herrschte ein unglaubliches Getöse, das Klatschen der Wellen, das Röhren und Knattern der Motoren, das Gebrüll der Bootsleute.

Daher musste mein Vater die Stimme erheben, obwohl er das hasst: »Nur damit du es weißt, ich war eine Stunde vor der Zeit fertig, aber deine Mutter musste erst den Bootsschlüssel suchen und ausgerechnet dann auch noch die Katze füttern!«

Meine Mutter schüttelte den Kopf, was eher eine Nicht-Zustimmung als ein Widerspruch war: auch das eine ihrer Überlebensstrategien, auch sie nervtötend, wenngleich ich nur allzu gut wusste, wie schwer es ist, sich gegen einen so überheblichen wie überempfindlichen Diktator wie ihn zu behaupten. Sie deutete auf die Holzpfähle der Haltebucht, den tosenden Verkehr auf dem Kanal und sagte: »Eigentlich darf man hier gar nicht halten, wenn ich nicht bald ablege, brummen sie mir noch ein saftiges Bußgeld auf.«

»Wir gehen ja schon, Teresa!«, sagte ich und gab mir die größte Mühe, nicht ins Boot zu springen, um meinem Vater zu helfen. Nicht nur auf dem Wasser, auch an Land herrschte ein reges Kommen und Gehen, Massen von an- oder abreisenden Touristen bevölkerten den Bahnhofsvorplatz und schoben sich den Ponte degli Scalzi hinauf und hinunter, eine wogende Menge aus Gesichtern und Körpern unterschiedlichster Herkunft, sämtlichen Sprachen der Welt, Koffern, Taschen und Rucksäcken in allen nur erdenklichen Farben und aus jedem erdenklichen Material, alle mit einem Handy in der ausgestreckten Hand, um sich lächelnd vor der Kulisse der Wasserstadt zu fotografieren, über die sie rein gar nichts wussten. Fast mein ganzes Leben habe ich in Venedig verbracht, und ich habe immer weniger Verständnis dafür, wie gedanken-, hemmungs- und rücksichtlos die Besuchermassen alles für sich vereinnahmen. Auf dem Hinweg war mir an einem Baugerüst ein Transparent mit der Aufschrift TOURISTEN = WASSERRATTEN aufgefallen, ich bin also offenbar nicht die Einzige, die sich durch diese tagtägliche Invasion gestört fühlt (auch wenn mir durchaus bewusst ist, dass ich ohne Touristen arbeitslos wäre).

Endlich hatte mein Vater den Bug erklommen und wuchtete mühsam den Koffer in die Höhe.

Wieder riss ich mich zusammen und unterdrückte den

Impuls, ihm beizuspringen: Auf übertriebene Hilfsangebote reagiert er nämlich allergisch, dann ist er plötzlich eingeschnappt, verzieht den Mund und schmollt stumm vor sich hin.

»Falls ihr es noch schafft, gute Reise«, sagte meine Mutter.

»Tausend Dank, Teresa, du kannst einem wirklich Mut machen«, erwiderte mein Vater, ohne sich noch einmal nach ihr umzudrehen. Der schwere Koffer machte ihm zu schaffen, das war nicht zu übersehen, dennoch warf er mir einen strengen Blick zu, um jegliches Hilfsangebot im Keim zu ersticken. Bei seinen wahllosen, mitunter verblüffenden Lektüren war er in einem Buch von Carlos Castaneda auf einen Satz des Lehrmeisters Don Juan gestoßen, in dem er sich voll und ganz wiedererkannte. Als sich der junge Erzähler darüber wundert, dass ein Mann, der sein Großvater sein könnte, jünger wirkt als er selbst, sagt der Schamane: »Mein Verstand kann mir nicht vorschreiben, dass es an der Zeit ist, alt zu werden. Ich halte mich nicht an Verträge, an denen ich nicht mitgewirkt habe.« Und obwohl die Lektüre fast fünfzehn Jahre zurücklag, identifizierte er sich scheinbar noch immer damit. Denn sobald er das Ufer erklommen hatte, warf er mir einen triumphierenden Blick zu, als wollte er sagen: »Da staunst du, was? Das hättest du mir wohl nicht zugetraut.«

Ich winkte meiner Mutter zum Abschied zu, dann machten wir uns im Schneckentempo auf den Weg, ich mit meinem Trolley, der sich mühelos ziehen ließ, mein Vater tief gebeugt von seiner schweren Last, aber wild entschlossen, sich auf keinen Fall helfen zu lassen. Alle paar Meter musste er stehen bleiben, um den Koffer abzusetzen, doch sobald ich mich umdrehte, gab er mir durch wütende Blicke zu verstehen, es ja nicht zu wagen, ihm zu helfen, er komme sehr gut allein zurecht, und wenn ich ihn für altersschwach hielte, dann sei das eine Unverschämtheit. Folglich gab ich mir Mühe, die innere Eile zu unterdrücken, und beschränkte mich darauf, ihn aus den Augenwinkeln zu beobachten. Ganz schön absurd, wenn man als erwachsene Frau immer noch um einen Vater zittert, der einen das ganze Leben lang tyrannisiert hat, und es noch immer nicht schafft, ihn zum Teufel zu jagen oder wenigstens innerlich auf Distanz zu gehen.

Meine Mutter warf uns vom Boot aus einen ratlosen Blick zu, vielleicht war sie aber auch ernsthaft besorgt, wer weiß. Dann legte sie den Rückwärtsgang ein und fädelte sich vorsichtig in den Verkehr auf dem Kanal ein. Ich winkte ihr noch einmal zu, aber vermutlich sah sie mich nicht mehr.

Ich hatte Herzklopfen (vor Aufregung) und sah im Geiste, wie der Zug ohne uns abfuhr, trotzdem passte ich mein Tempo dem meines Vaters an, machte kurze Schritte und blieb stehen, wenn er stehen blieb. Auf der Treppe drängelten wir uns durch den Pulk afrikanischer Migranten, die die Eingänge belagerten; mein Vater bedachte sie mit bösen Blicken und grummelte etwas, das zum Glück unverständlich blieb.

Während wir uns mühsam durch das Gewühl schwerbepackter ausländischer Touristen und etwas weniger bepackter Italiener schoben, dröhnte aus den Lautsprechern eine kreischende Stimme, die einen Zug nach dem anderen ansagte, mit Zugnummer, planmäßiger Abfahrtzeit und Bahnsteig; ich versuchte, möglichst nicht mehr auf die Uhr zu sehen, war aber fast sicher, dass unser Zug schon weg war.

Missbilligend blickte mein Vater auf eine Gruppe von Jugendlichen in zerrissenen Jeans und mit auffälligen Frisuren, die herumalberten und sich gegenseitig schubsten, während sie gleichzeitig pausenlos auf ihre Handys starrten; ich konnte mir lebhaft vorstellen, welche Adjektive ihm dazu durch den Kopf gingen.

Als wir endlich am richtigen Bahnsteig ankamen, stand der Zug zwar wundersamerweise noch da, würde aber jeden Moment abfahren, wie uns der Schaffner von weitem durch hektisches Winken zu verstehen gab. Mit Hängen und Würgen schafften wir es gerade noch einzusteigen; mein Vater ließ sogar zu, dass ich seinen Koffer hochwuchtete, guckte dabei jedoch eher säuerlich als dankbar.

Als wir dann, immer noch schwer atmend, auf unseren Plätzen saßen, kam mir der Gedanke, dass wir jetzt, wo wir es wider Erwarten geschafft hatten, allen Grund hätten, uns zu gratulieren, uns erleichtert zuzuzwinkern und vielleicht sogar gegenseitig auf die Schenkel oder die Schultern zu klopfen. Eigentlich hätten wir doch froh sein können über diese seltene Gelegenheit, gemeinsam zu verreisen, eigentlich hätten wir die Fahrt genießen und uns amüsieren können.

Doch mein Vater kann seine Gefühle nicht zeigen, oder wenn, dann nur auf eine verquere Art, und Körperkontakt ist ihm ohnehin ein Graus. Sobald der Zug abfuhr, sah er auf die Uhr und stellte fest: »Mal wieder mit Verspätung, aber heutzutage ist das ja normal.«

Ich konnte nicht mehr an mich halten und sagte: »Wäre er pünktlich gefahren, hätten wir ihn verpasst.« Übrigens habe ich, um ihn besser zu verstehen, inzwischen ein paar historische Abhandlungen über das faschistische Italien gelesen; dabei musste ich feststellen, dass es in Wahrheit nichts anderes war als ein unsägliches Schmierentheater für gewaltbereite Provinzclowns, von den Schlägertrupps der ersten Jahre über die millionenfache Verkleidung der Italiener als folgsame Schafe, den Krieg an der Seite der deutschen Monster bis in den Untergang. Aber zu Mussolinis Zeiten war mein Vater ja noch ein Kind, woher sollte ein kleiner Junge wissen, wie es damals wirklich war? Nationalstolz, Werte wie Vaterland und Familie, pünktliche Züge, alles Mumpitz (um und einen seiner Begriffe zu benutzen), das hat er sich nachträglich zusammengereimt, aus Abneigung gegen die heutige Zeit und dem Bedürfnis, sich eine wohlgeordnete und (für ihn) beruhigende Welt auszumalen. Gleichzeitig ist er schockiert, wenn er in der Zeitung oder im Fernsehen zufällig auf Berichte über Versammlungen von Neofaschisten stößt, und bezeichnet sie als »Randalierer«, »Analphabeten«, »ungehobeltes Pack« oder Schlimmeres. Daran lässt sich ermessen, wie skurril und widersprüchlich seine Ansichten oft sind.

Jetzt fühlte er sich sichtlich unwohl, zog nicht einmal den Mantel aus, setzte sich nur widerstrebend auf die Vorderkante seines Platzes, wie um das Provisorische der Lage zu betonen, und mäkelte an allem herum. Die Temperatur im Wagen, die zweifelhafte Sauberkeit der Sitze, die verschmierten Fenster, die scheppernden Ansagen aus dem

Lautsprecher: Alles regte ihn auf. Bestimmt dachte er wehmütig daran zurück, wie er früher immer nach Mailand geflogen war oder sich von seinem Chauffeur im Mercedes hatte fahren lassen, damals, als das Geschäft noch brummte und alles danach aussah, als würde es immer so weitergehen. Angewidert fixierte er die anderen Fahrgäste, zumeist übergewichtige, erschöpft wirkende ausländische Touristen, und musterte abschätzig ihre Kleidung, Stimmen, Gesten, Mienen.

»Sitzt du bequem?«, fragte ich ihn, in der sinnlosen Hoffnung, ihn abzulenken.

»Nein, tue ich nicht«, erwiderte er, als wäre ich schuld an allem, was bei der italienischen Eisenbahn nicht funktioniert.

»Die Fahrt dauert ja zum Glück nur zweieinhalb Stunden«, sagte ich, ganz die brave, besorgte und auch ein wenig masochistische Tochter.

Als Antwort reckte er nur das Kinn, rollte die Augen seitwärts in Richtung eines Typen in einer Lederjacke mit massenhaft Reißverschlüssen, der unartikuliert in sein Handy brabbelte, und äffte ihn nach: »Bla, bla, bla!«

Ich glaube, meine Neigung, Konflikten aus dem Weg zu gehen und mir selbst bei einer simplen Meinungsverschiedenheit Sorgen zu machen, hängt mit dem Charakter meines Vaters zusammen. Mit einem aggressiven Vater hat man es sicher nicht leicht, aber einer, der aggressiv und zugleich überempfindlich ist, macht einem das Leben zweifellos noch entschieden schwerer. »Und wenn wir in Mailand sind, wie geht's dann weiter?«, fragte ich.

Er zuckte stumm mit den Schultern, ließ den Blick zu

einer Frau in grünem Kostüm und Stulpenstiefeln wandern, die unaufhörlich Grimassen schnitt, um ein brüllendes Kind zu beruhigen, und murmelte: »Wie affig.«

Die ersten Kontakte mit den Programmmachern waren über mich gelaufen, denn ursprünglich hatte er von der ganzen Sache absolut nichts wissen wollen und mich aufgefordert, sie zum Teufel zu jagen, diese Halunken. Aber als er sich dann allmählich mit der Idee anfreundete, als Ehrengast in ihrer Kochshow aufzutreten, wollte er plötzlich alles allein regeln und servierte mich von einem Moment auf den anderen ab. Allerdings hätte ich nie gedacht, dass er irgendwann tatsächlich zusagen würde, schließlich wusste ich aus Erfahrung, wie er seit Jahren gegen seine Kollegen, die neuen TV-Stars, wetterte. Er bezeichnete sie als Schaumschläger, die nichts auf der Pfanne haben, sich aber als begnadete Kochkünstler aufspielen. Was ihn letztlich, jenseits aller Komplimente und Schmeicheleien (für die er trotz allem äußerst empfänglich war), überzeugte, war die Vorstellung, ein Auftritt im Fernsehen käme einer Art Rehabilitierung gleich, endlich würden seine Verdienste um die italienische Küche vor Millionen von Zuschauern gebührend gewürdigt. Zudem könnte er ein für alle Mal klarstellen, wie übel man ihm mitgespielt hatte. Meinem Eindruck nach waren die Fernsehleute ignorant, oberflächlich und schlecht informiert, aber meinem Vater fehlte seit jeher die Gabe, Heuchler zu erkennen, bevor sie ihm Schaden zufügten. Im Verlauf weniger Telefongespräche verflüchtigten sich seine anfängliche Ablehnung und Skepsis und machten einer freudigen Erregung Platz, die ihn dazu brachte, sämtliche Vorbehalte fallenzulassen (und meinen Rat, es sich noch einmal gut zu überlegen, wütend vom Tisch zu wischen). Da hatte er nun Gott weiß wie oft behauptet, im Fernsehen zeige sich die schlimmste Seite unseres Landes, doch dann konnte er es plötzlich kaum noch erwarten und redete seit drei Wochen von nichts anderem mehr.

»Haben sie denn nichts dazu gesagt?«, fragte ich.

»Doch, natürlich«, sagte er, ging aber nicht weiter darauf ein und beobachtete weiterhin zwei fette Amerikaner, die seit gut einer Viertelstunde verzweifelt versuchten, ihre riesigen Koffer irgendwo unterzubringen, und dabei den Gang blockierten. »Unerhört, wie die sich aufführen«, murmelte er, »was zum Teufel wollen die eigentlich hier, die verstehen doch ohnehin nichts? Wieso fahren die nicht lieber gleich nach Disneyland?«

Wie verzaubert glaubte ich plötzlich, mit seinen Ohren das Keuchen der beiden Amerikaner zu hören und all die anderen irritierenden Geräusche im Waggon: die verschiedenen Klingeltöne der pausenlos lärmenden Handys, die Hustenanfälle, das Gelächter, das penetrante Rauschen, das gurgelnde Schlucken beim Trinken aus Flaschen und Dosen, das Krachen von Chips, die in ganz Italien von Lastwagen mit dem lachenden Gesicht eines seiner bekannten TV-Kollegen ausgeliefert wurden, das Schmatzen von Kaugummi, das Wummern von Musik aus Kopfhörern. Plötzlich sah ich alles mit seinen genervten Augen, jede Verhaltensweise, jede Pose, jeden Blickwechsel, jedes Glattstreichen der Haare, jeden Blick aufs Handy, jeden Daumen, der über das Display wischte.

»Die Verblödung hat auf ganzer Linie gesiegt«, sagte mein Vater mit gepresster Stimme. »Keine Spur mehr von

Höflichkeit und Anstand, ganz zu schweigen von Würde und Pflichtgefühl. Überall herrschen geistige Umnachtung, kindisches Anspruchsdenken, grobe Ignoranz, bedingungslose Unterwerfung unter das Konsumdiktat der großen Konzerne. Sieh dir nur mal an, wie sklavisch sie sich an ihre Handys klammern, ganz egal, was sie sonst gerade tun, sogar wenn sie eigentlich mitten im Gespräch sind. Und dann noch die Politiker, die sie wahrlich würdig vertreten, genauso dumm, feige, grob und unzivilisiert wie sie – oder noch schlimmer.«

»Schon gut, Achille«, sagte ich. Im Grunde, das wurde mir in diesem Augenblick klar, hätte ich viel lieber über etwas ganz anderes geredet.

»Nein, Margherita, das ist überhaupt nicht gut«, sagte er. »Wir sind auf die schiefe Bahn geraten und rutschen unaufhaltsam ab, geradewegs zurück ins finstere Mittelalter.«

»Hoffentlich nicht«, sagte ich in dem verzweifelten Wunsch, er möge doch bitte, bitte über etwas anderes reden, über mich, über uns, übers Kochen, über irgendetwas, das ihn nicht verbitterte.

»Solides Fachwissen zählt überhaupt nicht mehr, genauso wenig wie Ehre, Zuverlässigkeit, Präzision, Sauberkeit.«

Mir fiel wieder ein, wie gebannt ich ihm als Kind zugesehen hatte, wenn er, was selten vorkam, an seinem Ruhetag mal zu Hause kochte: Sein Arbeitsplatz war immer vollkommen makellos. Kaum war die Petersilie gehackt, säuberte er umgehend Brett und Wiegemesser, kaum war eine Sauce angerührt, spülte er den Holzlöffel unter fließendem Wasser und entfernte mit einem feuchten Lappen sorgfältig jedes Tröpfchen Öl oder Tomatensaft. »Sauberkeit ist das A und O, beim Kochen muss alles peinlich sauber sein, bloß nichts vermischen, immer auf Reinheit achten, auf reinen Geschmack und reine Farbe«, lautete sein Mantra, das er seiner Kochbrigade wieder und wieder einschärfte. Und wer eins seiner Gerichte probierte, schmeckte diese Reinheit, diese Präzision und Sorgfalt in der Zubereitung, ohne auch nur das Geringste von dem Chaos zu ahnen, das sich hinter dieser Ordnung verbarg.

Mein Vater sah auf die Uhr und seufzte, dann betrachtete er einen jungen Mann, der sich das Handy vors Gesicht hielt und mit seinem Gesprächspartner herumalberte. »Generationen von selbstgerechten Faulpelzen«, sagte mein Vater. »Verhätschelt, verzogen und auf Schritt und Tritt in Schutz genommen von unfähigen Eltern, die sich nicht entblöden, ihre schlimmsten Macken an sie weiterzugeben. Die schrecken vor nichts zurück, eine schlechte Note, und schon verprügeln sie ihre Lehrer, und Mama und Papa stehen ihnen dann auch noch schamlos bei.«

Eigentlich hätte ich wirklich viel lieber über etwas ganz anderes gesprochen als über den kulturellen Niedergang unserer Zeit. Dabei ist es nicht so, als hätte ich Gott weiß was für Erinnerungen an erbauliche Reisen voll trauter Vater-Tochter-Gespräche. Als ich klein war, fuhr er zwar mit uns in den Urlaub, in die Berge oder auf irgendeine Insel im Süden, sprach unterwegs aber kaum ein Wort und reiste nach ein paar Tagen unweigerlich wieder ab, um in sein Restaurant zurückzukehren. So war es auch, als er an meinem elften Geburtstag mit uns nach Paris fuhr. In den drei Tagen voller Museumsbesuche und Mittag- und Abendessen in den berühmtesten Restaurants war er alles andere als gesprächig, ja derart zugeknöpft, dass meine Mutter und ich uns fragten, warum er uns überhaupt mitgenommen hatte. Womöglich fühlte er sich wegen seines beruflichen Erfolges dazu verpflichtet, oder er hatte einfach keine Lust, allein nach Paris zu fahren. Was auch immer er damit bezweckte, blieb uns ein Rätsel, weshalb wir die ganze Aktion schließlich als eine jener Schnapsideen abhakten, die man ohnehin nicht verstand, typisch Achille eben. Doch von unserer Reise nach Mailand hatte ich mir, wenn ich ehrlich war, schon ein bisschen mehr versprochen: wenigstens ein Minimum an Kommunikation und Austausch. Eigentlich, wenn ich ganz ehrlich war, sogar weit mehr, all das nämlich, was er mir immer vorenthalten hatte: echtes Interesse, Aufrichtigkeit, den ernsthaften Wunsch, mich zu verstehen und von mir verstanden zu werden. Dennoch war ich zunächst unschlüssig gewesen, hatte eine ganze Woche gezögert, bis ich mich endlich (zur großen Erleichterung meiner Mutter) zu einer Zusage durchringen konnte. Der Entschluss, mein Lokal zu schließen, zwei Tage wegen der Reise und dann noch einen weiteren Tag, um gemeinsam die Sendung anzusehen, war mir alles andere als leichtgefallen. Tatsache war aber auch, dass ich eine Unmenge unrealistischer Erwartungen hegte. In der Nacht vor der Abreise konnte ich deshalb kaum schlafen: Mit offenen Augen träumte ich von spontaner Offenheit, selbstkritischen Äußerungen, Schuldeingeständnissen, Gefühlsausbrüchen, Umarmungen, ja sogar von befreienden Tränen. Rational lässt sich so etwas natürlich nicht erklären: Auch wenn die Lebenserfahrung lehrt, dass es dazu vermutlich nicht kommen wird, hofft ein kleiner Teil von dir doch inständig, dass ein Wunder geschieht und dein blöder Vater plötzlich alles, was geschehen (oder eben gerade nicht geschehen) ist, wiedergutmachen will. Dass er plötzlich Interesse zeigt und dir aufmerksam zuhört, dass er wissen will, wie es dir geht, ob du mit deinem Leben zufrieden bist und wie es um dein Liebesleben steht; dass er bereit ist, deine Zweifel und Gedanken mit dir zu teilen und die Glasglocke seines Egos zu verlassen, um bei dir zu sein, für dich da zu sein. Oder wenigstens ein bisschen zu plaudern, sich zu erkundigen, was du so treibst und wie es so läuft. Ein Minimum an Interesse, wirklich nur ein Minimum.

Aber weit gefehlt! Stattdessen war er total genervt und rutschte unruhig auf der Kante seines Sitzes hin und her, als säße er auf glühenden Kohlen, in Schal und Mantel, trotz der Hitze bis oben hin zugeknöpft. Mit verschränkten Armen und verkniffenem Gesicht, die dünnen Lippen so fest zusammengepresst, dass sie fast vollständig verschwanden. Wie abgekapselt, völlig in sich und seine Manien versunken, würdigte er mich keines Blickes.

Und doch existiert da etwas, das uns verbindet, eine Form der Verständigung, die auf gemeinsamen Eigenschaften beruht, auf unausgesprochenen, intuitiven Empfindungen, Gefühlen, die derart flüchtig sind, dass man an ihrer Existenz zweifeln könnte. Es ist eine ermüdende, frustrierende Verständigung, die einem kaum Zeit lässt, in Illusionen zu schwelgen, schon überkommt einen die Enttäuschung wie eine kalte Dusche. Vielleicht hängt es auch damit zusammen, dass ich als Kind vom Fenster meines Zimmers aus stundenlang den Mond anstarrte in dem Glauben, mehr ihm anzugehören als der Erde. Das mache ich heute noch:

Ich betrachte den Mond mit derselben Eindringlichkeit wie damals, manchmal bis mir die Tränen kommen. Damals glaubte ich, wenn ich nur intensiv genug hinsähe, würde ich irgendwann magisch von ihm angezogen und endlich heimkehren. Ich war ein seltsames Mädchen, ich kam mir immer vor, als hätte ich schon tausend Leben gelebt, und konnte deshalb die dauernden Stimmungsschwankungen meiner Eltern, die Gründe für ihre stummen Konflikte, nicht verstehen. Wenn Vollmond war, spielte ich, wer zuerst wegsah, und immer gewann er, er mit seinem verschmierten Lidschatten, der nie ordentlich aussieht. Eines Abends, als mein Vater nach der Arbeit noch einmal in mein Zimmer kam, vielleicht um nachzusehen, ob ich auch brav schlief, sprang ich im Bett auf und sagte zu ihm: »Die Sonne ist laut, aber der Mond ist leise.« Keine Ahnung, ob er sich daran erinnert; aber ich weiß noch genau, wie er, statt zu sagen, das sei doch dummes Zeug, nur nickte und mich mit einem eigenartig zufriedenen Blick ansah. Und im Schein der Nachttischlampe wirkte es, als wäre er stolz auf mich – ungelogen. Denn in den seltenen Momenten, in denen er nicht von seinen Dämonen heimgesucht wird, kann er ausgesprochen einfühlsam sein; deshalb wünsche ich mir immer dann, wenn die Phantasie mit mir durchgeht, nichts sehnlicher, als dass er wieder er selbst wäre, ohne er selbst zu sein.

Jetzt, wo er kaum noch Luft bekam, lockerte er endlich den Schal und knöpfte den Mantel auf. Dann sagte er: »So zu reisen ist die Hölle.«

»Wer holt uns in Mailand eigentlich ab?«, fragte ich, um ihn von seinem Gejammer abzulenken.

»Denkst du, das habe ich mir gemerkt?«, antwortete er

ungehalten, wie immer, wenn man ihn mit allzu direkten Fragen behelligt. Dabei funktioniert sein Gedächtnis ausgezeichnet, sein mentales Archiv aus Namen, Orten, Daten, Buchtiteln, historischen Ereignissen ist immer auf dem neuesten Stand. Und er weiß genau, dass ich das weiß, aber es ist ihm egal.

»Einen Namen wird man dir ja wohl genannt haben, oder etwa nicht?«, sagte ich so geduldig wie möglich, denn eigentlich hätte ich große Lust gehabt, schon in Padua wieder auszusteigen, den erstbesten Zug zurück nach Venedig zu nehmen und ihn allein nach Mailand fahren zu lassen.

»Irgend so eine Pfeife von der Produktion holt uns ab«, sagte mein Vater. »Ein gewisser Varisco. Er hat gestern angerufen und alles mindestens zweimal wiederholt. Milano Centrale, Gate A, Milano Centrale, Gate A. Ich hab's kapiert, habe ich gesagt, hören Sie, ich bin zwar siebenundachtzig, aber ich habe die Welt bereist, und mein Gehör funktioniert immer noch bestens. Und mein Gehirn auch.«

Ich nickte zustimmend, ohne weiter nachzufragen. Womöglich behandele ich ihn oft viel zu nachsichtig, auch wenn es gar nicht angebracht ist, weil ich immer schon Angst um ihn hatte und mich nie vollkommen sicher fühlte. Schon als Kind erlebte ich ihn immer so angespannt, so unter Druck, so besessen von seiner Arbeit und seinen absurden politischen Überzeugungen, dass ich dauernd in der Furcht lebte, er könne jeden Moment ausrasten oder plötzlich tot umfallen oder auch einfach mit einer anderen abhauen, mich und meine Mutter im Stich lassen, wie damals sein Vater ihn und seine Mutter.

Er zog den Mantel aus, faltete ihn ordentlich zusammen und stellte sich auf die Zehenspitzen, um ihn auf die Hutablage zu legen. Dann nahm er den Schal ab, legte ihn obendrauf und drückte gut fest. Dann setzte er sich wieder, zupfte das Sakko zurecht und musterte erneut misstrauisch die anderen Fahrgäste, als wäre er unter Barbaren geraten.

Er verunsichert mich permanent, lässt mich an meinem Aussehen, meinem Verhalten, dem Klang meiner Stimme zweifeln und gibt mir dauernd das Gefühl, nicht gut genug zu sein. Bei der Arbeit bin ich inzwischen selbstsicher und weiß (endlich) genau, was ich tue, doch abseits davon, jenseits meines bekannten Umfelds, meines kleinen vertrauten Kreises, kann es leicht passieren, dass ich mich deplatziert fühle und nicht weiß, wie ich mich verhalten soll. Häufig bin ich dann ungehalten, sage aber, es sei nicht so wichtig, auch wenn es verdammt wichtig ist. Vielleicht unterscheide ich mich da gar nicht so sehr von meinem Vater, der seine Wutanfälle fast immer hinter einer perfekten Fassade formaler Höflichkeit versteckt. Ohnehin glaube ich, dass sich menschliche Schuld zu einer langen Kette zusammenfügt und dass der Charakter eines jeden so ist wie seine Gesichtszüge, unabänderlich. Im Übrigen war mein Vater zwar zweifellos der erste egozentrische, seine Macht missbrauchende Mann in meinem Leben, aber ganz sicher nicht der einzige.

Jetzt nahm er eine Bahnzeitschrift von dem Tischchen und blätterte darin, sein Ärger stand ihm ins Gesicht geschrieben. Er drehte die Zeitschrift, um mir das Foto eines jungen Schauspielers mit Spitzbart und glänzenden Augen zu zeigen, und sagte: »Wie der schon aussieht, glaubst du, dass man mit so einem überhaupt ein ernsthaftes Interview führen kann?«

»Kommt drauf an, wonach man fragt«, sagte ich, aber er hatte schon weitergeblättert und hörte mir gar nicht mehr zu.

Wenn er will, ist er, dieser launische Mann, der mal einfühlsam, taktvoll und verbindlich, dann wieder verbohrt, grob und eiskalt sein kann, ein guter Erzähler, mal übertrieben konkret, dann wieder übertrieben versponnen. Zwar hat er im Laufe der Jahre manches aus seinem Leben wiederholt haarklein geschildert, aber immer nur in Bruchstücken, die nie ein vollständiges Bild ergaben und stets Lücken ließen, die selbst meine Mutter nicht aufzufüllen vermochte. Vielleicht hat sie es, um mit so einem Mann nicht verrückt zu werden, aber auch gar nicht ernsthaft versucht und sich stattdessen lieber gleich auf die Rolle der zerstreuten Zuhörerin verlegt. Oft ist sie mit ihren Gedanken ganz woanders, verbringt Stunden mit der Katze oder widmet sich eingehend der Pflege ihrer Topfpflanzen. In den Augen meines Vaters ist sie in erster Linie eine verlässliche Hilfe, die sich um den Haushalt kümmert und ihn in allen praktischen Dingen unterstützt, aber keine echte Gesprächspartnerin. Dazu braucht er mehr Anregung und ein lebhaft interessiertes, reaktionsfreudiges Publikum, am besten irgendwelche Gäste, aber zur Not gibt er sich auch mit mir zufrieden, wenn ich hin und wieder zum Mittagessen vorbeikomme. Dann blüht er richtig auf, verwendet zur Rekonstruktion von Episoden und Situationen ein breitgefächertes, sorgsam gewähltes Vokabular, benutzt genüsslich klangvolle, teilweise vergessene Verben und Adjektive. Dadurch gelingt es ihm, höchst anschauliche Bilder zu zeichnen, von dem armen Kind, das sich im Krieg ohne Vater und Mutter durchschlagen musste, von dem unternehmungslustigen jungen Mann, der noch nicht genau wusste, was er einmal werden wollte. Immer wenn ich diese Schilderungen höre, versuche ich, die einzelnen Etappen seines Werdegangs und seine Beweggründe nachzuvollziehen, versuche, dem, was ich schon weiß, Details hinzuzufügen, aber irgendetwas bleibt stets offen. Und die Vorstellung, er könne plötzlich von der Politik anfangen, lässt mich vor Nachfragen zurückschrecken. Auf jeden Fall erzählt er immer nur von sich, von seinem Leben, seinen Freunden, seiner Kochkunst und seinen Lehrjahren als Koch. Ein wiederkehrendes Thema ist dabei seine Zeit in Lausanne, wo eine reiche, gebildete ältere Frau sein Talent entdeckte, ihn unter ihre Fittiche nahm und an die besten Häuser der Stadt vermittelte. Diese Geschichte hat er schon oft erzählt, jedes Mal unter Hinzufügung weiterer interessanter Einzelheiten, doch sobald man nach Erklärungen zu unklaren Punkten fragt (zum Beispiel, wie er überhaupt nach Lausanne gekommen war, wie die glanzvolle Dame denn hieß und ob er mit ihr eine Liebesbeziehung hatte), wiegelt er ab, wechselt das Thema und lässt die Schattenzonen weiter im Dunkeln.

»Hast du Durst?«, fragte ich ihn. »Oder Hunger?«

Mein Vater schüttelte den Kopf, ohne von der Zeitschrift aufzusehen, die ihn abstieß. Einmal, als ich noch klein war, verfolgte er mich mit seiner Leica durch die ganze Wohnung, ließ anschließend großformatige Abzüge meiner Porträtaufnahmen machen und hängte sie an den Wänden auf. Doch schon am nächsten Tag war er wieder so unnahbar wie ein Fremder, der eine vollkommen unverständliche Sprache spricht. Echte Fragen hat er mir nie gestellt, auch nicht zu der Zeit, als ich sie dringend gebraucht hätte, nie hat er meine Entscheidungen kommentiert, nie meine Begabungen und Fähigkeiten gewürdigt, obwohl er um sie wusste. Selbst als ich mich dazu entschloss, seinen Beruf zu ergreifen, schien er nicht besonders erfreut und zeigte auch später wenig Interesse, als ich viel herumexperimentierte, um meinen persönlichen Stil zu entwickeln, und schließlich ein eigenes Restaurant eröffnete. Nur Bekannten oder gar Fremden stimmte er zu, wenn sie sich anerkennend über mich äußerten, lobte mich dann aber derart über den grünen Klee, dass ich am liebsten vor Scham im Boden versunken wäre. Er weiß ganz genau, wie ich bin, und zugleich weiß er überhaupt nichts über mich. Mitunter ist er auf seine indirekte Art geradezu rührend, legt mir, wenn ich zum Essen komme, kleine, sorgfältig eingepackte Geschenke auf meinen Platz. Ich glaube, im Grunde hat er mich wirklich gern, kann aber seine Gefühle nicht zeigen, jedenfalls wird alles, was er für andere, mich eingeschlossen, empfindet, von dem gefräßigen Ego einer Halbwaise auf der unermüdlichen Suche nach Anerkennung verschlungen.

Als ich bei ihm im Restaurant anfing, stellte er gleich zu Beginn klar, dass er mir keine Privilegien einräumen werde, was mir nur recht war. Da ich wusste, dass ich noch viel zu lernen hatte, akzeptierte ich klaglos die Rolle des Lehrmädchens, übernahm in dieser Hölle, wo es wie auf dem Kasernenhof zuging, bereitwillig die niedrigsten Hilfsarbeiten, schälte monatelang Kartoffeln, putzte Gemüse und wusch Salat. Doch als ich dann irgendwann ziemlich gut wurde, verweigerte er mir trotzdem jegliche Anerkennung und würdigte meine ersten kreativen Versuche nicht im Geringsten. Dass ich gute Arbeit leistete, wusste er genau, denn oft genug teilte er mich für schwierige Gerichte ein, darüber hinaus aber: kein aufmunterndes Wort, kein einziges Kompliment. Ich meinerseits fand nie die Kraft, die längst fällige Beförderung zu verlangen, aus Unsicherheit und Verlegenheit, aber auch weil ich wusste, dass er ohnehin nicht auf Leute hört, die es gut mit ihm meinen. Jedenfalls hörte er weder auf mich noch auf meine Mutter, als wir verzweifelt versuchten, ihn davon abzubringen, mit dem Restaurant von Dorsoduro nach San Marco umzuziehen, weil er der festen Überzeugung war, dadurch einen wahnsinnigen Qualitätssprung zu machen. Damals behandelte er uns wie zwei arme verängstigte Frauen, die keinen Mumm haben, keinen Mut zum Risiko, das ein richtiger Mann nun einmal eingehen muss, wenn er von der Welt respektiert und anerkannt werden will. Andererseits war er ja bis dahin, allen Unkenrufen zum Trotz, stets erfolgreich gewesen, hatte als Zugezogener ein Restaurant eröffnet, wo es schon jede Menge Restaurants gab, dazu noch mit gehobener Küche, wo man auch mit eher anspruchslosen Gerichten bestens zurechtkam, zu moderaten Preisen, wo sonst fast alles überteuert war. Stolz hatte er dem Lokal seinen Namen gegeben, und in wenigen Jahren wurde das *Malventi* zum bevorzugten Treffpunkt all jener, die gutes Essen zu schätzen wissen. Bald floss das Geld in Strömen, weit üppiger sogar, als es sich der arme Junge selbst in seinen kühnsten Träumen je vorgestellt hatte. Plötzlich verfügte mein Vater über beträchtliche Mittel, kaufte die große (und dunkle) Wohnung am Campo Pisani, ein Motorboot von Riva, verteilte überall großzügig Geschenke und ließ mich wie ein reiches Mädchen aufwachsen. Wahrscheinlich glaubte er damals, über magische Kräfte zu verfügen, und als er Jahre später erfuhr, dass das gar nicht stimmte, muss das ein furchtbarer Schock für ihn gewesen sein.

Hinter Verona kramte er umständlich ein Buch über Napoleons Russlandfeldzug aus dem Koffer, vielleicht schon das dritte, das er zu diesem Thema las, vermutlich weil er darin gewisse Parallelen zu seinem eigenen Debakel entdeckte. Immerhin hatte auch er bei null angefangen und sämtliche Rivalen übertrumpft, dann aber, aus dem unstillbaren Bedürfnis heraus, alles Versäumte doppelt und dreifach nachzuholen, jedes Maß verloren und sich dadurch selbst in den Ruin getrieben. Im Grunde musste man schon froh sein, dass ihm die Verbannung ins Exil erspart geblieben war und er wenigstens die Wohnung und seine Rente behalten konnte. Doch nach wie vor lebe ich mit der permanenten Angst, dass ihm eine neue Verrücktheit in den Sinn kommen könnte. Meine Mutter ist ebenso besorgt, auch wenn sie kaum darüber spricht. Beim letzten Mal (seit er das Restaurant verloren hat, passiert es einmal im Jahr) hatte er Flugblätter mit Anschuldigungen und Schmähungen gegen seine früheren Teilhaber drucken lassen und sie eigenhändig in die Briefkästen von halb Venedig gesteckt. Damals hatte meine Mutter die Sache lange für sich behalten, und als sie endlich damit herausrückte, fragte sie mich nur neugierig (oder auch zutiefst erschrocken), ob man nun damit rechnen müsse, dass seine ehemaligen Geschäftspartner womöglich ein paar Albaner anheuerten, um ihn kaltzumachen, und vielleicht auch mich, wo sie schon einmal dabei waren.

Ich stand auf und sagte: »Soll ich dir etwas aus dem Speisewagen mitbringen?«

Mein Vater sah mich mit zusammengekniffenen Lidern skeptisch an, als würde er meine wahren Absichten abwägen; dann sagte er: »Nein, danke, ich bezweifle, dass sie dort irgendetwas Genießbares haben.« Er klappte sein Buch auf und verzog sich in seine Ecke, um deutlich zu machen, dass er keine Lust hatte, sich zu unterhalten.

Ich ging durch den Zug bis zum Speisewagen, um einen Espresso zu trinken und Luca anzurufen. Meinen Freund, Partner, Lebensgefährten: Ich mochte keinen dieser Begriffe, keiner beschrieb hinreichend exakt unsere Beziehung. Ja, wir lebten zusammen, mittlerweile sogar seit etlichen Jahren, aber dieses Zusammenleben beschränkte sich darauf, dass wir jeden Abend routinemäßig in dieselbe Wohnung zurückkehrten (zu unterschiedlichen Zeiten, ich seiner Meinung nach immer zu spät), allerdings ohne rechte Begeisterung, ohne Überraschung, ohne Freude. Seine Nummer war nicht besetzt, aber er nahm nicht ab, sicher war er mit einem Klienten beschäftigt, mit seinem Vater oder seinem Bruder oder einem Kollegen aus der Anwaltskanzlei. Immer wenn er nicht da war, stellte ich verblüfft fest, dass ich ihn gar nicht vermisste: weder seine körperliche Präsenz noch seine Stimme. Ich versuchte, den Gedanken zu verdrängen und so zu tun, als bedeute das nichts. Aber der Gedanke war da.

Ich kaufte eine Flasche Wasser und machte mich sofort

auf den Rückweg, denn ich wollte meinen Vater nicht zu lange allein lassen. Sicher, jetzt, wo er alt ist und das Restaurant nicht mehr hat, mache ich mir noch größere Sorgen um ihn, aber besorgt war ich auch schon, als er noch der sechzigjährige energische, erfolggekrönte Chefkoch war und ich ein unerfahrenes junges Mädchen, das so gut wie nichts von der Welt wusste.

Am Gate A des Mailänder Hauptbahnhofs wartete ein großer, schlaksiger Typ

Am Gate A des Mailänder Hauptbahnhofs stand ein großer, schlaksiger Typ in dunkelblauem Parka mit einem Blatt Papier, auf dem, feinsäuberlich gedruckt, die Logos von *Fomo Productions* und *Chef Test* prangten; darunter stand, flüchtig mit Filzstift hingekritzelt: *Chef Malventi*. Im kalten Licht der Bahnhofshalle, das durch die schmutzigen Oberlichter der genieteten Eisenkonstruktion fiel, musterte er unsicher das dichte Gedränge der Reisenden, die dem Ausgang zustrebten oder gerade einsteigen wollten. Im Sog der davoneilenden Menschen war mein Vater schon fast an ihm vorbei, da zupfte ich ihn am Ärmel.

Unwirsch drehte er sich um, als hätte ich ihn regelrecht attackiert, und pflaumte mich an: »Was ist denn?«

Ich deutete auf den Typen und gab mir Mühe, keine Schuldgefühle zu entwickeln.

»Chef Malventi?«, fragte der Typ. Stoppelbart, Brille, traurige Augen, die uns zerstreut ansahen.

»Anwesend«, sagte mein Vater irritiert wegen der Anrede, vor allem aber, weil der Typ in seinem Aufzug den Inbegriff all dessen verkörperte, was mein Vater gemeinhin als »verschludert« bezeichnet. Obendrein war er auch noch fast eins neunzig groß. Damit hatte er von vornherein schlechte Karten, denn Männern über eins fünfundsiebzig konnte mein Vater, vermutlich weil er selbst so klein war, grundsätzlich nichts abgewinnen. Die einzige Ausnahme bildeten die herkulesartig gebauten Oberfaschisten, die ihn überragt, eingeschüchtert und ausgebeutet hatten, solange sie konnten, dann aber allesamt gestorben oder sang- und klanglos verschwunden waren, soweit ich das seinen nebulösen, lückenhaften Erzählungen entnehmen konnte.

»Giulio Varisco, angenehm.« Der große, dünne Typ steckte das Papier in die Tasche und schüttelte meinem Vater und mir ziemlich kraftlos die Hand (»wabbelig wie ein Tintenfisch«, in den Worten meines Vaters).

»Fahren Sie uns ins Studio, Varisco?«, fragte mein Vater. Seit jeher sprach er die Leute mit ihrem Familiennamen an, eine alte Gewohnheit, die er im Internat angenommen und nie wieder abgelegt hatte. Es klingt immer ein bisschen komisch, so als würde er mit einem Untergebenen reden.

»Ja«, sagte Varisco.

»Sehr schön, dann wollen wir mal«, sagte mein Vater so aufgeräumt wie lange nicht mehr. Offenbar war sein alter Elan, der nach dem Verlust des Restaurants einer lähmenden, manchmal allerdings auch durch heftige Wutanfälle unterbrochenen Apathie gewichen war, immer noch da und konnte jederzeit reaktiviert werden. Für einen Moment sah ich ihn wieder vor mir, wie er mit charismatischer Autorität seine Küchenbrigade befehligte, zielsicher, energisch, kompetent. Offensichtlich beflügelte ihn die Aussicht, öffentlich geehrt zu werden und nach fünf Jahren Finsternis jetzt endlich seine Wahrheit ans Licht bringen zu können, weit mehr, als ich erwartet hätte.

»Hier entlang«, sagte Varisco, ohne den geringsten Versuch, ihm den Koffer abzunehmen.

»Wären Sie vielleicht so nett, den Koffer zu tragen?«, sagte ich aus rein prinzipiellen Gründen, auch wenn ich genau wusste, wie das enden würde.

Tatsächlich sah mich mein Vater mit empörter Miene an und sagte: »Was soll denn das, Margherita? Den Koffer trage ich natürlich selbst, überhaupt kein Problem.«

Varisco, der ohnehin nicht die geringste Lust zu verspüren schien, für andere den Gepäckträger zu spielen, zuckte nur die Achseln. Wir folgten ihm zu den Rollbändern, die von hinterhältigen Planern so angelegt waren, dass man nicht, was man eigentlich wollte, sofort auf die Straße hinausgelangte. Allein hätte es mir nicht viel ausgemacht, aber so fand ich es absolut skandalös, einen alten Mann zu nötigen, sich dazwischen mehrmals für längere Strecken mit seinem schweren Koffer abzuschleppen. Zumal mein Vater nun im Beisein eines, wenn auch zerstreuten, Fremden alles daransetzte, sich seine Anstrengung nicht anmerken zu lassen: Auf dem gesamten Weg blieb er nur zweimal stehen unter dem Vorwand, auf die Uhr zu sehen.

Varisco hatte direkt vor dem Bahnhof geparkt, mitten im absoluten Halteverbot, und stürzte nun zum Wagen, um nachzusehen, ob man ihm einen Strafzettel verpasst hatte, was zum Glück nicht der Fall war. Als aus seinem Handy hektische Musik ertönte, sagte er: »Ja, ja, ich hab ihn, wir sind gleich da.«

Das Auto war ein ziemlich heruntergekommener, hinten und an der Seite reichlich verbeulter grauer Fiat Punto, der mit einer dicken Staubschicht bedeckt war, als käme er direkt aus einem Kriegsgebiet. Mein Vater blieb stehen und starrte das Auto fassungslos an; dass man ihn mit einer solchen Schrottkiste abholte, war in seinen Augen mit Sicherheit alles andere als ein Zeichen von Respekt. Spontan setzte er eine Miene auf, die auf Fremde stets den Eindruck macht, als ließe ihn alles kalt, in Wirklichkeit aber nur die hochkochende Empörung überspielt.

Wir verstauten das Gepäck im Kofferraum, mein Vater nahm auf dem Beifahrersitz Platz, ich hinten, und Varisco setzte sich ans Steuer. Es roch muffig, und die Fenster waren so verdreckt, dass ich draußen überhaupt nichts erkennen konnte. Ich sagte zu Varisco: »Sie fahren uns doch sicher erst ins Hotel, nicht wahr? Dann können wir das Gepäck ausladen, und mein Vater kann sich noch schnell frischmachen.«

»Dafür ist keine Zeit, wir müssen sofort nach Corbagno, ins Studio, die warten schon auf uns«, sagte Varisco mit seinem leicht kehligen lombardischen Akzent. »Wir sind sowieso schon spät dran.«

»Ist das Studio denn nicht hier in Mailand?«, fragte mein Vater, der sich offenbar nicht genau erkundigt hatte.

»Nein, in Corbagno«, sagte Varisco, während er so leichtsinnig fuhr, dass das Auto nur um Haaresbreite weiteren Blessuren entging.

»Ich für meinen Teil komme sehr gut zurecht, ohne mich frischzumachen«, sagte mein Vater, ohne auch nur einen Gedanken daran zu verschwenden, dass er mir damit in den Rücken fiel.

»Ist es denn weit bis zum Studio?«, fragte ich. Im Grunde hätte ich selbst gern einen Augenblick Zeit gehabt, um mich umzuziehen, vielleicht den Pullover oder die Hose zu wechseln. Aber natürlich, das war mir sonnenklar, interessierte sich mein Vater nicht die Bohne dafür, was ich wollte, schon gar nicht in einer Situation, wo sich alles nur um ihn drehte.

»Etwa eine halbe Stunde«, sagte Varisco, »hängt vom Verkehr ab.«

Da holte ich meinen Kompass, den ich immer bei mir habe, aus der Tasche, um nachzusehen, in welche Richtung wir fuhren. Ja, ich weiß, inzwischen hat selbst das billigste Handy, auch meins, einen virtuellen Kompass, aber ich brauche nun mal einen richtigen, den man in der Hand halten kann, während man die oszillierende Nadel beobachtet. Immer wenn ich irgendwo bin, wo ich mich nicht auskenne, muss ich mich erst einmal orientieren: feststellen, wo Norden und Süden, Osten und Westen sind. Dieses Bedürfnis stammt aus meiner Kindheit, aus der Wohnung am Campo Pisani, die mein Vater samt Mobiliar von einer betagten Amerikanerin, Witwe eines venezianischen Grafen, gekauft hatte; weil die Wohnung nach Nordosten ausgerichtet ist, verirrt sich nie ein Sonnenstrahl hinein, und man lebt im ständigen Halbdunkel (deshalb mag mein Vater sie). Nun hat man bei einer ungünstigen Ausrichtung der Wohnung überall auf der Welt weniger Licht, in Venedig aber hat man dann gar keines; zudem steigt die Feuchtigkeit des Salzwassers in das Gemäuer und zersetzt Außenputz, Deckenbalken und Fensterläden, sie kriecht einem in die Knochen, beeinflusst die Stimmung und sogar den Charakter. In Venedig ist der Unterschied zwischen Südwest- und Nordostlage wie der Unterschied zwischen Sonne und Mond.

»Hören Sie, Varisco, fänden Sie es nicht angebracht, erst mal die Scheiben zu putzen?«, sagte mein Vater und zeigte auf die völlig versiffte Windschutzscheibe. Nach außen wahrte er zwar die Form, aber innerlich, das wusste ich, schimpfte er garantiert wie ein Rohrspatz: »Unverschämter Schnösel, was fällt dir eigentlich ein, mit so einer Dreckskarre hier aufzukreuzen« oder »du mieser Möchtegern-Chauffeur«.

Wie gewissenhaft er mit seinen Sachen umgeht, hat mich schon immer schwer beeindruckt. Dagegen kam ich mir nachlässig und unordentlich vor, obwohl ich alles daransetzte, es nicht zu sein. Sein vorsintflutlicher Koffer beispielsweise ist für sein Alter in einem Topzustand, mit den breiten Riemen und dicken Schnallen sieht er aus wie nagelneu, als käme er geradewegs aus einem Geschäft der sechziger Jahre und hätte die Zeit unbeschadet überstanden. Wie er es anstellte, seine Sachen so gut zu erhalten, blieb mir allerdings immer ein Rätsel; was dazu führte, dass sich in meine Bewunderung stets ein Quentchen Verunsicherung mischte. Die Kleidungsstücke in seinem Zimmer wirkten, als kämen sie direkt vom Schneider, auch wenn er sie gerade erst ausgezogen und ordentlich auf den stummen Diener oder über einen Stuhl gehängt hatte. Vielleicht kommt das daher, dass er etwas braucht, worauf er sich verlassen kann, etwas, das ihn nicht verrät, wenn er es mit Respekt behandelt, im Gegensatz zu all den falschen Freunden und Kameraden, die in sein Leben traten und sofort wieder verschwanden, nachdem sie es ruiniert hatten. Auch wenn manche Teile seiner maßgeschneiderten Garderobe, die er sich anfertigen ließ, als der ökonomische Niedergang noch unvorstellbar war, inzwischen an Ärmel und Kragen ziemlich fadenscheinig sind, behandelt er sie weiterhin, als wären sie das Wertvollste auf der Welt.

»Schon, aber der Wassertank ist leer«, antwortete Varisco.

»Na Hauptsache, Sie können etwas sehen«, sagte mein Vater, obwohl er mit Sicherheit dachte: »Du Versager, konntest du denn nichts Besseres auftreiben als diesen unsäglichen Schrotthaufen?« Aus der Haut fährt er gewöhnlich nur, wenn man ihn in die Enge treibt; oder wenn es um die Berufsehre geht, dann hält ihn nichts mehr. Im Übrigen macht er auf Leute, die ihn nicht kennen, einen ausgesprochen freundlichen, sanftmütigen Eindruck: Deshalb konnten meine Freundinnen und Freunde auch nie glauben, was ich ihnen über seinen Charakter erzählte. Jedes Mal, wenn sie ihn trafen, sagten sie hinterher: »Aber der ist doch so süß, so feinfühlig, so gastfreundlich.« Daher erzähle ich ihnen mittlerweile lieber gar nichts mehr, ansonsten glauben sie noch, ich würde nur dramatisieren, um mich interessant zu machen. Tatsächlich kann mein Vater ja auch süß und feinfühlig und gastfreundlich sein, wenn er jemanden mag und in Stimmung ist, was ihn jedoch keineswegs davon abhält, neunundneunzig Prozent der Weltbevölkerung als erbitterte Feinde zu betrachten.

»Ich habe schon mal in Ihrem Restaurant gegessen, Chef Malventi«, sagte Varisco, sein erster echter Kommunikationsversuch seit unserer Ankunft.

»Wann denn?«, fragte mein Vater wie elektrisiert.

»Letztes Jahr«, sagte Varisco. »Mit meiner Freundin, zu ihrem Geburtstag. Es war so sündhaft teuer, dass ich fast einen Kredit aufnehmen musste, aber Spitzenküche auf allerhöchstem Niveau.«

»Das Restaurant gehört mir gar nicht mehr, schon seit fünf Jahren«, sagte mein Vater. »Viel zu teuer, da stimme ich Ihnen zu, aber die Qualität, das kann ich Ihnen garantieren, lässt doch stark zu wünschen übrig.«

»Tut mir leid, Chef«, sagte Varisco, der es augenscheinlich schon bereute, das Thema angeschnitten zu haben. »Ich dachte wirklich, es gehöre Ihnen.«

»Natürlich dachten Sie das«, sagte mein Vater, nun schon einigermaßen geladen, »weil man mir nicht nur das Restaurant, sondern auch den Namen gestohlen hat.« Jedes Mal, wenn er irgendwem erklären musste, dass ihm das Restaurant gar nicht mehr gehörte, regte er sich auf, als wäre der Raub erst gestern passiert. Auch wenn von Raub im eigentlichen Sinne gar keine Rede sein konnte, denn der wahre Grund für den Verlust des Restaurants waren die hohen Schulden, die er nur sich selbst und seinen maßlosen Ambitionen zuzuschreiben hatte sowie der beharrlichen Weigerung, auf den Rat seiner Frau und seiner Tochter zu hören. Als er dann in ernsthaften Schwierigkeiten steckte, nach zwei Jahren ruinöser Ausgaben im Gefolge des Umzugs zum Campo San Moisè, darunter der kostspielige Umbau der Räume, eine Wuchermiete, die er, ohne mit der Wimper zu zucken, akzeptiert hatte, einen Einkauf zu abenteuerlichen Preisen, um sich ja nicht aufs Verhandeln einlassen zu müssen, jede Menge Gratisessen für Freunde und Bekannte sowie viel zu viel Personal, Kellner ohne Ende, dazu zwei Sommeliers und eine Schönheit für den Empfang, zog er nicht etwa in Erwägung, Kosten einzusparen und den

Standort zu wechseln, sondern wandte sich hilfesuchend an seinen Cousin Attilio, den er selbst Attila nennt. Und das, obwohl ich ihn mehr als einmal habe sagen hören, dass dieser Attila, hätte er die Wahl zwischen einer guten, aber etwas teureren Arbeit und einer schlechten, dafür aber billigeren, sich immer für die schlechte entscheiden würde, denn er habe nun mal eine Veranlagung zum Schlechten. Wie gewöhnlich hatte man mich, in schönster Familientradition, nur zum Teil in dessen Aktivitäten eingeweiht, aber allein das mir bekannte Spektrum reichte von Waffenhandel über illegalen Kapitalexport bis hin zu diversen betrügerischen Geschäften und zwei Eheschließungen, die für die Familien der Bräute im Ruin endeten. Dieser ›Attila‹ vermittelte meinem Vater zwei Geldgeber aus Treviso, die über beträchtliche Vermögen zweifelhafter Herkunft verfügten und seiner Meinung nach liebend gern seine Schulden übernehmen und in sein Restaurant investieren würden, weil sie es als Ehre ansähen, ein Genie der italienischen Küche zu fördern. Für mich lag bereits nach dem ersten Treffen auf der Hand, dass die beiden Betrüger waren, doch mein Vater folgte unbeirrt seinem Hang zur Selbstzerstörung und unterschrieb sämtliche Papiere, die sie ihm bei einem Notar vorlegten, ohne zu begreifen, dass er damit jegliche Kontrolle über sein Geschäft abgab. Sogar ihren schlauen Schachzug mit dem Logo *Mal2o* akzeptierte er, obwohl er doch sein Leben lang behauptet hatte, ein Koch, der nicht mit seinem Namen für die Qualität seiner Küche einstehe, habe keinen Stolz. Und als er dann schließlich, nachdem er körperlich wie mental noch einmal alles gegeben hatte, um den Laden wieder in Schwung zu bringen, irgendwann entsetzt feststellen musste, dass er es mit richtigen Gangstern zu tun hatte, war es für jede Hilfe zu spät. Meine Mutter und ich konnten bei alldem nur tatenlos zusehen, seine wütenden Schimpftiraden über uns ergehen lassen und höchstens moralische Unterstützung anbieten bei dem nervenaufreibenden und letztlich sinnlosen Versuch, juristisch gegen seine Teilhaber vorzugehen, wofür er sein letztes Geld ausgab. Doch statt auch nur einen seiner gravierenden Fehler einzuräumen, verstieg er sich immer mehr zu einer haarsträubenden Version der Ereignisse, wonach ihn keinerlei Schuld traf, er das Opfer zweier schamloser Verbrecher war. Das ging so lange, bis er irgendwann tatsächlich selbst daran glaubte, dass die Sache genauso abgelaufen war.

Erneut meldete sich Variscos Handy mit hektischer Musik; er klemmte es zwischen Schulter und Wange und sagte: »Wir sind unterwegs, das habe ich Ricky doch schon gesagt! … Aber fliegen kann ich auch nicht! … Ja, ja, natürlich! Geht klar.« Er legte auf, wirkte geschockt, schaltete ruckartig in den nächsten Gang und warf den Kopf hin und her. Bei den dreckigen Scheiben war es sicher auch für ihn kein Kinderspiel, sich durch den dichten Verkehr zu schlängeln, mehr als einmal hätte es fast gekracht.

Während wir die nördlichen Außenbezirke durchquerten, guckte mein Vater aus dem Fenster, auch wenn er vermutlich kaum etwas sehen konnte und ohnehin nicht sonderlich interessiert war. Dann wandte er sich unserem Fahrer zu und fragte: »Was genau ist eigentlich Ihre Aufgabe bei der Produktion, Varisco?«

»Ich bin Autor«, sagte Varisco mit seiner kehligen Stimme.

»Ach ja?«, sagte mein Vater. »Und was für Bücher schreiben Sie? Sachbücher? Romane?«

»Ich schreibe Drehbücher, für die Kochshow zum Beispiel«, sagte Varisco, schon in der Defensive.

»Aha«, sagte mein Vater und fragte, obwohl er sicherlich bereits alles durchschaut hatte: »Dann sind Sie also Koch?«

»Nein«, sagte Varisco, schaltete runter und ließ den Motor aufjaulen.

»Wie, nein?«, sagte mein Vater mit perfekt gespieltem Erstaunen.

»Wir sind fünf Autoren«, sagte Varisco widerwillig, er hatte nicht die geringste Lust auf dieses Thema.

»Donnerwetter, und alle fünf sind Fachleute im Kochen?«

»Fachleute für diese Programmsparte«, sagte Varisco, der zunehmend angespannt zwischen den Autos Slalom fuhr, auf einer schier endlosen Allee.

Mein Vater grummelte kurz vor sich hin und tat so, als sähe er aus dem Fenster. »Entschuldigen Sie, Varisco, aber fünf Autoren, die gar nichts vom Kochen verstehen, was haben die denn in einer Kochshow verloren?«

Varisco lachte nervös. »Wir schreiben das Drehbuch, Chef. Alles, was die Starköche und die Kandidaten sagen. Wir erarbeiten die Figuren, die Themen.«

»Die Themen, soso«, sagte mein Vater und dachte dabei sicherlich an die zweieinhalb Folgen, die wir uns zusammen angesehen hatten, um uns einen Eindruck zu verschaffen; dabei war uns aufgefallen, wie komisch alle guckten und wie komisch sie redeten. »Und wer kümmert sich dann ums Kochen?«

»Die drei Starköche natürlich«, sagte Varisco fast beleidigt. »Zusammen bringen sie es immerhin auf vier Michelin-Sterne.«

»Aha, na dann ist ja alles in Butter, bei vier Michelin-Sternen.« Der Sprung in die exotischen Gefilde der sogenannten Sterneküche hatte ihn nie gereizt, obwohl er durchaus das Zeug dazu gehabt hätte. Teils weil er Restaurantführer grundsätzlich ablehnte, die würden doch sowieso nur »Pfusch und Bluff« fördern, wie er es nannte, teils weil seine Vorstellung von Erfolg eher darauf beruhte, in einem möglichst großen, immer vollen Lokal möglichst viele zufriedene Gäste zu bewirten, jeden Tag und jeden Abend. Und zwar mit solider, traditioneller Küche – Experimente waren ihm ein Graus. Er kochte tolle Gerichte, um spontane Begeisterung, Applaus und laute Komplimente zu ernten, auf die verhaltenen Kommentare hochgestellter Kunden legte er dagegen keinerlei Wert.

Ich sah auf die Uhr: schon zwanzig vor zwei. Mir knurrte der Magen, auch mein Vater hatte garantiert tierischen Hunger, auch wenn er schweigend darüber hinwegging. »Könnten wir vielleicht kurz anhalten und einen Happen essen?«

»Dafür haben wir keine Zeit«, sagte Varisco. »Aber im Studio gibt es eine Menge spitzenmäßiges Zeug zu essen.« Wieder klingelte sein Handy; diesmal drückte er den Anruf weg, trat aufs Gas und preschte ruckartig durch den Verkehr.

Schließlich drehte sich mein Vater zu mir um und sagte mit spitzen Lippen: »Spitzenmäßig.«

Ich musste unwillkürlich lachen, was meine Besorgnis jedoch keineswegs zerstreute.

Auf einem großen, betonierten Platz
stiegen wir aus

Auf einem großen, betonierten Platz stiegen wir aus, vor einer Halle im Nirgendwo, mitten in einer trostlosen Gegend, ein paar Straßen, ein paar Fabrikgebäude, ein paar Mietskasernen in der Ferne, versengte Felder, alles Grau in Grau. Es nieselte und roch nach verbranntem Gummi, verbranntem Kaffee, Benzin und Gülle.

Ziemlich pikiert musterte mein Vater die Umgebung, ein ödes Industriegebiet am Stadtrand eignete sich so ganz und gar nicht als würdige Kulisse für sein glanzvolles Comeback. Garantiert hatte ihm ein imposantes Gebäude aus den Vierzigern im Herzen von Mailand vorgeschwebt, am liebsten mit Säulen und Freitreppe und einem Empfangskomitee aus hochrangigen, tadellos gekleideten Fernsehleuten, die nur darauf warteten, ihn in aller Form zu begrüßen und ihm jeden Wunsch zu erfüllen.

Auf meine Frage, was mit dem Gepäck sei, sagte Varisco: »Das können Sie im Auto lassen«, als wäre das der perfekte Aufbewahrungsort.

»Aber erst muss ich noch meine Kochjacke und die Mütze rausholen«, sagte mein Vater. Er ließ sich den Kofferraum öffnen und kramte dann umständlich in seinem Koffer, bis er schließlich den Kleidersack mit seiner weißen

Kochkluft herauszog. »Die Jacke muss aber noch gebügelt werden.«

»Kein Problem, Chef, das macht die Kostümbildnerin«, sagte Varisco. Er ging vor uns her auf die Halle zu, blieb dann aber plötzlich stehen, als ein dicker blauer Mercedes mit hoher Geschwindigkeit heranrauschte.

Der Mercedes hielt wenige Meter vor uns, ein Chauffeur stieg aus, riss die hintere Tür auf und ließ einen Typen mit glänzenden schwarzen, an den Schläfen und im Nacken ausrasierten Haaren aussteigen, der eine braune Kaschmir-Jacke, Jeans und teure Sportschuhe trug. Er schaute zu uns herüber, erkannte uns, und auch wir erkannten ihn. Mit ausgebreiteten Armen ging er auf meinen Vater zu und schrie: »Maestro! Welche Ehre! Herzlich willkommen!«

»Guten Tag, Capaci«, sagte mein Vater. Obwohl es ihm keineswegs missfiel, dass ihn endlich jemand mit gebührender Begeisterung empfing, schaltete er auf stur, um einer Umarmung aus dem Weg zu gehen, zeigte sofort auf mich und fragte: »Erinnerst du dich noch an Margherita?«

»Natürlich, Maestro!«, sagte Capaci und kam auch auf mich mit ausgebreiteten Armen zu.

»Ciao«, sagte ich.

Er hatte sich total verändert. Zwar kannten wir seinen neuen Look schon aus dem Fernsehen, doch von Angesicht zu Angesicht wirkte es noch einmal um einiges befremdlicher. Durch seinen Erfolg beflügelt hatte er ein paar Kilo abgenommen und es mit diesem simplen Trick geschafft, sich trotz seiner physischen wie mentalen Schwerfälligkeit bei den Zuschauern beliebt zu machen. Kaum zu fassen, wie er sich seit seiner Zeit als *Souschef* bei meinem Vater verändert hatte; das war zwar schon fünfzehn Jahre her, aber eine solche Metamorphose hätten weder mein Vater noch ich ihm je zugetraut.

»Lass dich umarmen, meine Teuerste«, sagte Capaci, drückte mich dann aber völlig kraftlos. Früher, als er noch bei ihm arbeitete, wurde er von meinem Vater nicht selten Incapaci genannt, weil er die Anweisungen oft nicht verstand, es aber nie zugeben wollte und lieber alles falsch machte, als noch einmal nachzufragen. Hinterher wies er freilich jede Schuld weit von sich.

Die Umarmung löste sich wie von selbst, in beiderseitiger Verlegenheit. Irgendwann einmal, als ich noch spät in der Küche des *Malventi* arbeitete, war er nämlich hinter den Metallregalen aufgetaucht, hatte sich auf mich gestürzt und versucht mich zu küssen. Als ich ihn daraufhin heftig wegstieß und vor Schreck laut auflachte, murmelte er etwas in sich hinein und kehrte zu seinen Töpfen zurück. Eine ziemlich unerfreuliche Geschichte; und daran konnten wir beide uns noch sehr gut erinnern.

Capaci klopfte mir mehrmals kräftig auf die Schulter, wie bei einem Pferd, vielleicht um sich endgültig von seinem damaligen Überfall in der Küche zu distanzieren. Dann deutete er auf mich und sagte zu meinem Vater: »Immer noch eine Schönheit, Ihre Tochter, Maestro!«

»So ist es«, sagte er zustimmend: Ein gutes Beispiel dafür, wie er sich in der Öffentlichkeit zu Komplimenten hinreißen lässt, die er mir unter vier Augen nie und nimmer machen würde. Am liebsten hätte ich Capaci für das »immer noch« gedankt, doch dann hatte ich die Gelegenheit verpasst, und eigentlich war es mir auch egal.

Nervös sah Varisco zum Eingang der Halle, kontrollierte unablässig sein Handy und wartete ungeduldig darauf, uns endlich drinnen abzuliefern.

Aber Capaci war noch nicht fertig damit, meinem Vater gegenüber Bewunderung und Dankbarkeit zu äußern: »Es ist mir wirklich eine große Ehre, Maestro! Seit zwei Jahren belatschere ich nun schon die Produktionsfirma, um Sie als Gast begrüßen zu können. Ich weiß ja, wie zurückhaltend Sie sind, deshalb kann ich Ihnen gar nicht genug dafür danken, dass Sie die Einladung angenommen haben!«

»Aber ich bitte Sie, Capaci!«, wehrte mein Vater mit gespielter Bescheidenheit ab. In Wahrheit ist er ganz und gar nicht zurückhaltend; wenn er sich sträubt, so liegt das ausschließlich an seiner Überzeugung, die ganze Welt habe sich gegen ihn verschworen. Denn eigentlich ist er ganz versessen auf Komplimente und kann nie genug davon bekommen, selbst wenn sie einer macht, den er überhaupt nicht schätzt. Und Capaci hatte er noch nie geschätzt, der war in seinen Augen ein klassischer Vertreter jener Spezies von Fernsehköchen, die den Geist der wahren Küche verraten und den wirklich guten Köchen, die niemals ins Fernsehen gehen würden, das Leben schwer machen. Aber das hinderte ihn nicht daran, Capacis Komplimente zu genießen, genauso wenig wie er den Schmeicheleien der Autoren hatte widerstehen können, als sie anriefen, um ihn zu *Chef Test* einzuladen.

Jetzt fuhr ein Kleinbus vor, parkte neben dem Mercedes und spuckte eine Gruppe von Männern und Frauen diversen Alters, Aussehens und Stils aus, die sich sofort kreischend auf Capaci stürzten: »Guten Tag, Chef«, »Spitze,

Chef!«, »Super, Chef!« Sie umringten ihn, und man hörte nur noch ein einziges »Chef, Chef, Chef!«.

»Schluss jetzt, wir sehen uns drinnen«, sagte Capaci streng, wobei es offensichtlich war, dass es ihm guttat, vor meinem Vater derart angehimmelt zu werden.

Doch so leicht ließ sich die Truppe nicht abwimmeln, sie feixten, flehten, winselten und bestürmten Capaci, als hinge ihre Zukunft allein von ihm ab.

Leicht schockiert beobachtete mein Vater die Szene, er konnte sich nicht erklären, wieso sein ehemaliger eher mittelmäßiger Hilfskoch plötzlich von irgendwelchen Leuten dermaßen verehrt wurde.

»Das sind die Teilnehmer des Wettbewerbs, Maestro!«, sagte Capaci. »Die Chefkoch-Anwärter.«

»Was denn, alle zehn?« Mit einem Blick hatte mein Vater erfasst, wie groß die Gruppe war, das hatte er im Restaurant gelernt.

»Ja, aber in jeder Folge fliegt einer raus«, sagte Capaci. »Auch heute wird einer nach Hause geschickt. Nicht wahr?«

»Nein, Chef!«, schrie eine pummelige Frau mit Bürstenhaarschnitt. »Ich nicht, Chef!«, kreischte ein spindeldürrer Typ mit einem Schwerttattoo am Hals, wobei er die gefalteten Hände flehend gen Himmel hob.

»Das wird sich zeigen«, sagte Capaci im Tonfall eines gutmütigen Lehrers, der sich jedoch leider an die Regeln des unerbittlichen Schulsystems halten muss. »Das hängt unter anderem auch davon ab, was dieser Herr hier von euren Gerichten hält.«

Mein Vater schmunzelte, geschmeichelt von der Vorstellung, eine derart entscheidende Rolle zu spielen.

Capaci zeigte auf ihn und sagte: »Wisst ihr, wer dieser Herr ist?«

Völlig ahnungslos musterten die Kandidaten meinen Vater. »Keine Ahnung, Chef!«, sagte einer.

»Das ist Achille Malventi, ihr Ignoranten!«, sagte Capaci indigniert, was wenigstens zum Teil nicht gespielt war. »Einer der größten Meisterköche der italienischen Küche! Eine lebende Legende!«

»Guten Tag, Chef!«, sagten die Kandidaten im Chor und scharten sich um meinen Vater. »Super, Chef!«, »Seien Sie bitte nicht zu streng, Chef!«

Mein Vater senkte leicht den Kopf und schloss die Augen, wie er es in den seltenen Momenten, in denen er verlegen ist, zu tun pflegt.

»Jetzt aber rein mit euch, los, los!« Mit entsprechenden Gesten scheuchte Capaci die Kandidaten auf den Eingang zu. Er zeigte sich immer noch ganz hingerissen von der Begegnung mit meinem Vater, aber dann klingelte sein Handy: »Ja, ja, ich bin schon da! Draußen vor der Tür! Gerade habe ich Maestro Malventi in Empfang genommen!«

Mein Vater warf mir einen Seitenblick zu, als wollte er sagen: »Ein Schwachkopf, wie er im Buche steht.«

Auch Varisco, dessen Handy ebenfalls wie wild klingelte, winkte nun hektisch in Richtung Tür.

Nach dem Betreten der Halle kam man zunächst in einen kleinen Vorraum mit mobilen Stellwänden. An einer hing ein Riesenposter von Capaci und den beiden anderen Jurymitgliedern, alle drei in supercooler Pose, mit verschränkten Armen und finsterem Blick, rechts unten prangte das Logo von *Chef Test* und *Fomo Italia*. Angesichts seines übergroßen Selbst zuckte Capaci nur grinsend mit den Schultern und lotste uns durch eine zweite Tür.

Varisco schob uns vorwärts und sagte: »Wir sind total im Verzug.«

Im nächsten Raum war es heiß wie in einer Sauna, es roch nach passierten Tomaten, Leim und überhitzten Elektrokabeln. Das Rauschen von Ventilatorblättern war zu hören, ein Summen und Klacken. Im Raum dahinter stand eine Gruppe von reichlich nervösen Typen, die hektisch diskutierten und gestikulierten; kaum hatten sie Capaci erblickt, drehten einige sich zu ihm um und redeten auf ihn ein, ohne uns zu beachten.

Mein Vater wippte auf den Füßen vor und zurück, wie immer, wenn er eine Situation nicht einschätzen kann. Ich hielt mich lieber raus, irgendwie schien dicke Luft zu herrschen. Außerdem hatte ich Hunger und mein Vater bestimmt auch. Also ging ich zu Varisco, klopfte ihm auf die Schulter und fragte: »Wo gibt's denn jetzt was zu essen?«

»Einen Augenblick noch«, sagte er und drehte sich der Gruppe zu, die weiterhin aufgeregt durcheinandersprach und mit den Händen fuchtelte.

Wie das Ganze, diese unsägliche Mischung aus derben Flüchen, obszönen Anspielungen und ordinären Sprüchen, womöglich noch angeheizt durch irgendwelche chemischen Stimulanzien, bei meinem Vater ankam, konnte ich mir lebhaft vorstellen. Ich sah ihn an, doch er wandte das Gesicht ab, verspürte augenscheinlich keine Lust, irgendwelche Kommentare abzugeben.

Dann kam eine große, verschwitzte Frau hereingerauscht, stürmte auf Capaci zu und sagte: »Aldo, wo bleibst du denn, muss ich dich etwa eigenhändig in die Maske schleppen?«

»Wir haben hier was Wichtiges zu besprechen, Simonetta«, sagte Capaci fast gekränkt, wie ein Kind, dem Unrecht widerfährt, ging dann aber doch ein paar Meter hinter der Frau her, bevor er erneut stehen blieb. Offenbar war es ihm wohl peinlich, meinen Vater einfach so zurückzulassen: »Warte kurz! Flavio! Flavio!«

Ein Typ in enganliegender karierter roter Jacke, mit dichtem Bart und dunklen glänzenden Augen löste sich widerwillig aus der Gruppe.

Capaci zeigte zwischen ihm und meinem Vater hin und her und sagte: »Maestro Achille Malventi, unser Kreativdirektor Flavio Zoca.«

»Das hättest du mir doch sagen müssen!«, sagte Zoca und schüttelte meinem Vater enthusiastisch die Hand. »Chef Malventi! Super! Ich wusste ja gar nicht, dass Sie das sind! Ein wahrer Mythos!«

»Nicht doch«, sagte mein Vater, hin- und hergerissen zwischen Irritation und Genugtuung.

»Ezio!«, schrie Zoca und winkte. »Ezio!«

Ein Typ mit extralangen Koteletten drehte sich um und fragte: »Was ist denn?«

»Unser heutiger Ehrengast!«, sagte Zoca. »Chef Malventi, Ezio Ciuscari, unser Produzent!«

»Ah, hocherfreut, Chef«, sagte Ciuscari, aber sein Blick flackerte unstet von einem Punkt zum anderen. Er eilte herbei, um meinem Vater die Hand zu schütteln, und sagte: »Herzlich willkommen im Namen der ganzen Fomo, Chef!«

»Hört mal alle her!« Zoca klatschte in die Hände, um die

Aufmerksamkeit der Gruppe auf sich zu ziehen. »Habt ihr schon Chef Malventi begrüßt? Er ist unser heutiger Ehrengast! Eine lebende Legende! Übrigens habe ich vor zwei Monaten in Ihrem Restaurant gegessen, Chef! Wirklich sensationell!«

»Aber es ist ja gar nicht mehr meins«, sagte mein Vater schnippisch.

Augenblicklich brachen die Autoren und Assistenten ihre Diskussion ab und kamen angelaufen, um ihm die Hand zu geben. »Sehr erfreut, Chef!«, »Es ist mir eine große Ehre, Chef!«, »Echt stark, Chef!« Nur einer gab auch mir die Hand, die anderen beschränkten sich auf ein kurzes Nicken, sie wussten nicht, wer ich war, und mein Vater dachte gar nicht daran, mich vorzustellen.

Dann sagte Ciuscari: »Entschuldigen Sie bitte, Chef, aber ich muss jetzt weiter«, und entfernte sich eilig.

Auch Capaci ließ sich nun von der großen Maskenbildnerin entführen, wirbelte mit der Hand durch die Luft und sagte: »Bis gleich, Maestro!«

Mein Vater nickte und wippte noch einmal auf den Fersen, mit den Händen in den Taschen.

Zocas Handy klingelte; er machte eine entschuldigende Handbewegung und bellte ins Telefon: »Sandro, das bringt uns auch nicht weiter, keinen Millimeter, verdammt!« Dann verschwand er durch eine Tür.

Mein Vater und ich warteten noch eine Weile, sahen uns um, obwohl es eigentlich nichts zu sehen gab, bis auf die hässlichen Möbel und die palavernden Autoren.

Dann kam eine Autorin oder Assistentin mit einem Tablet auf meinen Vater zu und fragte: »Chef Malventi?«

»Anwesend«, sagte mein Vater, aber schon wesentlich weniger schwungvoll als vorhin am Bahnhof.

Die Frau guckte auf ihr Tablet und sagte: »Nur um sicherzugehen, Chef, das Gericht, das Sie uns vorführen werden, ist eine Pasta all'amatriciana in bianco, also ohne Tomaten.«

»Nein«, sagte mein Vater. »Ich koche eine Pasta alla gricia.«

»Ich habe hier aber die Amatriciana in bianco stehen«, sagte die Frau, wobei sie den Text runterscrollte und mit zwei Fingern auf eine Stelle auf dem Display trommelte. Sie sah etwas mitgenommen aus, vielleicht weil sie unter all den Männern die einzige Frau war. Sie drehte das Tablet und zeigte meinem Vater die Stelle, als wollte sie ihm klarmachen, wenn sie die Wahl hätte zwischen ihm und dem Tablet, würde sie sich auf jeden Fall für das Tablet entscheiden.

»Aber Signorina, ich habe mich eindeutig für eine Pasta alla gricia entschieden«, sagte mein Vater zunehmend ungehalten. »Das habe ich Ihrem Kollegen am Telefon doch unmissverständlich gesagt.«

Die Frau sah ihn mit ausdruckslosen Augen an, ging dann zu der Gruppe, die weiterhin aufgeregt diskutierte, zog einen Typen mit Brille am Ärmel und sagte: »Entschuldige, kannst du mal kurz kommen?«

Der Typ deutete auf die anderen, als dürfte er auf keinen Fall gestört werden, aber sie zupfte so lange an seinem Jackett, bis er sich endlich losriss. Sie zeigte auf das Tablet und sagte: »Der Chef behauptet, er hätte ein ganz anderes Gericht gewählt als das, was ich hier stehen habe.«

»Nicht hätte, *habe*«, sagte mein Vater nun schon ziemlich unwirsch.

»Welches Gericht steht denn da?«, fragte der Typ mit der Brille ungeduldig.

»Pasta all'amatriciana in bianco«, sagte sie.

»Und was wollten Sie kochen, Chef?«

»Das Gericht, das ich Ihnen am Telefon angekündigt habe. Nämlich *Pasta alla gricia.*«

Der Autor fing an, auf seinem Handy herumzuhacken, um nach dem Rezept für Pasta alla gricia zu suchen, dann reckte er sich zum Tablet seiner Kollegin hinüber, um es mit dem für die weiße Amatriciana zu vergleichen. »Verzeihung, Chef, aber das ist doch haargenau dasselbe.«

»Nein, ist es nicht«, erwiderte mein Vater so stur wie immer, wenn es ihm ums Prinzip geht, vor allem bei der Arbeit.

Der Autor zeigte ihm sein Handy und sagte: »Aber Chef, hier steht, man kann die Gricia genauso gut Amatriciana in bianco nennen.«

»Genauso gut«, wiederholte die Frau und zeigte erneut auf ihr Tablet.

»Beim Kochen gibt es kein ›genauso gut‹«, verkündete mein Vater apodiktisch, »das sollten Sie eigentlich wissen, wo Sie doch eine Kochsendung machen.«

»Aber hier steht es doch schwarz auf weiß«, sagte sie.

»Das hat einer geschrieben, der keine Ahnung hat«, beharrte mein Vater auf seiner Position. »Die Pasta alla gricia gibt es seit dem fünfzehnten Jahrhundert, die Amatriciana kam erst drei- oder vierhundert Jahre später auf. Dazwischen gab es Christoph Kolumbus, die Plünderung Südamerikas durch die Spanier, die Einführung der bis dahin noch völlig unbekannten Tomate in Spanien durch den Verbrecher Cortés im Jahre 1540, erste Anbauversuche aus botanischem Interesse oder zu medizinischen Zwecken, dann gezielte Weiterzüchtung durch Sortenauswahl und Kreuzungen bis hin zum endgültigen Farbwechsel von Goldgelb zu Rot in der Gegend von Salerno, zwischen dem siebzehnten und achtzehnten Jahrhundert. Die Pasta alla gricia als weiße Amatriciana zu bezeichnen ist deshalb genauso absurd, als würde man das Auto als Kutsche ohne Pferd bezeichnen.«

»Aber Chef, wir sind hier doch nicht im Geschichtsunterricht«, sagte der Autor, der angesichts der Rechthaberei meines Vaters seinerseits immer mehr in Rage geriet. »Wir machen eine Vorführung für angehende Chefköche.«

»Aber wenn man die Geschichte nicht kennt, kommt nur Blödsinn dabei raus«, sagte mein Vater. Eigentlich kaum zu fassen, dass er in historischen Fragen immer vollkommen falschliegt, außer wenn es ums Kochen geht. Darin ist er nämlich absolut zuverlässig.

»Aber wir müssen auch Rücksicht auf die Zuschauer nehmen«, wandte der Autor ein. »Außerhalb von Rom kennt doch kein Mensch die Pasta alla gricia, während man die Amatriciana überall kennt, von Brescia bis Taranto.«

Jetzt meldete sich wieder die Frau zu Wort: »Und deshalb können wir das Gericht auch ruhig weiße Amatriciana nennen!«

»Nein, können Sie nicht«, sagte mein Vater. »Ich habe Ihnen doch gerade erklärt, warum dieser Name vollkommen widersinnig ist.«

Der bebrillte Typ stand kurz vor einem Nervenzusammenbruch und sah hilfesuchend die Autorin oder Assistentin an, die sich ihrerseits auf die Lippen biss.

»Ist doch bloß ein Name, Chef«, sagte sie.

»Ein Name ist nie bloß ein Name, Signorina«, kanzelte sie mein Vater ab, im Ton eines Schulmeisters, der anderen haushoch überlegen ist.

Die Autorin oder Assistentin fuhr sich mit der Hand durch die Haare, der Typ hustete nervös; gegen so einen, das dämmerte ihnen langsam, hatten sie keine Chance.

Der Autor rollte die Augen gen Himmel und sagte zu seiner Kollegin: »Also gut, sag Cesare, er soll den Namen des Gerichts ändern. Er soll Pasta alla grigia schreiben.«

»Alla gricia«, sagte mein Vater. »Das ist doch schließlich eine Kochsendung.«

»Natürlich, Chef, alla gricia«, sagte die Autorin oder Assistentin, bleich vor Wut.

Auch der Autor war nun ziemlich aufgebracht. »Und jetzt entschuldigen Sie uns bitte, Chef, wir haben noch viel zu tun.«

»Frohes Schaffen«, sagte mein Vater, auf einmal wieder zuckersüß.

Ein anderer Autor mit struppigem Babyface und stacheligem Wollpullover näherte sich vorsichtig und sagte: »Wir müssten noch die Details Ihres Auftritts durchsprechen.«

»Jederzeit«, sagte mein Vater.

Der Autor nickte, erwiderte aber nichts, machte nur eine vage Geste und ging dann schnell wieder zu den anderen.

Mein Vater und ich waren wieder uns selbst überlassen. Wir warteten, ohne zu reden, ohne uns anzusehen, ich mit meiner schweren Tasche auf der Schulter und seinem Kleidersack in der Hand. Als Erstes zog ich den dicken Wintermantel aus, ich war völlig verschwitzt, meine Wangen und Ohren glühten. Mein Vater hingegen knöpfte nicht einmal den Mantel auf, wie in einer Rüstung stand er da, bereit zur nächsten Schlacht. Ich fühlte mich äußerst unwohl: Der Ort war genauso unangenehm wie das Aussehen und Benehmen derjenigen, die ihn bevölkerten, vor allem aber hatte es den Anschein, als hätte man uns nach dem Streit um den Namen des Gerichts völlig vergessen.

Inzwischen war es zwei Uhr, ich hatte einen Bärenhunger, mein Vater sicher auch, nur dass er es aus krankhaft übertriebenem Stolz nicht zugab. Ich ging einen Flur hinunter, um zu sehen, ob ich dort vielleicht jemanden fragen könnte oder gleich selbst etwas zu essen fände, aber es gelang mir nicht, irgendjemanden auf mich aufmerksam zu machen, alle taten so, als wäre ich unsichtbar. Ich lugte durch den Spalt zwischen zwei schwarzen Vorhängen, im Halbdunkel dahinter lag das Aufnahmestudio von *Chef Test:* die Herde der Teilnehmer, das Podest der Jury. Irgendjemand schaltete mehrmals kurz hintereinander die Scheinwerfer an und aus. Für ein paar Sekunden sah man die Kräne und Dollys für die Kameras. Ein Typ schaute zur Decke und gab den nach oben gekletterten Technikern Zeichen, die daraufhin weiße, gelbe und blaue Lichtkegel gen Boden schickten. Ich sah ein paar Minuten zu, wie ein ungebetener Gast, dann kehrte ich zu meinem Vater zurück.

Inzwischen war er in einem anderen Verschlag aus mobilen Stellwänden gelandet, saß auf einem Sofa, neben sich ein Papptablett mit Tramezzini und salzigem Gebäck; vorwurfsvoll sah er mich an, als wäre ich schuld, dass man ihn warten ließ, dass sich keiner um ihn kümmerte, an der ganzen Expedition.

Hastig schnappte ich mir ein Tramezzino und schlang es gierig hinunter, obwohl die Mayonnaise vor Fett triefte und der Thunfisch nach Metall schmeckte.

Mein Vater deutete auf das Tablett und sagte: »Du kannst gern alles aufessen, wenn du magst.«

»Und du isst gar nichts?«, fragte ich mit einem abscheulichen Nachgeschmack im Mund.

Er schüttelte den Kopf, klopfte ein paar Krümel von seinem Mantel und sagte: »Absolut ungenießbar.«

Trotzdem verdrückte ich ein Blätterteigpastetchen alla pizzaiola, obwohl der Teig pappig war und die Tomatenfüllung sauer schmeckte, bekam aber sofort Schuldgefühle, weil ich nicht standhaft genug gewesen war, dem Hunger zu widerstehen. Aber ich konnte nicht anders, das war der Stress, ich war völlig durcheinander und heillos überfordert, mit dem Ort, mit der Situation, vor allem aber mit den Erwartungen meines Vaters, die offensichtlich völlig anders waren als meine. Schnell stellte ich das Tablett auf einem niedrigen Tisch ab, als könnte ich damit meine Schuldgefühle loswerden.

Dann kam ein dicker Rothaariger herein, machte aber, als er uns sah, sofort kehrt.

Doch mein Vater hielt ihn auf: »Verzeihung, können Sie mir vielleicht sagen, wo ich den Regisseur finde?«

Der Typ guckte verdutzt und sagte: »Der ist oben im Regieraum.«

»Und wann kommt er runter?«, fragte mein Vater.

»Nur wenn es technische Probleme gibt«, erwiderte der Typ.

»Wie kann man denn von da oben eine Sendung leiten?«

»Aber der Regisseur hat doch gar nicht die Leitung«, sagte der Typ, der zusehends die Lust verlor, einem kleinen, eigensinnigen Mann eine Erklärung zu geben.

»Wie, der Regisseur hat nicht die Leitung?«, sagte mein Vater geschockt.

»Der ist nur für die Beleuchtung und die Einstellungen zuständig, und für den Zeitplan«, sagte der Typ mit wachsender Ungeduld. »Er ist durch eine Gegensprechanlage mit dem Set verbunden.«

»Aber an wen kann ich mich dann wenden? Wer ist mein Ansprechpartner?«

»Weshalb sind Sie denn da?«, fragte der Typ.

»Ich bin der Ehrengast«, sagte mein Vater mit Nachdruck. »Ich muss noch die Details meines Auftritts absprechen, finde aber keinen, der was zu sagen hat.«

»Ach so, ja, das machen die Autoren«, sagte der Typ. »Die machen hier alles.« Dann senkte er den Kopf, und weg war er.

Ungläubig starrte mein Vater die Tür an; für einen wie ihn, der an Autoritäten glaubt, war es unvorstellbar, dass der Regisseur hier nichts zu sagen hatte und alles von einer Horde ahnungsloser Jungspunde bestimmt wurde, die sich Autoren nannten.

Wieder wurde die Tür aufgerissen. Diesmal kam eine blasse, dünne Frau herein, mit gebleichten Haaren und einer über und über mit Nieten besetzten Lederjacke. Sie ging direkt auf meinen Vater zu und fragte: »Sind Sie Herr Malverni?«

»Malventi!«, sagte mein Vater.

»Ich suche Sie schon seit einer halben Stunde, wieso haben Sie sich denn ausgerechnet hier versteckt?«, fragte die Frau.

»Ich habe mich nicht versteckt, Signorina«, sagte mein Vater ungehalten. »Ich wurde einfach hier sitzengelassen.«

»Jetzt aber ab in die Maske! Und zwar ein bisschen plötzlich, wir sind so was von spät dran!«

»Was denn für eine Maske?«

»Die Maske eben, Herr Malvesti!«, sagte die Frau und wedelte nervös mit den Händen, um ihn zum Aufstehen zu bewegen.

»Malventi!«, verbesserte er sie empört. Auf seinen Nachnamen war er schon immer ausgesprochen stolz, auch wenn es der seiner Mutter war, weil sein Vater es natürlich nie für nötig gehalten hatte, ihn offiziell anzuerkennen. Im Internat war er jedenfalls nur ein einziges Mal aufgekreuzt, vermutlich aus Neugier, wie sein unehelicher Sohn aussah, hatte sich danach aber nie wieder blicken lassen. Manchmal fragte ich mich, ob ich ohne diesen Namen und ohne diesen charakterlosen Großvater womöglich eine ganz andere geworden wäre. Wahrscheinlich schon, aber nicht unbedingt ein besserer Mensch.

Irgendwann gab mein Vater nach und folgte der Maskenbildnerin, und ich trottete brav hinter den beiden her.

Der Schminkraum hatte Spiegel zu beiden Seiten, mit je drei Schminksesseln davor, auf einem saß Capaci, der sich genüsslich zurücklehnte und von der großen Maskenbild-

Das hat mir gerade noch gefehlt.

Diogenes

nerin bearbeiten ließ, die ihm gerade mit kleinen, schnellen Bewegungen die Augenbrauen kämmte. Er wandte sich meinem Vater zu und sagte: »Jetzt sehen Sie mal, was man hier alles über sich ergehen lassen muss, Maestro.« Dabei war es offensichtlich, dass es ihm gefiel, sich so verwöhnen zu lassen.

Die schmächtige Maskenbildnerin deutete mit dem Finger auf den Mantel meines Vaters: »Den ziehen wir jetzt mal schnell aus, und Schal, Jackett und Krawatte auch.« Ihre Stimme klang kratzig wie die einer Raucherin, sie hustete.

Äußerst widerwillig knöpfte mein Vater den Mantel auf und zog ihn aus, dann auch den Rest; allein daran, dass er sich dazu bereitfand, war zu erkennen, wie sehr ihm an diesem FernsehAuftritt gelegen war. Als er mir die Sachen aushändigte, forderte er mich mit einem inständigen Blick auf, ja gut darauf aufzupassen, solange man ihn in Geiselhaft hielt.

»Maraaa?!«, brüllte die Maskenbildnerin mit ihrer kratzigen Stimme in den Flur. »Wir sind superspät dran, kannst du mal kurz kommen und dir diesen Herrn hier ansehen?«

Eine Frau mit üppigem Krauskopf kam herein und ging auf meinen Vater zu, um ihn aus der Nähe zu begutachten. »Und wer ist dieser schöne Mann?«

»Das ist Chef Malventi, der Ehrengast der heutigen Folge«, sagte Capaci von seinem Stuhl aus. Dann machte er eine Geste: »Maestro, das ist Tamara, unsere Kostümbildnerin.«

»Guten Tag, Signorina«, sagte mein Vater vorsichtig.

»Oje, in der Größe habe ich überhaupt nichts da«, sagte

Tamara, während sie meinen Vater taxierte. »Mir hat keiner was gesagt, ich weiß wirklich nicht, ob ich da auf die Schnelle irgendwas ändern kann.«

»Nehmen Sie doch Platz«, sagte die Maskenbildnerin und schob meinen Vater in Richtung Schminkspiegel.

»Was müssen Sie denn ändern, Signorina?«, fragte mein Vater widerstrebend.

»Die Kochjacke«, sagte Tamara.

»Das ist nicht nötig, Signorina, ich habe meine eigene dabei«, sagte mein Vater und deutete auf den Kleidersack in meiner Hand.

»Jetzt setzen wir uns erst mal brav hin«, sagte die Maskenbildnerin in einem Ton, als spräche sie mit einem Kind oder einem Kranken; dann legte sie ihm die Hände auf die Schultern und drückte ihn in den Schminksessel.

»Die Jacke muss nur noch mal ordentlich gebügelt werden, weil sie im Koffer gelegen hat«, sagte mein Vater. »Und die Mütze auch.« Als die Maskenbildnerin ihm einen Umhang aus Papier umlegte, machte er sich noch steifer.

Ich gab Tamara den Kleidersack. Doch als sie die Jacke auseinanderfaltete, schüttelte sie den Kopf. »Nein, das geht nicht, eine simple weiße Jacke ohne jegliche Verzierung. Unmöglich. Wir brauchen etwas Peppigeres.«

»Für mich ist die peppig genug, Signorina«, sagte mein Vater frostig.

»Aber Maestro, unsere Tamara hier ist absolut vertrauenswürdig«, sagte Capaci. »Ich habe ihr von Anfang an freie Hand gelassen, und sie hat einen Superjob gemacht.«

»Für Sie vielleicht, Capaci«, sagte mein Vater. »Aber für mich kommt nur meine eigene Jacke in Frage.«

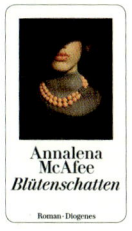

Annalena McAfee
Blütenschatten

Roman · Diogenes

Moritz Heger
*Aus der Mitte
des Sees*

Roman · Diogenes

Benedict Wells
Hard Land

Roman · Diogenes

Luca Ventura
*Bittersüße
Zitronen*
Der Capri-Krimi

Roman · Diogenes

**Marianne
Philips**
*Die Beichte
einer Nacht*

Roman · Diogenes

Paulo Coelho
*Und die Liebe
hört niemals auf*
Nach einem Text von
Henry Drummond

Diogenes

Neue
Diogenes
Bücher

Frühjahr 2021

Zum 100. Geburtstag der großen Autorin

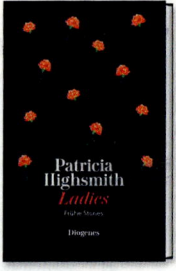

320 Seiten, Leinen
€ (D) 24.–/sFr 32.–*/€ (A) 24.70

Ehe Patricia Highsmith mit ihrem ersten Roman *Zwei Fremde im Zug* über Nacht berühmt wurde, schrieb sie psychologische Stories. Über entwurzelte Einwanderer, tapfere Liebende, wissende kleine Mädchen und Jungen und vom Leben gebeutelte Frauen und Männer. Damals erschienen ihre Stories nur verstreut in Magazinen. Nun dürfen wir sie neu entdecken.

detebe 24575, ca. 416 Seiten
€ (D) 13.–/sFr 17.–*/€ (A) 13.40

detebe 24573, 432 Seiten
€ (D) 13.–/sFr 17.–*/€ (A) 13.40

detebe 24570, 512 Seiten
€ (D) 13.–/sFr 17.–*/€ (A) 13.40

detebe 24574, 448 Seiten
€ (D) 13.–/sFr 17.–*/€ (A) 13.40

detebe 24572, 464 Seiten
€ (D) 13.–/sFr 17.–*/€ (A) 13.40

detebe 24571, 480 Seiten
€ (D) 13.–/sFr 17.–*/€ (A) 13.40

Bestellnummer: 978-3-257-95451-7/50 Exemplare

Schauen Sie auch hier vorbei:

Die Maskenbildnerin holte aus dem Fach unter dem Spiegel eine Bürste und fuhr meinem Vater damit über die Haare. »Schön dicht und glatt!«

»Nicht plattdrücken, bitte«, sagte mein Vater. »Aber ich setze ja ohnehin die Kochmütze auf.«

»Ich hätte eine schöne weiße Jacke mit roten Paspeln und einem aufgestickten Wappen am Kragen«, sagte Tamara, als hätte sie seine Bemerkung gar nicht gehört. »Oder eine schwarze mit grauen Paspeln, ausgesprochen cool, die ist zwar ein paar Nummern zu groß, aber irgendwie kriege ich das schon hin.«

»Signorina, unter anderen Umständen würde ich liebend gern eine schwarze Jacke tragen«, sagte mein Vater, der inzwischen an sich halten musste, um nicht unhöflich zu werden. »Aber diesmal kommt nur meine in Frage.«

»Aber mit den weißen Haaren«, sagte die Kostümbildnerin. »Und so blass, wie Sie sind, da sehen Sie in Weiß doch aus wie ein Gespenst!«

»Kümmern Sie sich nicht darum, wie ich aussehe, Signorina, ich bin ja nicht hier, um den Hanswurst zu spielen.«

»Aber wir sind hier beim Fernsehen, da braucht man unbedingt Farbe!«, sagte die Kostümbildnerin, klang aber schon leicht verunsichert, offenbar dämmerte ihr langsam, dass sie es hier mit einem störrischen Alten zu tun hatte, der sich nichts sagen ließ.

Auch die Maskenbildnerin beschloss nun, das Frisieren aufzugeben, legte die Bürste weg und griff nach einer Puderquaste, fuhr damit in eine runde Dose und ging dann dazu über, das Gesicht meines Vaters abzutupfen, der erschrocken hochfuhr. »Keine Angst«, sagte sie. »Wir nehmen nur ein bisschen Glanz weg und tragen ein bisschen Farbe auf.«

»Ich habe keine Angst, Signorina«, sagte mein Vater. »Aber das mit der Farbe, das lassen wir lieber.«

»Aber das machen wir bei allen«, sagte die Maskenbildnerin. »Sie wollen doch sicher nicht der Blasseste in der Sendung sein?«

»Der Blasseste zu sein ist für mich vollkommen in Ordnung, Signorina. Es gab Zeiten, da waren nur die Feldarbeiter braungebrannt.«

Unwillig nahm die Kostümbildnerin das Outfit meines Vaters an sich, murmelte »Einmal drüberbügeln wenigstens« und ging hinaus.

Zu mir sagte mein Vater: »Und du, Margherita, hast du nicht Lust, inzwischen einen Spaziergang zu machen?«

Eigentlich hätte ich es wissen müssen, dass er mich bei so etwas nicht dabeihaben wollte; aber bei meinem Vater gibt es immer wieder Sachen, die ich eigentlich wissen müsste und doch regelmäßig wieder vergesse. Vielleicht tue ich aber auch nur so, als hätte ich sie vergessen, in der Hoffnung, dass auch er sie vergisst. Als ich gerade gehen wollte, flog die Tür auf, und herein stürmte ein Typ mit üppigen, blondgefärbten Dreadlocks, die ihm, zum Pferdeschwanz gebunden, fast bis zur Taille reichten, und dem tief gebräunten Gesicht eines Surfers. Als Kontrast dazu trug er den Nadelstreifenanzug eines City-Bankers, malvenfarbene Taschen und seriöse Streifenkrawatte inklusive. Ohne mich eines Blickes zu würdigen, ging er an mir vorbei und klopfte Capaci kräftig auf die Schulter: »Na, Supercapax, wie geht's?«

Ich erkannte ihn sofort, das war Mirko Saltalacqua, der bekannteste der drei Juroren bei *Chef Test*. In den zweieinhalb Folgen, die mein Vater und ich uns angesehen hatten, führte er sich auf wie ein Rockstar und versuchte, mit flapsigen Bemerkungen die Zuschauer zu bezirzen. Außerdem ist mein Vater felsenfest davon überzeugt, dass er den Namen erfunden hat, auch wenn Saltalacqua das abstreitet; sicher ist nur, dass man aufgrund des Erfolges von *Chef Test* ein Jahr im Voraus reservieren muss, wenn man in seinem Restaurant in Bergamo Alta essen will.

Capaci zeigte auf meinen Vater und sagte: »Mirko, kennst du schon Maestro Achille Malventi?«

»Wahnsinn, der große Malventi! Welche Ehre!«, sagte Saltalacqua und beugte sich zu meinem Vater hinunter, um ihm die Hand zu schütteln. Irgendwo im Netz hatte ich gelesen, dass er noch eine andere, wesentlich gewagtere Kochshow moderierte, *Smash Cook* (wie *Chef Test* ursprünglich ein amerikanisches Format), wo er allein auftrat und nicht mit seinen Kollegen konkurrieren musste. Offenbar war er bei Teenies ebenso beliebt wie bei deren Müttern und Großmüttern, hatte mittlerweile drei Bücher veröffentlicht und machte Werbung für gesalzene Nüsse, Surfbretter und Pelletöfen.

»Angenehm«, sagte mein Vater, aber ich konnte mir lebhaft vorstellen, wie sehr es ihm missfiel, von einem derart überdrehten, selbstverliebten und dazu noch großen Menschen bedrängt zu werden, während er auf dem Schminkstuhl saß und sich nicht rühren konnte.

»Ich muss unbedingt mal zu Ihnen ins Restaurant kommen, Chef Malventi!«, sagte Saltalacqua. »Sie sind zwar ein

Traditionalist, aber die werden ja auch gebraucht! Hut ab! Respekt!« Dabei lief er hektisch auf und ab, fuhr sich mit dem Handrücken unter die Nase, kratzte sich am Ohrläppchen.

»Das Restaurant gehört mir gar nicht mehr«, knurrte mein Vater fast unhörbar.

Offenbar hatte Saltalacqua tatsächlich nichts gehört, denn jetzt sah er zu mir rüber, winkte zwischen mir und meinem Vater hin und her und sagte: »Assistentin oder Freundin, Chef? Na? Mir können Sie es ruhig sagen!«

»Das ist mein Vater!«, sagte ich, mein Gesicht glühte.

»Das ist meine Tochter!«, sagte mein Vater aufbrausend.

»Das ist die Tochter des Maestros, Mirko«, sagte Capaci, auch er leicht indigniert.

»Was wäre denn bitte schön so schlimm daran?«, sagte Saltalacqua. »Darf sich ein Spitzenkoch etwa keine jüngere Geliebte leisten? Warum sollte er sich dann überhaupt die Mühe machen, ein Spitzenkoch zu werden?« Aber ein bisschen peinlich war es ihm scheinbar doch, denn er ging schnell zur Tür und brüllte in den Flur: »Sonia, wo zum Teufel bleibst du denn?«

Eine Maskenbildnerin in einem Kittel mit großen Taschen voller Pinsel und Schminkstiften kam herbeigelaufen, warf sich in seine Arme und küsste ihm die Wangen.

»Ciao, na, wie sehe ich aus?«

»Geil!«, sagte sie und schien wirklich daran zu glauben.

Saltalacqua klopfte ihr kräftig auf den Hintern und sagte: »Und du erst, Teufel auch!« Mit der schwungvollen Drehung eines Toreros zog er seine Jacke aus, setzte sich auf einen der freien Schminkplätze und brüllte: »Dann wollen wir doch mal sehen, ob du mich noch mehr aufbrezeln kannst, Supersonietta!«

Capaci wirkte ein wenig pikiert und sagte: »Jetzt reiß dich mal zusammen, Mirko, ein bisschen mehr Respekt vor dem Maestro.« Immerhin hatte Capaci noch die klassische Ochsentour vom Tellerwäscher zum Küchenchef hinter sich gebracht, während Saltalacqua schon mit vierundzwanzig die erste Staffel von *Chef Test* gewonnen und kurz danach sein erstes Lokal mit Crossover- und experimenteller Küche aufgemacht hatte, nur ein Jahr später bekam er den ersten Michelin-Stern, im Jahr darauf den zweiten.

Saltalacqua drehte sich zu Capaci und sagte: »Du hast doch nur Schiss, dass ich dich eindampfe, Supercapax! Ich schlage dich am Herd, und ich schlage dich beim Publikum, und ich schlage dich bei den Frauen und auch bei Chef Malventi hier! Da kannst du machen, was du willst!«

»Vergiss es, das glaubst du doch selbst nicht«, erwiderte Capaci, wenn auch irgendwie ein bisschen kleinlaut.

»Wie viele neue Gerichte hast du denn kreiert, Capax, lass mal hören! Kein einziges! Du gehst doch immer nur auf Nummer sicher, hältst dich an die Tradition, genauso wie es dieser Blogger geschrieben hat!«

Aus seiner Rückenlage auf dem Schminkstuhl sah mein Vater ihn an und sagte: »Wer die Tradition nicht kennt, kann auch nichts Neues erfinden, das etwas taugt.«

»Hast du gehört, was der Maestro gesagt hat?«

»Ja, aber du kopierst doch nur die anderen, Capax!« Saltalacqua drehte den Kopf zu meinem Vater und nötigte so die Maskenbildnerin, seinem Gesicht zu folgen. »Sie auch, Chef, all Ihre Rezepte hat er kopiert, was glauben Sie denn?«

»Jetzt reicht's aber, Schluss jetzt, Mirko!«, sagte Capaci, diesmal mit etwas mehr Nachdruck, offenbar war das ein wunder Punkt. Und tatsächlich hatte mein Vater in den zweieinhalb Folgen, die wir gesehen hatten, mindestens zwei Rezepte wiedererkannt, die er eins zu eins von ihm übernommen hatte.

»Ich kopiere nicht, ich zitiere nur«, sagte Capaci mit wachsendem Unbehagen. »Das ist meine Hommage an einen großen Maestro.«

»Wie heißt es doch bei den Chinesen so schön: Wer täuschen will, gibt dem Kind einen anderen Namen«, sagte mein Vater.

»Aber Maestro, Sie wissen doch, wie sehr ich Sie verehre!« Capaci klang plötzlich verzweifelt.

»Hast du das gehört, Capax?«, hakte Saltalacqua erbarmungslos nach, offenbar nicht im Geringsten gewillt, Capaci zu verschonen. »Wie viele Follower hast du auf Facebook?«

»Fünfundsechzigtausend«, sagte Capaci stolz und wandte der Maskenbildnerin die andere Hälfte des Gesichts zu.

»Fünfundsechzigtausend, die kriege ich in einem Monat dazu«, sagte Saltalacqua. »Ich bin jetzt bei eins Komma zwei Millionen.«

»Na klar, im Tausenderpack gekauft«, stichelte Capaci.

»Was gekauft?«, sagte ein dicker Typ mit Perücke und roter Brille, der plötzlich schnaufend in der Tür stand. Auch ihn erkannte ich sofort: Das war Mike Evangelista, der dritte Juror, ein Direktimport von *Chef Test* USA.

»Die Follower auf meiner Homepage, die hätte er wohl gern, dieser Tellerwäscher!«, sagte Saltalacqua.

»Natürlich hat er die gekauft«, sagte Evangelista mit schwerem Akzent, der in der Show zu seiner Rolle gehörte. »Das machen doch alle, oder nicht?«

»Du auf jeden Fall«, erwiderte Saltalacqua und kniff die Augen zu, damit die Maskenbildnerin besser arbeiten konnte.

»Aber ich bin doch gar nicht mehr auf Facebook, Darling!«, sagte Evangelista und ließ sich auf einen der freien Schminksessel fallen.

»Na klar doch«, sagte Saltalacqua. Doch anscheinend ließ die Wirkung der Mittel, die er eingenommen hatte, jetzt rapide nach: Er lallte leicht und ließ die Augen auch dann noch geschlossen, als die Maskenbildnerin zu einer anderen Gesichtspartie überging.

»Ich habe meine Seite abgeschaltet, wegen der ganzen Hater und Trolle, die ihr mir auf den Hals gehetzt habt«, sagte Mike Evangelista. »Die schreiben Sachen wie: ›Scheißfettsack!‹, ›Am liebsten würde ich dich in Säure auflösen!‹, ›Geh doch zurück nach Amerika!‹ Diese Hurensöhne!«

»Damit habe ich nichts zu tun, Mike«, sagte Capaci und hob zum Zeichen seiner Unschuld die Hände.

»Du Hurensohn«, brummte Saltalacqua schläfrig, eingelullt von den sanften Pinselstrichen im Gesicht.

»Genug jetzt, Jungs, konzentrieren wir uns lieber mal darauf, was heute ansteht«, sagte Capaci. In der Show bekleidete er die Rolle des Gemäßigten mit gesundem Menschenverstand, im Gegensatz zu Evangelista, der den Part des leicht exzentrischen Spinners übernahm, typisch amerikanisch eben, und Saltalacqua, der den genialen Chaoten gab.

71

»Vergiss es, Capax, keine Chance«, krächzte Saltalacqua und räkelte sich genüsslich.

»Aber wir müssen mit dem Maestro doch wenigstens den Ablauf durchgehen«, sagte Capaci.

»Das regle ich schon!«, sagte Saltalacqua, der mit einem Schlag wieder hellwach war. »Schließlich sind wir beide hier die einzigen Spitzenköche! Du und Mike, ihr seid doch bloß Köche!«

»*Fuck you*, Mirko«, sagte Mike Evangelista und zeigte ihm den Mittelfinger, während eine Maskenbildnerin ihm die Brille abnahm, um sich seinem großen Gesicht widmen zu können.

Als mein Vater mich ansah, lag in seinem Blick die blanke Mordlust.

Ich machte eine unverfängliche Geste und verließ den Raum.

Ich warf erneut einen Blick ins Studio

Ich warf erneut einen Blick ins Studio, wo es nun laut und
geschäftig zuging und alles hell erleuchtet war. Der Raum
wirkte jetzt viel kleiner als im Halbdunkel und noch viel
kleiner als im Fernsehen. Die Beleuchter richteten Scheinwerfer und Beamer ein, die Kameraleute checkten ihre
Aufnahmegeräte, die Autoren guckten in Skripte und auf
Tablets, die Assistenten rannten hektisch raus und rein.
Hinter den Kochzeilen standen die zehn Bewerber, die wir
draußen getroffen hatten, mittlerweile geschminkt, frisiert
und so gekleidet, dass die charakteristischen Eigenschaften
eines jeden maximal zur Geltung kamen. Die ganze Band-
breite menschlicher Stereotypen war versammelt, wie aus
einem Online-Katalog bestellt: die unsichere Blonde, der
Streber mit der dicken Brille, die nicht mehr ganz taufri-
sche Raubtierkatze mit glänzend schwarzer Mähne, der
anämische Typ mit Vampirzähnen, der achtzehnjährige
Punk mit blauem Iro und Nasenring, der muskelbepackte,
über und über tätowierte Pseudobösewicht, der struppige
Kraftprotz, der Familienvater, die lustlose Angestellte, die
Riesenfrau mit Bürstenhaarschnitt. Alle in einer Art emo-
tionalem Stand-by, zwischen Langeweile und Aufregung,
in gespannter Erwartung, dass das Spiel, das ihr Leben ver-
ändern konnte, endlich begann. Sie unterhielten sich, ki-

cherten, schlenderten zwanglos umher, um sofort wieder an ihren Platz zurückzuspurten, sobald irgendein Autor oder Assistent sie rief. Keine Sekunde ließen sie die Kameras aus den Augen, auch wenn sie abgeschaltet waren; sie probierten Gesten und Mienen, die es mit ein wenig Glück vielleicht bis in die Endmontage schafften, um dann von einer Million Zuschauern bewundert zu werden, die jeden Freitagabend die Sendung verfolgten.

Es war schon ein komisches Gefühl, ausgerechnet wegen meines Vaters hier zu sein, nachdem er sich jahrelang ausgesprochen abfällig über Kochshows im Allgemeinen und Kollegen, die dabei mitmachten, im Besonderen geäußert hatte. »Was die da machen, ist doch reine Volksverdummung«, hatte er gesagt. »Die wollen den Leuten doch tatsächlich weismachen, jeder dahergelaufene Dilettant könne es mühelos zum ernsthaften Koch bringen, wenn er nur ein paar Grimassen schneidet und lange genug vor der Kamera herumhampelt. Einfach so, ohne je eine richtige Küche zu betreten, ohne harte Lehrjahre bei einem richtigen Koch, ohne je irgendwem, außer vielleicht der Frau Mama oder ein paar Freunden, eins seiner schnöden Machwerke vorzusetzen.« Aber das war typisch für ihn, erst eine scheinbar unumstößliche Meinung äußern, um schon im nächsten Moment umstandslos das genaue Gegenteil zu behaupten. Das ist seine Art, Entscheidungen zu treffen, die glücklichsten, aber auch die verhängnisvollsten; ein Verhalten, das mich seit jeher zutiefst verunsichert.

Plötzlich stand ein Typ mit Einsiedlerbart und fiebrigen Augen direkt neben mir und fragte: »Verzeihung, kann ich Ihnen vielleicht irgendwie helfen?«

»Ich gehöre zu Achille Malventi, dem Ehrengast der heutigen Folge«, sagte ich und versuchte krampfhaft, mich nicht schon wieder wie ein unbefugter Eindringling zu fühlen. Dieses Gefühl befiel mich geradezu zwanghaft, und erbittert fragte ich mich, ob ich es jemals loswürde oder mich ein für alle Mal damit abfinden musste. Ob es wohl tatsächlich mit meinem Vater zusammenhing, mit der grundlegenden Verunsicherung, die er mir einflößt? Zum größten Teil wahrscheinlich schon, andererseits finde ich es pathetisch, sich fortwährend über die eigenen Eltern zu beklagen. (Das haben sie übrigens auch nie getan, vielleicht auch deshalb, weil sie nicht daran glaubten, dass es so etwas wie perfekte Eltern überhaupt gab.)

Der Typ mit dem Einsiedlerbart musterte mich und sagte: »Ach ja?«

»Ich bin seine Tochter«, sagte ich schnell, um gleich jedes Missverständnis wie bei Saltalacqua auszuschließen.

»Der müsste in der Schneiderei sein«, sagte der Typ. »Ich bringe Sie hin.«

»Nicht nötig«, sagte ich, aber er ging trotzdem mit schnellen Schritten vor mir her und klopfte an eine Tür.

Die Tür ging auf, und heraus kam Capaci, in voller Montur, einem leuchtend blauen Kochdress und mit orangefarbenem Make-up. Mit ausdruckslosem Gesicht sagte er: »Ah, Marghe.«

Nun, da der Typ mit dem Einsiedlerbart wusste, dass ich keine Aufschneiderin war, drehte er sich wortlos um und entfernte sich rasch.

Wieder ging die Tür auf, und heraus kam mein Vater in seiner schlichten weißen Kochjacke, mit seiner schlichten weißen Kochmütze in der Hand und einem Ausdruck stillen Triumphs in den Augen. Irgendwie hatte er es geschafft, sich ein weniger auffälliges Make-up auftragen zu lassen als Capaci; er sah jetzt fast genauso aus, wie ich ihn aus den goldenen Zeiten des Restaurants in Erinnerung hatte. Als ich ihn nun nach fünf Jahren, in dem festen Glauben, das sei nun endgültig vorbei, plötzlich wieder in seiner alten Chefkoch-Kluft sah, zumal in einem derart fremden Ambiente, war ich ziemlich gerührt.

Ich war so froh, dass er den Nachstellungen der Masken- und Kostümbildnerinnen unbeschadet entkommen war, dass ich unwillkürlich lachen musste.

»Was gibt's denn da zu lachen?«, erkundigte er sich, aber es war ihm anzusehen, wie stolz er war, seine Würde gewahrt zu haben.

Ich zwang mich, wieder ernst zu werden; im Übrigen wusste ich ja nur allzu gut, wie stur er sein konnte, ich hätte mich also gar nicht zu wundern brauchen. Im Grunde war ich richtig stolz auf ihn, weil er sich nicht hatte einspannen lassen für die Rolle des kauzigen Alten, wie sie den Autoren offenbar vorschwebte. Allerdings fragte ich mich schon, ob ihm dieser FernsehAuftritt, wie er glaubte, tatsächlich dabei helfen würde, seinen wohlverdienten Platz in der Geschichte der italienischen Küche zurückzuerobern.

Jetzt kam auch Evangelista heraus, er trug eine dicke, auffällige Kochjacke mit Stehkragen, wie wir sie von einer früheren Sendung kannten, diesmal in Goldgelb, dazu eine Brille in derselben Farbe. Unmittelbar hinter ihm tauchte Saltalacqua auf, wieder in einem ziemlich verrückten Nadelstreifenanzug und weißen Hightech-Schuhen. Er sagte zu mir: »Ganz schön stur, dein Vater, wir haben alles versucht, um ihm wenigstens ein bisschen Farbe ins Gesicht zu bringen, aber keine Chance!«

»Natürlich nicht«, knurrte mein Vater. Auch wenn er, was Kostüm und Maske anging, seinen Willen durchgesetzt hatte, war doch offensichtlich, dass er sich weiterhin auf feindlichem Terrain bewegte.

»Der Maestro ist der Maestro, er braucht keine Farbe«, verkündete Capaci mit Nachdruck und schien seinen alten Chef tatsächlich aufrichtig zu bewundern.

»Aber die Show schon«, witzelte Saltalacqua krampfhaft, um seine Gereiztheit zu überspielen. Da er inzwischen seit zwei Jahren auch Koproduzent der Sendung war, das hatte ich auf Wikipedia gelesen, würde er garantiert vor nichts zurückschrecken, Hauptsache, die Einschaltquoten stimmten. »Sonst könnten wir ja gleich in Schwarzweiß senden, Vintage-Style, für die letzten Mohikaner.«

Mein Vater verzichtete auf eine Antwort, aber sein hasserfüllter Blick verriet, dass er Saltalacqua, hätte er eine Pistole gehabt, am liebsten abgeknallt hätte.

Ich folgte dem Tross, meinem Vater, den drei Starköchen sowie den Kostüm- und Maskenbildnerinnen, die nebenherliefen und unterwegs weiterhin unermüdlich Bürste und Schminkpinsel schwangen, bis zum Studio. Das Licht blendete jetzt noch stärker, die Batterie aus Reflektoren, großen und kleinen Scheinwerfern verdrängte jeden Schatten und leuchtete jedes Detail, jedes Haar und jedes Kleidungsstück taghell aus. Ich wäre gern in der Nähe meines Vaters geblieben, aber er gab mir durch einen Blick zu verstehen, dass er in einem kritischen Moment wie diesem keine familiäre

Einmischung gebrauchen konnte. Zusammen mit Saltalacqua, Evangelista und Capaci ließ er sich von diversen Autoren und Assistenten zu einem Podest führen.

Ich stellte mich an die Seite, wo ich niemanden zu stören glaubte. Aber sofort kam eine hypernervöse Frau auf mich zu und sagte:»Verzeihung, aber Sie stehen im Bild.« Worauf sie mich in den toten Winkel hinter der Kamera schob. Ich stolperte über ein Kabel, zum Glück ohne zu stürzen, und versuchte trotz massiv eingeschränkter Sicht genau zu verfolgen, was mein Vater machte.

Es war nämlich keineswegs so, dass ich mir grundlos Sorgen machte: Es hatte schon mehrfach Situationen gegeben, die ohne den beherzten Eingriff der guten, unterwürfigen Tochter ganz schön in die Hose gegangen wären. Beispielsweise vor sechs Jahren, als auf dem Höhepunkt der Krise, der Bankrott stand kurz bevor, und es hagelte Klagen, eines Tages meine Mutter anrief und eher beiläufig sagte:»Ich glaube, dein Vater hatte einen Herzinfarkt, er sitzt auf dem Rand der Badewanne, lässt den Kopf hängen und antwortet nicht.« Damals alarmierte ich auf der Stelle den Notdienst im Krankenhaus ss. Giovanni e Paolo – meine Mutter dachte nicht im Traum daran, weil mein Vater sie nicht darum gebeten hatte –, verließ fluchtartig das Restaurant und hetzte wie eine Verrückte zu Fuß durch die Stadt, durch Calli, über Campielli und Ponti, bis zu ihrer Wohnung, wo ich außer Atem und mit pochendem Herzen kurz vor der Ambulanz eintraf. Später erfuhr ich von den Ärzten, dass es ziemlich knapp war, hätte man noch länger gewartet, wäre mein Vater vermutlich draufgegangen. Oder wie vor zwei Jahren, als ihm plötzlich eine Abmahnung des

Anwalts von Gordon Ramsay ins Haus flatterte, weil er ihm einen empörten Brief voller Drohungen und Beleidigungen geschickt hatte, nachdem er mitbekommen hatte, dass dieser sich erdreistete, in einem Rezept Nutella als Zutat zu empfehlen. Hätte ich Luca damals nicht dazu gebracht, ein anwaltliches Schreiben aufzusetzen, in dem er meinen Vater als alt, verwirrt und nicht mehr ganz zurechnungsfähig schilderte, wer weiß, wie viel Schadenersatz er hätte zahlen müssen. Und das sind nur zwei Beispiele von vielen.

Jetzt stand mein Vater auf dem Podest der Starköche, wechselte ein paar Worte mit Capaci und Evangelista, während Saltalacqua auf einem Bein balancierte, um eine blonde, halb magersüchtige Teilnehmerin zu beeindrucken, die ihn mit den Augen verschlang, und Autoren, Produzenten und Assistenten weiterhin hektisch palaverten und gestikulierten. Dann erschien der Kreativdirektor Zoca, erklomm das Podest und erläuterte meinem Vater noch einmal den Ablauf: Er deutete auf die Kandidaten, auf die diversen Kameras, auf unterschiedliche Stellen auf dem Podest. Mein Vater nickte, wippte auf seine übliche Art vor und zurück. Dann verließ Zoca das Podest, worauf Saltalacqua, Evangelista und Capaci routiniert ihre angestammten Positionen bezogen und meinen Vater in die Mitte nahmen. Von weitem sah er zwischen den drei großen, grell zurechtgemachten Männern komisch aus, ein kleiner alter Mann mit schneeweißem Haar, weißer Jacke und weißer Kochmütze, neben dem Goldgelb von Evangelista, dem poppigen Nadelstreifenanzug von Saltalacqua und dem Knallblau von Capaci. Autoren, Produzenten und Assistenten schwirrten um die Starköche herum wie ein Schwarm Fliegen, gaben

Ratschläge und Anweisungen, die ich von meinem Platz aus jedoch nicht verstehen konnte.

Dann ertönte ein Brummen, und eine schrille Stimme sagte: »Absolute Ruhe! Alle auf Position! Kandidaten, aufgepasst! Und Action!«

Sämtliche Kameras setzten sich gleichzeitig in Bewegung, einige fuhren auf die Kandidaten zu, eine auf Schienen machte einen Bogen um das Podest, eine segelte über die Starköche hinweg. Erschrocken guckte mein Vater nach oben und hielt schützend die Hand vor den Kopf, als müsste er den Angriff eines Raubvogels abwehren.

»Aus! Stopp! Halt!«, sagte die kratzige Stimme über den Lautsprecher. »Der Koch da ganz in Weiß darf nicht nach oben sehen! Gianni, sag ihm, dass er unbedingt nach vorne gucken muss! Die Kamera über ihm, die soll er vergessen!«

Sofort wurde mein Vater von diversen Autoren umringt, die ihm wort- und gestenreich erklärten, was er zu tun hatte. Auch Evangelista, Capaci und Saltalacqua gaben ihren Senf dazu; mein Vater nickte mehrfach.

»Also noch mal von vorn! Zack, zack! Alles auf Anfang! Und los!« Die Stimme klang ziemlich genervt. Alle Kameras gingen zurück auf ihre Positionen, fuhren erneut auf die Kochzeile mit den Kandidaten und das Podest mit den Starköchen zu.

Wie hypnotisiert verfolgte ich die technischen Abläufe, die großen elektronischen Augen, die Gestik und Mimik einfingen. Ich musste an meine Zeit an der Schauspielschule denken; als ich mich dort einschrieb, hatte ich überhaupt keine Ahnung davon, was Schauspielerei eigentlich bedeutet, fühlte mich aber insgeheim magisch angezogen von der

Aussicht, endlich einmal meine Emotionen frei ausleben zu können, ohne jede Rücksicht, denn die Verantwortung lag ja beim Regisseur. Ich war fasziniert vom Zauber des Bühnenlichts, von der Konzentration, mit der das Publikum jedes Wort, jede Geste wie gebannt verfolgte. Dort lernte ich auch Luca kennen, der auf seine Art dasselbe zu empfinden schien, und vielleicht war das auch der Fall, allerdings weitaus weniger intensiv. Hier im Studio hingegen erzeugte die Beleuchtung nur eine diffuse Helligkeit, den Regisseur sah man nicht, das Publikum mischte sich fortwährend ein, statt schweigend zuzusehen, und es gab nicht den geringsten Zweifel daran, dass Kandidaten wie Chefköche nur eine Rolle spielten, und dazu noch ziemlich laienhaft.

Auch mein Vater schien jetzt in seiner Rolle angekommen zu sein: Als die Kamera erneut über ihn hinwegflog, sah er ungerührt geradeaus und nickte anschließend tiefernst Saltalacqua zu, der ihn strahlend anlachte, dann Capaci und Evangelista, die sich vor ihm verbeugten.

Jetzt richtete Saltalacqua sich an die Kandidaten hinter ihren Herden, in Halbsätzen, die er von einem Teleprompter ablas und von Schildern, die von den außerhalb des Bildes hockenden Autoren hektisch bekritzelt wurden. »Liebe Kandidaten – aufgepasst – denn heute haben wir – einen echten Meisterkoch zu Gast – einen der Gründerväter – der italienischen Küche.« Er deutete auf meinen Vater. »Meine Damen und Herren – der große Meisterkoch – Achille – Malventi!«

Schon zu Hause hatten wir uns gefragt, warum in aller Welt die drei so abgehackt und gestelzt daherredeten. Jetzt wusste ich es und musste unwillkürlich lachen.

Anfänglich glotzten die Kandidaten meinen Vater verständnislos an, schalteten dann aber, sobald sie die anfeuernden Gesten der Autoren bemerkten, für die Kamera blitzschnell auf Staunen und Bewunderung um.

Mein Vater spitzte die dünnen Lippen, scheinbar zufrieden, dass ihm nun endlich die verdiente Anerkennung zuteilwurde. Ich aber bekam Herzklopfen, als ich ihn so sah, den Kameras und dem gleißenden Licht schutzlos ausgeliefert.

Capaci blickte in ein elektronisches Auge, das auf ihn zufuhr. Mit bewegter Stimme sagte er, teilweise abgelesen, teilweise improvisiert: »Ich hatte die Ehre – für Maestro Malventi – arbeiten zu dürfen – und ich kann euch versichern – das war – die lehrreichste Zeit – meines Lebens.«

Wieder nickte mein Vater zustimmend, dennoch konnte ich mir kaum vorstellen, dass er sich unter diesen Umständen wohl fühlte. Die meiste Zeit seines Lebens hatte er in einem Restaurant verbracht, seine Beziehung zur Außenwelt war schon immer problematisch. Vielleicht hat er sich ja gerade deshalb am liebsten in der Küche versteckt und sie nur ausgesprochen ungern verlassen. Als ich klein war, kam er weder zum Mittag- noch zum Abendessen nach Hause. Normalerweise hatte er auch am Ruhetag keine Lust, für mich und meine Mutter zu kochen, und wenn er es dennoch tat, war das eine denkwürdige Ausnahme. Wenn er abends nach Hause kam, schlief ich meistens schon längst, doch wenn ich mitunter aufwachte, weil ich die Wohnungstür hörte, fühlte ich mich immer irgendwie unglaublich erleichtert, weil er wieder einmal einen Tag unbeschadet überstanden hatte. Gerade weil er so arrogant und dickköpfig ist, verliert er leicht die Fassung, kann jederzeit explodieren oder zusammenbrechen. Da wird es jedem einleuchten, dass ich keineswegs seelenruhig im Studio saß, um seinen Auftritt zu genießen. Vielmehr hielt ich den Atem an und rechnete jeden Augenblick mit dem Schlimmsten.

Als Evangelista sah, dass er an der Reihe war, improvisierte er anhand dessen, was man ihm zu lesen gab: »Chef Malventi – Sie haben ein Restaurant – in Venedig – berühmt in ganz Italien – in der ganzen Welt!«

Schlagartig verzog mein Vater das Gesicht. »Es gehört mir nicht mehr! Es trägt zwar noch meinen Namen, aber nur, weil sie mir auch den gestohlen haben!«

»Wer denn?« Evangelista guckte verdattert, sah hilfesuchend um sich.

»Meine sogenannten Kompagnons!«, sagte mein Vater. »Zwei elende Diebe und Betrüger!«

Nun begannen die Autoren hektisch zu schreiben und winkten Capaci zu, der auch sofort loslegte, aber mit trauriger Stimme: »Maestro, wir wissen, dass – Ihr Restaurant – leider nicht mehr Ihnen gehört – und wir bedauern das sehr – aber was jetzt zählt – ist, dass – Sie heute hier bei uns sind – hier bei *Chef Test*.«

»Nein, Capaci, was zählt, ist, dass man mich schamlos ausgeraubt hat!« Die Stimme meines Vaters zitterte vor Zorn, der sich seit fünf Jahren Tag um Tag in ihm aufgestaut hatte. »Ich bin nur deshalb hier, weil man mich nicht mehr in mein eigenes Restaurant lässt, um meine heilige Arbeit zu verrichten!«

Capaci sah zu Saltalacqua hinüber, der wiederum zu den Autoren, die sich ihrerseits mit ratlosen Mienen gegenseitig anstarrten. Evangelista faltete die Hände über seinem großen runden Bauch, hob und senkte die Augenbrauen, wusste allerdings auch nicht, was er dazu sagen sollte.

»Man hat mich über den Tisch gezogen, nach allen Regeln der Kunst«, kreischte mein Vater. »Mit pseudolegalen Tricks, versteckten Vertragsklauseln und Spielchen mit Geschäftsanteilen, alles Dinge, mit denen ein Chefkoch sich nicht auskennt, weil das nicht zu seinen Aufgaben gehört!«

Die drei Starköche machten einen zunehmend verstörteren Eindruck, die Autoren, die am Fuß des Podests und am Rand des Sets hockten, schrieben wie die Wilden und schwenkten aufgeregt ihre Schilder. Die Kandidaten verstanden überhaupt nicht, was los war.

»Man hat mich zwangsenteignet!«, schrie mein Vater, bebend vor Zorn. »Und bisher wurde alles systematisch totgeschwiegen, ein regelrechtes Kartell des Schweigens! Nicht ein einziger Kollege hat es gewagt, für mich Partei zu ergreifen! Kein Schreiberling hat es für nötig gehalten, auch nur zwei Worte auf einen Fall zu verwenden, der geradezu nach Rache schreit!«

»Chef Malventi«, sagte Saltalacqua schließlich, als er die hektischen Gebärden und Blicke der Autoren sah.

»Lassen Sie mich bitte ausreden, junger Mann!«, brüllte mein Vater. »Alle reden immer über das Recht auf Arbeit, meist an der falschen Stelle, aber wenn man einem Koch das Restaurant wegnimmt, wo bleibt dann für ihn dieses vielgerühmte Recht auf Arbeit?«

Ich war in heller Aufregung, wie nur er sie bei mir auszulösen vermag, und fürchtete, er könne den Bogen überspannen und sich zu einer Art Kamikaze-Aktion hinreißen lassen. Eigentlich rechnete ich jeden Augenblick damit, dass die Stimme aus dem Lautsprecher die Dreharbeiten stoppen und meinen Vater rauswerfen würde, womöglich unter Androhung juristischer Konsequenzen. Doch merkwürdigerweise geschah nichts dergleichen.

»In diesem Land der Nichtsnutze«, schrie mein Vater, »wo Inkompetenz und moralische wie geistige Unredlichkeit triumphieren, auf allen Ebenen!«

Saltalacqua versuchte, die Situation wieder unter Kontrolle zu bringen, mit Hilfe sämtlicher Autoren: »Wie dem auch sei – Sie – Chef Malventi – bleiben ein Angelpunkt – der italienischen Küche.«

»Da wäre ich doch lieber eine Tür als ein Angelpunkt, junger Mann!«, kreischte mein Vater. »Denn heute gehen die Leute in ein Restaurant, das meinen Namen trägt, geben für miserables Essen ein Heidengeld aus, das einzig und allein der Bereicherung von Halsabschneidern dient, die als Gastronomen zu bezeichnen eine Schande ist!«

Allgemeines Schweigen, dann machte Saltalacqua eine halborientalische Verbeugung mit gefalteten Händen, wie um das Kapitel abzuschließen. »Chef Malventi – wir haben Sie heute – als Ehrengast – zu uns – hierher zu *Chef Test* – eingeladen – weil Sie ein ganz Großer – der italienischen Küche sind.«

»Wir können noch so viel – von Ihnen lernen – Maestro«, sagte Capaci mit Überzeugung.

»*Just phenomenal*«, sagte Evangelista, mit den Händen auf dem Bauch.

Mein Vater nickte skeptisch, sagte aber nichts mehr. Vielleicht hatten die schmeichelhaften Äußerungen seinen

Zorn ja doch besänftigt, oder ihm war nach dem Wutausbruch schlichtweg die Puste ausgegangen, oder seine Wut war einigermaßen abgeflaut, weil er endlich einmal öffentlich seine Wahrheit herausgebrüllt hatte.

Ein Summer ertönte, und eine schrille Stimme aus dem Lautsprecher sagte: »Okay, kommen wir nun zur Demonstration.«

Zwei Techniker rollten eine mobile Kochstation herein und platzierten sie vor der Herdzeile der Kandidaten. Als daraufhin auch einige Kameras den Standort wechselten, verscheuchte mich ein Assistent mit der Bemerkung »Aus dem Bild«.

Ich stellte mich an den Platz, den er mir zuwies, wurde aber auch da sofort wieder verscheucht, so dass ich notgedrungen noch weiter vorrückte und schließlich, an die Studiowand voller Kabel gequetscht, ziemlich nah bei der neuen Kochstation landete. Meinen Vater und die drei Starköche konnte ich jetzt gar nicht mehr sehen, da sie von einem summenden Schwarm aus Autoren, Produzenten und Assistenten umringt wurden. Dafür konnte ich nun direkt in die Gesichter der Kandidaten blicken, die unablässig zwischen Langeweile und höchster Anspannung schwankten, je nachdem, welche Signale gerade von den Autoren und Technikern kamen, je nachdem, wohin die Kameras gerade zeigten.

Dann löste der Schwarm sich größtenteils auf, und mein Vater wurde von Saltalacqua, Capaci und Evangelista zu der mobilen Kochstation geleitet. Er wirkte nun erstaunlich gelassen, obwohl die drei ihn überragten und diverse Autoren ihn von hinten mit Anweisungen bedrängten. Eine Maskenbildnerin tupfte ihm den Schweiß von der

Stirn, eine andere korrigierte das Make-up von Saltalacqua, Evangelista und Capaci, während die Kostümbildnerinnen Schultern und Kragen abbürsteten.

Wieder ertönte der Summer, und die Stimme aus dem Lautsprecher sagte: »Jetzt kommt die Vorführung! Tempo! Los, los! Alle auf Position!« Autoren, Masken- und Kostümbildnerinnen prallten fluchtartig zurück, die roten Lämpchen an den Kameras leuchteten auf, und die Kandidaten setzten schlagartig eine andere Miene auf.

Saltalacqua blinzelte in eine Kamera, die ihm fast auf den Leib rückte, entblößte seine schneeweiß gebleichten Zähne zu einem breiten Lächeln wie in Zeitschriften, auf Werbeplakaten oder Verpackungen der Produkte, für die er sein Gesicht hergab. »Liebe Kandidaten – jetzt wird Ihnen – der große Meisterkoch – Chef Malventi vorführen, wie man eine …« Er machte eine Kunstpause, um die Spannung zu steigern und zu entziffern, was ihm die zu seinen Füßen knienden Autoren aufgeschrieben hatten: PAST GRICIA NICHT AMATRIC BIANCA!

Auch mein Vater guckte auf das Schild, verzog aber keine Miene.

Saltalacqua sagte: »Die echte Pasta – alla gricia! Die man nie – unter gar keinen Umständen – als Amatriciana bianca bezeichnen darf!«

»Absolut nicht!«, sagte Capaci energisch. »Das wäre ein schrecklicher – philologischer – Fehler!«

»Niemals, *never ever*!«, sagte Evangelista.

Angespornt durch die aufmunternden Gesten eines Autors, nickten die Kandidaten hinter ihrer Herdzeile ehrfürchtig, als würden sie Zeugen einer Offenbarung.

»Und auf keinen Fall darf man Bauchspeck anstelle von Schweinebacke verwenden!«, improvisierte Saltalacqua munter drauflos. »Einmal habe ich einen sogenannten Meisterkoch dabei erwischt! Den Namen will ich nicht verraten! Aber garantiert klingeln ihm jetzt die Ohren!«

Die beiden anderen Starköche und die Kandidaten grinsten so breit, als hätten sie gerade etwas unglaublich Komisches gehört. Mein Vater verzog noch immer keine Miene.

Dann las Capaci umstandslos von einem Schild ab, auf dem BESCHREIB GERICHT stand, und wandte sich an meinen Vater: »Chef Malventi – würden Sie uns – das Gericht beschreiben?«

»Das ist eine lange Geschichte«, sagte mein Vater. »Erfunden wurde das Gericht um 1400, vielleicht sogar noch früher, von Schäfern aus dem Grenzgebiet zwischen Latium, Umbrien und den Marken. Wahrscheinlich kommt der Name von *gricio,* wie damals in Rom die Bäcker genannt wurden, vermutlich weil viele von ihnen aus Graubünden in der Schweiz stammten …«

Mit Zeige- und Mittelfinger imitierten die Autoren eine Schere: kürzen, kürzen, kürzen. Einer von ihnen schrieb hastig BESCHREIB KURZ!

»Eine kurze Beschreibung – bitte – Chef Malventi«, sagte Saltalacqua. Als er ZEIT TYRAN las, sagte er: »Leider – ist die Zeit – ein Tyrann, Chef.«

»*Get down to it,* Maestro!«, sagte Evangelista, der seine Popularität dadurch erlangt hatte, dass er den dicken, sympathischen Amerikaner spielte, mit Toupet und exzentrischem Brillengestell, und nach drei Jahren bei der italienischen Version von *Chef Test* immer noch nicht richtig Italienisch sprach.

Resigniert zuckte mein Vater die Schultern, als hätte er ohnehin die Lust verloren, die Geschichte zu erzählen, egal, ob kurz oder lang. »Es war ein einfaches Gericht, aus dem wenigen, was die Schäfer so bei sich hatten, wenn sie ihre Herde über Land trieben.«

»Einfache Gerichte – sind spitze!«, krähte Saltalacqua, nachdem er EINF GERICHT OK! gelesen hatte. Dann improvisierte er erneut: »Wie ihr ja wisst, habe ich mit der traditionellen Küche nicht viel am Hut, aber die einfachen Gerichte, die liebe ich!« Und als er das Schild mit REINH URSPR sah, skandierte er prompt: »Da ist Reinheit – das Ursprüngliche – in den einfachen Gerichten!«

»Das kann ich nur unterschreiben, ich nehme sie mir auch immer wieder vor, unsere einfachen Gerichte!« Capaci ging spontan auf das Thema ein. Ganz so, als würde das Kochen einfacher Gerichte in einem Restaurant, wo man hundert Euro allein für das Gedeck hinlegte, auf irgendeine Weise den einfachen Leuten zugutekommen.

»Sie sind – unser Ursprung!«, sagte Evangelista mit Blick auf das Schild MIKE: URSPR GROSSELT ABRUZZ HUNGER. »Meine Großeltern sind gekommen – aus den Abruzzen nach Amerika – mit Hunger! Sie machten Essen – aus nichts!«

Jetzt schwenkte ein Autor das Kommando VORFÜHR LOS! Saltalacqua klopfte mit der Hand auf die Kochstation und sagte: »Chef Malventi – geben Sie uns die Ehre – dieses Gericht – für unsere Kandidaten – zu kochen!«

»Eine echte kulinarische *lectio magistralis*!« Capaci las

direkt vom Schild ab, hatte aber, das merkte man an der Aussprache, keinen Schimmer, was er da sagte.

Evangelista nickte heftig mit dem Kopf und deutete dann mit dem Zeigefinger auf die Kandidaten: »Achtung – aufgepasst – denn gleich müsst ihr – das Rezept von Chef Malventi – nachkochen!«

»Genau!«, sagte Saltalacqua. »Und Ihre Bewertung – Chef – bestimmt maßgeblich – wer – aus dieser Runde – als Gewinner hervorgeht!«

»Aber auch – wer ausscheiden muss – und nie mehr einen Fuß – in die Küche – von *Chef Test* – setzen darf!«, skandierte Capaci.

Saltalacqua lüftete schwungvoll eine Cloche, um die Zutaten zu enthüllen: »Also: Schweinebacke – Pecorino romano – schwarzer Pfeffer – Olivenöl extra vergine!«

»Das ist alles – was man – für eine echte Pasta alla gricia braucht!«, sagte Capaci in seiner Rolle als Unterstützer.

Als Evangelista den Kommentar AUCH EINF GERICHT las, plapperte er ihn sofort nach: »Auch das – ein einfaches Gericht.«

»Mit dem Olivenöl, das geht nicht«, sagte mein Vater.

»Wieso das denn?«, sagte Evangelista und legte irritiert den Kopf schief.

»Das geht nicht«, sagte mein Vater noch einmal.

»Aber das ist hochwertiges Olivenöl, Chef«, sagte Saltalacqua, weil die Firma, die das Öl produzierte, zu den Sponsoren der Sendung gehörte. »Zu hundert Prozent aus Italien.«

»Ob aus Italien oder nicht, spielt überhaupt keine Rolle, Olivenöl kann man dafür nicht nehmen«, sagte mein Vater ungerührt. »Für die Pasta alla gricia braucht man Speck vom schwarzen Schwein.«

Es herrschte allgemeine Ratlosigkeit, damit hatte keiner gerechnet, alle guckten fassungslos von einem zum anderen, selbst die Kandidaten.

Plötzlich schrieb ein Autor blitzschnell GESTERN SPECK HEUTE ÖL auf ein Schild und fuchtelte damit eindringlich vor Saltalacquas Nase herum.

Der sagte: »Chef Malventi, mit dem Speck – das war einmal – heute nimmt man Olivenöl!«

»Speck ist – *old school,* Chef«, sagte Evangelista. »Und verstopft – die *arteries*!«

»Und dann noch vom schwarzen Schwein, Chef?«, sagte Saltalacqua abschätzig, diesmal spontan, ganz ohne Vorlage.

»Auch ich verwende mittlerweile bei allen Gerichten Olivenöl anstelle von Speck, Chef«, sagte Capaci, angespornt von einem Autor, der mit Nachdruck auf das Logo des Sponsors pochte.

»Ein großer Fehler, Capaci«, sagte mein Vater eiskalt. »Es steht völlig außer Frage, dass man für die Pasta alla gricia unbedingt Speck braucht, der einen sanften, lieblichen Geschmack hat und natürlich ganz anders bindet. Öl hat, wie Sie vielleicht wissen, eine vollkommen andere Konsistenz und zudem eine säuerliche Note, was die Ausgewogenheit des Ganzen unwiderruflich zerstört.«

Evangelista versuchte verzweifelt, eine Anweisung zu entziffern: MIKE – MODERN KÜCHE ÖL GESUND. Schließlich sagte er mit aufgesetztem Enthusiasmus, aber wenig Überzeugung: »Gesund kochen!«

Dieses Mal klang die Stimme aus dem Lautsprecher noch

verzerrter: »Halt! Stopp! Kamera aus! Könnt ihr mir vielleicht mal erklären, was hier eigentlich los ist?«

Kaum waren die roten Lämpchen erloschen, schossen die Autoren aus ihrer Deckung und bombardierten meinen Vater mit erregten Worten und Gesten.

Saltalacqua kicherte zwar, war aber sichtlich beleidigt und murmelte: »Der spinnt doch! Was zum Teufel denkt der sich dabei, mich als dummen Anfänger hinzustellen, der von Tuten und Blasen keine Ahnung hat?«

»Der Spinner hat bloß darauf hingewiesen, dass eine der Zutaten grundfalsch ist«, sagte mein Vater, der mit dem Alter nichts von seinem scharfen Gehör eingebüßt hatte. »Soll das hier nicht eine Kochschule sein?«

»Nein, Chef, das ist keine Kochschule«, sagte Saltalacqua aufgebracht, »sondern eine Castingshow für angehende Chefköche.«

»Und wenn schon! Jedenfalls ist das noch lange kein Grund, den ach so talentierten Bewerbern dummes Zeug zu erzählen, zumal sie von echter Küche doch ohnehin keinen blassen Schimmer haben.«

Saltalacqua funkelte ihn hasserfüllt an, traute sich aber anscheinend nicht, offen zu widersprechen, denn statt zu antworten, wandte er sich ab und grummelte: »Schweinespeck ist so was von out, eine Zutat aus dem letzten Jahrhundert.«

»*What the fuck? Guys, you've gotta figure this out!*« Evangelista knöpfte seine gelbgoldene Jacke auf, die am Bauch spannte und ihn ins Schwitzen brachte. »In zwei Stunden muss ich zum Flughafen.«

Capaci kämpfte mit sich, steckte in einem Loyalitätskonflikt zwischen seinem ehemaligen Chef und seinem neuen Team, tigerte, die Hände tief in den Taschen vergraben, mit hängendem Kopf auf und ab und sah niemandem ins Gesicht.

Ein Autor mit Glupschaugen sagte zu meinem Vater: »Hören Sie, Chef, Sie könnten doch einfach sagen: ›Ursprünglich verwendete man für dieses Gericht zwar Speck, aber heute nimmt man doch lieber Olivenöl, das ist gesünder und leichter verdaulich, vor allem wenn es sich um ein Spitzenprodukt handelt.‹«

»Olivenöl hat in einer Pasta alla gricia rein gar nichts verloren«, sagte mein Vater unerschütterlich. »Ob von guter oder schlechter Qualität ändert daran überhaupt nichts.«

Die Stimme aus dem Lautsprecher kreischte: »Was ist jetzt? Wir sind schon eine Stunde im Verzug, soll das hier etwa noch eine Stunde dauern?«

Ein Autor und einer von der Produktionsfirma drängten Capaci in eine Ecke und redeten auf ihn ein, als wäre er ihre letzte Rettung. Daraufhin ging er zu meinem Vater und sagte: »Maestro, das ist doch nur fürs Fernsehen. Wenn Sie sich dazu durchringen, das Olivenöl zu akzeptieren, wäre alles in Ordnung und wir könnten sofort mit der Vorführung weitermachen.«

Mein Vater schüttelte den Kopf, als hinge es nicht von ihm ab, sondern von übergeordneten Prinzipien der Kochkunst, gegen die er unmöglich verstoßen konnte. »Auf gar keinen Fall.«

»Was ist jetzt?« Die Stimme aus dem Lautsprecher überschlug sich fast. »Was macht ihr da unten eigentlich? Geht's jetzt endlich weiter?«

»Sag das mal dem Chef hier«, erwiderte Saltalacqua kleinlaut in Richtung Decke.

Dann kam Zoca, der Kreativdirektor der Fomo Italia, in heller Aufregung auf meinen Vater zu und versuchte es auf die diplomatische Tour: »Chef Malventi, mit Ihrem Besuch erweisen Sie uns wirklich eine große Ehre, aber Sie müssen auch verstehen, dass wir hier beim Fernsehen strenge Regeln und Zeitvorgaben haben und deshalb jetzt unbedingt mit der Vorführung weitermachen müssen.«

»Nicht mit den falschen Zutaten«, sagte mein Vater. Ich wusste, das war sein letztes Wort, für ihn eine Frage des Prinzips; er war nämlich wild entschlossen, nicht nur die letzte Bastion guter Küche zu verteidigen, sondern vor allem endlich Rache zu nehmen an der ganzen Welt, für alles, was sie ihm erst verweigert, dann gewährt, zum Schluss aber wieder genommen hatte.

»Chef Malventi, bitte«, bettelte Zoca inständig, als müsste er einen potentiell gefährlichen Verrückten beschwichtigen. »Sie sehen doch selbst, das Ganze hier ist ziemlich aufwendig, und wir sind eh schon weit über die Zeit. Könnten Sie bei so einer Kleinigkeit nicht vielleicht doch ein Auge zudrücken? Damit würden Sie uns einen großen Gefallen tun, dann könnten wir diesen Teil abschließen, Sie könnten gehen und wir mit dem Rest des Programms fortfahren.«

»Das ist aber keine Kleinigkeit«, erwiderte mein Vater, »sondern ein wesentlicher Bestandteil des Rezepts.«

Resigniert ließ Zoca die Arme sinken und brüllte entnervt, ohne jemanden direkt anzusprechen: »Besorgt ihm diesen Scheißspeck!«

Saltalacqua stand kurz vor einem Nervenzusammenbruch, er stöhnte, drehte sich um sich selbst.

»Und wo sollen wir den bitte schön hernehmen?« Einige der Autoren schüttelten den Kopf.

»Es wird hier in Corbagno ja wohl irgendwo einen Metzger geben!«, schrie Zoca.

»Just find a fucking butcher, come on!«, schrie auch Evangelista.

»Und zwar sofort! Bewegt euch! Worauf wartet ihr denn noch?«, brüllte Zoca und stapfte wütend davon.

»Los jetzt, aber ein bisschen zackig, sonst sitzen wir heute Abend noch hier!«, grölte Saltalacqua.

Ein paar Autoren stürzten zur Tür, die anderen umringten heftig gestikulierend und laut schnatternd die vier Chefköche, während die Kandidaten ratlos hinter ihren Herden standen und die Szene besorgt beobachteten.

Ich schwankte zwischen Stolz und Schuldgefühlen, quetschte mich an die Wand und hoffte inständig, dass mich niemand beachtete. Schade war nur, dass mein Vater für seine Prinzipienreiterei keinen besseren Aufhänger gefunden hatte als ausgerechnet Schweinespeck, zumal der ja bekanntermaßen unter Bedingungen produziert wurde, die an Tierquälerei grenzten, und mit wer weiß wie viel Chemie vollgestopft war. Aber eigentlich hätte ich es wissen müssen, denn mein Vater hatte schon immer ein unheimliches Gespür dafür, in Fragen des Prinzips auf das falsche Pferd zu setzen.

»Na gut, Schluss jetzt, verdammt noch mal!«, sagte die Stimme aus dem Lautsprecher kurz vorm Überschnappen. »Dann drehen wir die Vorführung eben erst, wenn der

Scheißspeck da ist! In der Zwischenzeit machen wir schon mal mit dem Crashtest weiter, sonst werden wir ja nie fertig!«

»Er muss aber vom schwarzen Schwein sein, der Speck«, sagte mein Vater.

Aus lauter Frust versetzte Saltalacqua der Herdzeile einen Tritt, während Evangelista in die hinterste Ecke des Studios abdampfte, um zu telefonieren. Capaci sah zu Boden, die Autoren redeten durcheinander und warfen meinem Vater feindselige Blicke zu. Mein Vater verzog den Mund zu einem leichten Lächeln.

Ich verließ das Studio, um einen Spaziergang zu machen

Ich verließ das Studio, um einen Spaziergang zu machen, ich war zu nervös, hielt es nicht mehr aus, untätig darauf zu warten, dass irgendjemand endlich irgendwo ein Stück Speck vom schwarzen Schwein aufstöberte. Dass dieses Corbagno kein lauschiger Ort war, der zum Spazierengehen einlud, wusste ich ja schon, trotzdem war der abrupte Wechsel von dem überheizten, hellerleuchteten, lauten Studio hinaus auf den öden, eiskalten Betonparkplatz ein Schock, so als beträte man einen äußerst unwirtlichen Planeten. In der Luft hing ein Schleier aus feinem, stechendem Staub, die Landschaft war so grau, dass einem das Herz weh tat. Ich bog in eine lange breite Straße ein, weit und breit kein Baum, nur gefrorene Felder und ein paar Grashalme, die todesmutig aus dem rissigen Asphalt hervorlugten. Als Venezianerin bin ich es gewohnt, in flottem Schritt kilometerlange Distanzen zurückzulegen, meist sogar schwer bepackt mit Taschen, Beuteln und Einkaufstrolley, aber diese Straße war so deprimierend, dass selbst ich automatisch gebückt ging, als müsste ich gegen einen Widerstand aus Leere und Schäbigkeit ankämpfen. Ich musterte den Bürgersteig, die Gullys, die Reifen der vorbeibretternden Autos und Lastwagen; es gab hier rein gar nichts, was auch nur den leisesten Hauch von Optimismus ausgestrahlt hätte. Außerdem war mir kalt. Ich fragte mich, ob ich nicht besser umkehren sollte, doch allein der Gedanke, mit angehaltenem Atem seinem Auftritt zusehen zu müssen, schreckte mich ab und trieb mich weiter. Im Übrigen legte er ohnehin keinerlei Wert darauf; auf meine Frage, ob ich bei ihm bleiben sollte, hatte er nur ungeduldig abgewinkt.

Nach einer Weile kam ich an einigen schäbigen Wohnsilos vorbei: eintönige Fassaden mit Schlitzfenstern so schmal wie Schießscharten und dazwischen schlotartige Treppenhaustürme mit großen Bullaugen aus Mattglas, mit Rissen im Beton und dunklen Wasserflecken, die die Wände herunterkrochen wie riesige Tränen. Wenn ich solche Gebäude sehe, egal, ob in Mestre, Marghera oder sonst wo, wird mir unweigerlich schlecht, denn immer drängt sich mir das Bild auf, wie ich selbst in einem dieser trostlosen Zimmer stehe und aus dem Fenster schaue.

Einen ausgeprägten Hang zum Trübsinn habe ich seit jeher, vielleicht ist das zum Teil ein Erbe meines Vaters, dessen Stimmung mitunter von höchster Euphorie unmittelbar in tiefste Depression umschlägt. Immer wenn mir die Schlechtigkeit der Welt zu Bewusstsein kommt, egal, ob in Form menschlichen Verhaltens, sozialer Verhältnisse oder angesichts von Gebäuden und Landschaften, verfalle ich in Melancholie. Dann will ich nur noch verschwinden, einfach nicht mehr da sein. Eine Zeitlang war ich wie besessen davon und dachte geradezu zwanghaft darüber nach, wie ich mir das Leben nehmen könnte. Das war der erste Gedanke beim Aufwachen und der letzte vorm Einschlafen: nicht emotional, sondern ganz nüchtern, fast wissenschaftlich. Damals bewunderte und beneidete ich all jene, die es geschafft hatten, freiwillig aus dem Leben zu scheiden, von literarischen Figuren über Musiker, die sich bewusst mit einer Überdosis umgebracht hatten, und Schauspielerinnen, die sich mit Alkohol und Tabletten vollgestopft hatten, bis hin zu Schriftstellern, die sich erschossen hatten. Allein die Tatsache, dass ich überhaupt auf der Welt war, kam mir vor wie ein unhaltbarer Übergriff, wie die Verurteilung zu einem elenden Leben, das in meinem Fall nicht einmal durch familiäre Liebe kaschiert wurde. Deshalb studierte ich ausgiebig alle erdenklichen Methoden, Schluss zu machen, immer auf der Suche nach der effektivsten und schmerzlosesten (und unblutigsten). Einmal, als ich dazu im Internet recherchierte, landete ich auf einer grauenhaften Website, wo die verschiedenen Techniken so detailliert beschrieben wurden, dass einem das Blut in den Adern gefror. Kurz darauf gab der Computer seinen Geist auf, und ich musste ihn zur Reparatur bringen (noch heute sehe ich das entgeisterte Gesicht des Technikers vor mir, als er ihn mir zurückgab). Aber dann verliebte ich mich in meine Arbeit.

Dass ich heute noch da bin, verdanke ich allein meiner Leidenschaft für das, was ich tue, und der Vorstellung, hinter jeder Ecke könnte eine freudige Überraschung warten. Und dem Mond natürlich. Eigentlich bin ich nämlich gar keine Pessimistin; es ist nur so, dass ich Licht mit derselben Leichtigkeit aufsauge wie Schatten.

An der nächsten Ecke sah ich, unten in einem grässlichen Haus, den Laden einer Fahrschule. Kurz dahinter das gelbe Schild eines Billigsupermarktes. Ich ging weiter, und als ich fast schon davorstand, rissen zwei junge bärtige Männer die

Tür auf, stürmten mit Tüten in der Hand heraus und sprangen in ein Auto, an dessen Steuer ein dritter Typ auf sie wartete; wie eine Rakete zischte das Auto davon, die Reifen quietschten und schlingerten auf dem nassen Asphalt.

Verunsichert blieb ich wie angewurzelt stehen, fragte mich, ob das wohl ein Überfall war. Allerdings kam niemand laut schreiend herausgelaufen, und Sirenen waren auch nicht zu hören. Ich wartete noch ein bisschen und ging dann hinein, um zu fragen, ob sie eventuell Speck vom schwarzen Schwein hätten, etwas, das ich zuvor noch nie gekauft und auch im Restaurant noch nie verwendet hatte. Eine dicke, fast stimmlose Verkäuferin sagte, sie habe zwar keine Ahnung, von welchem Schwein ihr Speck sei, aber das spiele eh keine Rolle, weil gerade eben alles von ein paar Jungs aufgekauft worden sei, die es furchtbar eilig hatten. »Die waren sofort wieder weg«, sagte sie und zeigte hektisch zum Ausgang.

Benommen schlich ich zwischen den Regalen umher, wie betäubt von dem Gedanken, ausgerechnet auf meiner ersten und vermutlich auch letzten Reise allein mit meinem Vater in einem Billigsupermarkt mitten im Nirgendwo gelandet zu sein. Lag darin womöglich eine Symbolik, die man deuten musste, oder war das nur ein blöder Zufall? Hatte ich mir wirklich eingebildet, zwei Tage würden reichen, um eine Beziehung herzustellen, die wir beide nie gehabt haben? Da erinnerte ich mich auf einmal an eine fast vergessene Episode aus meiner Kindheit: Es war im Sommer in den Bergen, mein Vater war zwar mit uns in die Ferien gefahren, würde es aber wie gewohnt nicht lange aushalten und nur zwei Tage später, die Arbeit vorschützend, vorzeitig wieder abreisen. Ich war zwölf und schon größer als er, wir gingen nebeneinanderher, meine Mutter ein paar Schritte hinter uns. Irgendwann legte ich ihm den Arm um die Schulter, beflügelt von der plötzlichen Gewissheit, unsere inexistente Beziehung würde sich nun schlagartig in eine wunderbare Freundschaft voller Gespräche, Vertrauen, Lachen und Spiele verwandeln. Doch stattdessen spürte ich, wie er erstarrte, als hätte ich eine Grenze überschritten und seine Integrität verletzt. Er senkte den Kopf, schüttelte meinen Arm ab und ging schnell weiter. Dann deutete er auf einen Punkt auf der anderen Talseite und sagte irgendetwas über die sommerlichen Farben im Gebirge. Am nächsten Tag fuhr er wieder nach Venedig; meine Mutter und ich blieben allein zurück, machten ausgiebige Spaziergänge, saßen in den Liegestühlen des Hotels und lasen, gelangweilt und schweigend.

Die Tour durch diesen gottverlassenen Supermarkt am Mailänder Stadtrand war sicher alles andere als ein Heilmittel für die Tristesse, die mich auf dem Weg hierher ergriffen hatte, und erst recht nicht für die Tristesse meiner Erinnerungen. Ich sah mir die Bilder von glücklichen Familien auf den Packungen an, und alles kam mir unsäglich verlogen vor. Dann blieb ich, wie jedes Mal im Supermarkt, vor den Kühltruhen stehen. Vielleicht liegt es an den frostigen Temperaturen, dass meine Empfindungen kristallisieren, vielleicht auch an den Vibrationen oder an den halb beschlagenen Scheiben.

Jeden Dienstag, meinem freien Tag, ging ich mit Luca in seiner Mittagspause in einen Supermarkt in Mestre, er mit einem großen Einkaufswagen, ich mit einem Körbchen, denn jeder von uns machte seinen eigenen Einkauf, getrennte Körbe, getrennte Kasse, obwohl wir schon seit zwölf Jahren zusammenlebten. In diesem Supermarkt kam alles ans Licht, was zwischen uns nicht funktionierte, die Gründe für unser Unglück nahmen eine dreidimensionale Gestalt an. Eigentlich fand ich es absurd, in einem Laden einzukaufen, der ausschließlich industriell hergestellte Lebensmittel führte, während ich doch gleichzeitig in meinem Beruf tagtäglich nach Frische und Unverfälschtheit strebte, nach echten Farben, echtem Geschmack. Mit Luca im Supermarkt einzukaufen wurde für mich zu einer Art masochistischem Ritual, um mich zu vergewissern, wie ich nicht war und auf keinen Fall werden wollte. Woche für Woche, Monat für Monat, Jahr für Jahr schlenderten Luca und ich schweigend durch die verschiedenen Abteilungen. Im kalten Neonlicht, zwischen den Sonderangeboten hindurch, alles in Dosen oder abgepackt in Unmengen Plastik, alles gleich. Immer wenn ich sah, wie viel die Lebensmittel in dieser sterilen, auf Standard getrimmten Form von ihrer natürlichen Vielfalt verloren hatten, brach mir fast das Herz: Es war, deprimierend, wie ein Besuch bei alten Freunden, mit denen man früher viel Schönes erlebt hat, die jetzt aber mit Beruhigungsmitteln vollgepumpt in der geschlossenen Abteilung einer Nervenklinik eingesperrt sind. Oft geht einem gerade an solchen Nicht-Orten auf, wie falsch das Leben ist, das man führt, wie langsam das Blut zirkuliert, wie sauerstoffarm die Luft ist, die man atmet.

So wanderten Luca und ich mit ganz anderen Augen durch den Supermarkt, beide wie gelähmt durch eine Lustlosigkeit, die er perfekt auszustrahlen wusste; fast immer verloren wir uns aus den Augen, zwischen den hohen Regalen, die die Sicht versperrten. Und fast immer stand ich dann irgendwann wie gebannt vor den Gefriertruhen und dachte über meine beiden parallelen, nicht miteinander kommunizierenden Leben nach, mein eigenes, kreatives und schwieriges in Venedig und das völlig freud- und überraschungslose mit Luca in Mestre. Ich starrte durch das kalte Glas, musterte die gestapelten Seezungen und Kabeljaufilets und nahm die Vibrationen auf, und mir wurde bewusst, dass Luca sich überhaupt nicht verändert hatte, seit wir zusammen waren, weil Menschen sich nun mal nicht ändern, sondern mit der Zeit nur offenbaren, wie sie wirklich sind. Aus dem jungen Laienschauspieler, in den ich mich wegen der Art, wie er den Trigorin in Tschechows *Möwe* spielte, verliebt hatte, war ein Fachanwalt für Handelsrecht geworden, der tagsüber wie ein Sklave schuftete und abends wie ausgebrannt war und sich nicht im Geringsten dafür interessierte, was ich machte oder dachte. Nur zweimal war er widerstrebend, als wäre es ein viel zu großes Zugeständnis, zum Essen in mein Restaurant gekommen und hatte danach nur ein paar vage, eher negative Bemerkungen von sich gegeben. Es war sinnlos, irgendetwas von ihm zu erwarten, er hatte keinerlei Interesse, keinerlei Verständnis für meine Motive, meine Zweifel, geschweige denn die Absicht, mich in meinen Plänen zu bestärken. Festgefahren in seinen Einstellungen und Gewohnheiten, ohne jegliche Interessen abseits seiner Arbeit, außer den paar müßigen Überlegungen zu einem Theaterstück, das er schon vor Jahren aufgegeben hatte. Warum in aller Welt, fragte ich mich vor der Kühltruhe, hatte ich mich bloß mit alldem abgefunden: mit dem Desinteresse, mit den

Abendessen vor dem Fernseher, mit den belanglosen Kommentaren über irgendeinen Kollegen oder Zeitungsartikel, mit der grenzenlosen Eintönigkeit, wenn seine Freunde vorbeikamen, mit der grauenvollen Langeweile, wenn wir seine Eltern besuchten. Hatte ich mir als Reaktion auf die emotionale Distanziertheit meines Vaters womöglich eine sanftere, aber weit weniger interessante Version gesucht, um die Instabilität, mit der ich aufgewachsen war, durch Berechenbarkeit zu ersetzen, wildes Charisma durch Charakterschwäche, ungestüme Dynamik durch Trägheit, ein Übermaß an irrigen Meinungen durch Meinungslosigkeit?

Damit war ich wieder bei meinem Vater, und plötzlich kam ich mir wie ein Monster vor, weil ich ihn im Stich gelassen hatte, ganz allein unter all den gemeinen Leuten im Studio. Ein ziemlich absurder Gedanke, das war mir klar, vor allem angesichts seiner verhängnisvollen Neigung, sich instinktiv immer wieder mit gemeinen Leuten einzulassen, bei der Arbeit und außerhalb der Arbeit, jederzeit bereit, alles zu geben, worum man ihn bat, egal ob Subventionen, Darlehen oder Gratisessen, mit der bedingungs- und grenzenlosen Großzügigkeit desjenigen, der glaubt, er könne sich Freundschaft und Zugehörigkeitsgefühl erkaufen, ohne zu begreifen, dass man sie ihm nur auf Zeit gewährt. Aber es war ein anderer Typus gemeiner Leute, der ihn faszinierte. Und die Leute aus dem Studio gehörten nicht dazu.

Um nicht mit leeren Händen dazustehen, kaufte ich ein Päckchen Kürbiskerne und verließ den Supermarkt. Doppelt so schnell wie auf dem Hinweg stürmte ich in Richtung der Fabrikhalle von *Chef Test*, die, umgeben von giftigen Nebelschwaden, im Grau in Grau der Landschaft versank.

Als ich im Studio ankam, war mein
Vater nicht mehr da

Als ich im Studio ankam, war mein Vater nicht mehr da.
Mit strenger Miene überwachten Saltalacqua, Capaci und
Evangelista die Kandidaten, die eifrig schnippelten und
anbrieten und abkochten und umrührten. Im gleißenden
Scheinwerferlicht fuhren die Kameras vor und zurück. Als
ich mich bei einem Assistenten nach meinem Vater erkundigte, sagte er: »Im Schminkraum.«

Dort saß er widerwillig auf einem der Sessel und ließ sich
von einer Maskenbildnerin abschminken. Sobald er mich
sah, fragte er: »Wo warst du denn?«

»Ich war spazieren, ich habe dich doch extra gefragt, ob
ich bleiben soll«, erwiderte ich, kam mir aber sofort blöd
vor, weil ich mir erneut Sorgen machte und mich schon
wieder rechtfertigte.

»Das hat sich aber nicht so angehört, als wäre es ernst
gemeint«, setzte er gnadenlos noch einen drauf.

Ich hatte keine Lust, darauf einzugehen, und fragte stattdessen: »Warum wirst du denn schon abgeschminkt?«

»Sie haben die Vorführung auf morgen früh verscho-
ben«, sagte er; er konnte kaum noch stillhalten, zappelte
unentwegt mit den Knien.

»Wieso denn, haben sie etwa immer noch keinen Speck

aufgetrieben?«, fragte ich und sah dabei im Geiste die beiden Typen mit den Einkaufstüten aus dem Supermarkt rennen, als wären sie auf der Flucht.

»Doch, aber inzwischen sind die Genies vom Dienst auf die glorreiche Idee verfallen, mit was anderem weiterzumachen.«

»Verstehe.« Wäre die Maskenbildnerin nicht dabei gewesen, hätte er, da war ich mir sicher, garantiert noch ganz anders über die Verantwortlichen vom Leder gezogen.

»Also wissen Sie, Ihr Vater, der ist schon eine Type«, sagte sie, wobei unklar blieb, ob sie das bewundernswert oder ärgerlich fand. »Er hat die ganze Truppe aufgemischt, die Autoren, die Stars, den Regisseur, alle. Das Gebrüll war bis auf den Flur zu hören. Und den Zeitplan, den hat er auch gehörig durcheinandergebracht.«

Mein Vater schloss die Augen, aber seine angespannten Lippen verrieten, dass es ihm eine Genugtuung war, den Zeitplan über den Haufen geworfen zu haben.

»So, das war's, Chef«, sagte die Maskenbildnerin, und diesmal war eine gewisse Bewunderung nicht zu überhören. Dann nahm sie ihm den Papierumhang ab und bürstete noch einmal über die Schultern.

Mein Vater kletterte vom Schminkstuhl herunter und klopfte sich sicherheitshalber noch einmal das Hemd ab, auch wenn es da gar nichts abzuklopfen gab. Eine Garderobiere brachte ihm Jackett, Krawatte, Mantel und Schal und wollte ihm beim Ankleiden helfen.

Doch er wimmelte sie ab: »Vielen Dank, Signorina, aber das mache ich lieber allein.« Auch mir warf er rasch einen

Seitenblick zu, um etwaige Hilfsangebote zu unterbinden, und verzog sich in eine Ecke, um sich mit aller gebotenen Sorgfalt anzuziehen.

»Und wie ist es mit so einem Vater?«, fragte die Maskenbildnerin, während sie ihre Schminkutensilien aufräumte.

»Na ja, nicht gerade leicht«, sagte ich mit einem Lächeln, obwohl ich nun wahrlich keinen Grund zum Lächeln hatte. Aber es war unmöglich, unser kompliziertes Verhältnis in wenigen Worten zusammenzufassen.

Dann kam eine furchtbar abgemagerte Frau hereingestürzt: »Chef Malventi, Sie müssen sofort kommen, Ihr Transfer zum Hotel ist da.«

»Ich komme, wenn ich fertig bin, Signorina«, sagte mein Vater und legte seelenruhig den Schal um, ohne sich auch nur im Geringsten zu beeilen.

Den Transfer ins Hotel übernahm wieder Varisco, der uns ohne jede Herzlichkeit zum Ausgang und über den Betonsee des Parkplatzes führte bis zu seinem verbeulten Fiat, in dem wir unser Gepäck gelassen hatten.

Auf der Fahrt tat mein Vater nicht einmal so, als würde er aus dem schmutzigen Fenster gucken, offensichtlich hatte er keinerlei Fragen mehr und auch keine Lust, sich vor einem Fremden darüber auszulassen, was im Studio vorgefallen war.

Ich versuchte, mich nicht verantwortlich zu fühlen für die Probleme, die mein Vater den Programmmachern bereitet hatte, schließlich waren sie es, die auf die Idee gekommen waren, ihn als Ehrengast einzuladen, und dafür hatten sie sich auch ganz schön ins Zeug gelegt. Weil sie ihn nicht kannten, konnten Saltalacqua und Evangelista natürlich nicht wissen, worauf sie sich da einließen, aber Capaci, der kannte ihn bestens, der hätte sie doch warnen können. Jedenfalls saß mein Vater ungerührt auf dem Beifahrersitz und zeigte nicht einmal den Ansatz von Schuldgefühlen; warum um Himmels willen sollte ich dann welche haben.

Auch dieses Mal fuhr Varisco wie ein Verrückter, so dass wir alle drei stumm dasaßen, während wir das Mailänder Hinterland in Richtung Südosten durchquerten (ja, ich habe auf meinem Kompass nachgesehen).

Samt unserem Gepäck lud er uns vor einem Riesenschuppen ab, der zu einer großen Kette gehörte, und drückte mir zum Abschied einen Gutschein für das Hotelrestaurant in die Hand.

An der Rezeption legte ich unaufgefordert den Personalausweis vor, während mein Vater sich mal wieder bitten ließ. Schon als ich klein war, versuchte er immer, wenn wir am Meer oder in den Bergen in einem Hotel abstiegen, sich herauszureden: »Reicht nicht der Ausweis meiner Frau?« Das seien doch Polizeistaatsmethoden, sagte er im Brustton der Überzeugung, was für einen, der sich selbst als Faschist bezeichnet, ziemlich widersinnig ist. Ich glaube ja, das hängt alles mit seinen uneingestandenen Identitätsproblemen zusammen, mit der falschen, seines Erachtens einen Zentimeter zu geringen Größenangabe im Ausweis, mit seinem Widerwillen, sich auf Fotos zu sehen, mit dem Geburtsdatum, das ihn ganz offiziell zum Hochbetagten macht. Das ist keine billige Küchenpsychologie, denn mit seiner totalen Verweigerungshaltung nötigt er einen zwangsläufig, nach Interpretationen für sein sonst unverständliches Verhalten zu suchen.

Wie nicht anders zu erwarten, waren die Zimmer unpersönlich, dafür allerdings überraschend komfortabel. Aber natürlich war mein Vater überhaupt nicht zufrieden: Bestimmt hatte er eine Suite in einem traditionsreichen Grandhotel mitten im Zentrum von Mailand erwartet, mit altem Eichenparkett, roten Samtvorhängen und vergoldeter Stuckdecke. Stattdessen waren wir in einem modernen, funktional eingerichteten Riesenkasten am Stadtrand untergebracht, an einer vielbefahrenen Ausfallstraße, deren Verkehrslärm aufgrund der doppelglasigen Fenster jedoch zum Glück nur als leises Hintergrundrauschen zu hören war.

Auf meine Frage, ob er noch etwas bräuchte, schüttelte er den Kopf, also ging ich zur Tür.

»Ist schon ein echtes Teufelswerk, so eine Kochshow«, sagte er und öffnete dabei, ohne mich anzusehen, die Schnallen seines Koffers.

»Stimmt«, sagte ich. Ich musste wieder daran denken, wie wir uns, als ich noch klein war, manchmal gemeinsam einen seiner heißgeliebten Boxkämpfe ansahen, eine der seltenen Gelegenheiten, ein wenig Zeit zu zweit zu verbringen, während meine Mutter irgendwo in der großen dunklen Wohnung etwas anderes machte.

»Da setzen sie eine gigantische Maschinerie in Gang, für nichts und wieder nichts«, sagte er. Äußerst skeptisch blickte er in den Koffer, als würde er nur darauf warten zu entdecken, dass meine Mutter vergessen hatte, irgendetwas einzupacken, das er unbedingt brauchte.

Als ich acht war, hatten wir uns mal, Seite an Seite auf dem Sofa, im Fernsehen den Boxkampf um die Weltmeisterschaft im Schwergewicht angesehen, Trevor Berbick gegen Mike Tyson. Natürlich hielt mein Vater zu Tyson, allein schon deshalb, weil Berbick größer war, aber auch weil er sich auskannte und gleich wusste, wer der Bessere war, schließlich hatte er früher selbst geboxt. Ich guckte hin, dann wieder weg, hielt mir die Augen zu, als Tyson Berbick in die Mangel nahm und ihn ununterbrochen mit schnellen Schlägen bombardierte, links-rechts in tödlichen Sequenzen, während mein Vater aufsprang, in die Luft boxte und brüllte: »Los, gib's ihm! Ja, genau, gut so!« Schon damals schien mir das eine ziemlich merkwürdige Art, um mit meinem Vater in Kontakt zu kommen, doch vermutlich war es eine frühreife Form des weiblichen Instinkts, dem Mann auf seinem Gebiet entgegenzukommen, seine finstersten Instinkte zu teilen in dem Bemühen, ihn zu verstehen.

»Aber am schlimmsten finde ich, dass der ganze Laden nach der Pfeife dieser sogenannten Autoren tanzt«, sagte mein Vater. »Ein Haufen ignoranter Dreißigjähriger ist das, vulgär, bärtig, dogmatisch wie Seminaristen. Und Incapaci und Konsorten, die spielen sich großspurig als Spitzenköche auf, sind sich aber nicht zu schade, diesen Typen freie Hand zu lassen, das muss man sich mal vorstellen. Die sind doch nur darauf aus, im Fernsehen aufzutreten, um hinterher ordentlich abzusahnen, möglichst ohne selbst am Herd zu stehen.«

Ich nickte, auch wenn ich gerade daran dachte, wie nah ich ihm stand (und wie erschrocken ich war), als Tyson in der zweiten Runde auf Berbick losging wie eine Furie und ihn mit einer schweren Linken zum zweiten Mal auf die

Matte schickte und Berbick sich verzweifelt an die Seile klammerte, um sich wieder aufzurappeln, aber er war fertig, der Schiedsrichter zählte ihn an und erkannte auf technischen K. o. Als Tyson, der damals erst zwanzig war, dann bei der offiziellen Bekanntgabe den Weltmeistergürtel an sich riss und triumphierend in die Höhe hielt, sprangen mein Vater und ich vor Begeisterung auf, als stünden wir direkt am Ring, und fielen uns überschwänglich in die Arme. Angesichts dieser unverhofften Einmütigkeit wähnte ich mich in dem Glauben, wir hätten nun endlich eine richtige Vater-Tochter-Beziehung, doch seine Unfähigkeit, Gefühle zu zeigen, und der grundlegende Mangel an Interesse blieben auch danach unverändert. Es folgten noch jede Menge weiterer Boxkämpfe, die wir uns zusammen ansahen, und jedes Mal fühlte ich mich ihm nah, doch sobald der Kampf vorbei und der Fernseher aus war, war auch unsere Kommunikation zu Ende, jedes Mal aufs Neue. Vielleicht lag es ja daran, dass er lieber einen Sohn gehabt hätte, wie meine Mutter wiederholt behauptete (er hingegen behauptete wiederholt das Gegenteil); vielleicht lag es aber auch an seiner mentalen Verfassung als Halbwaise, dass er zwanghaft um sich selbst kreiste, ohne je die Glasglocke zu verlassen, in der sein Ego eingesperrt war.

»Die dachten wohl, sie könnten mich zum Narren halten, dieses struppige, liederliche Gesindel«, sagte er. »Die haben echt geglaubt, sie könnten den armen vertrottelten Alten nach Belieben am Gängelband herumführen.«

»Da waren sie aber schiefgewickelt«, sagte ich. »Die haben schnell gemerkt, dass du kein armer vertrottelter Alter bist.« Schon von Kindesbeinen an habe ich gelernt, seine unterschwelligen, stets zum Ausbruch bereiten Aggressionen zu erkennen, Aggressionen, wie ich sie später dann bei allen Männern wiederfand, selbst bei den schwächsten und frustriertesten. Das gehört einfach zu ihrer Natur, und jede Frau schleicht darum herum und versucht, sie zu besänftigen oder ihnen auszuweichen, so gut es eben geht.

»Ja, denen habe ich ordentlich eins übergebraten! Die mit ihrem blöden Olivenöl! Vor allem aber haben meine Expartner ihr Fett wegbekommen, diese Gauner, die habe ich in aller Öffentlichkeit bloßgestellt. Ihr Ruf ist im Eimer, die habe ich fertiggemacht!«

Ich schwieg. Da ich mit seinen ständigen Wutausbrüchen gegen meine Mutter, gegen seine Angestellten, gegen seine Konkurrenten, gegen die ganze Welt aufgewachsen bin, habe ich mir angewöhnt, Männern gegenüber automatisch ein gewisses Maß an Vorsicht walten zu lassen. Männer, das war mir immer bewusst, sind potentiell gefährliche Wesen, weil sie nun mal, allem rationalen Gehabe zum Trotz, zu irrationalem Verhalten neigen. Maßlose Überheblichkeit, zwanghafte Erfolgsversessenheit, ungezügeltes Konkurrenzdenken, hemmungsloser Ehrgeiz, borierte Selbstgefälligkeit: alles Eigenschaften, die ich zuerst bei meinem Vater kennenlernte, dann aber bei allen Männern wiederfand.

Da ich ihm keine weitere Munition mehr lieferte, regte sich mein Vater langsam ab und sagte: »Und wie zum Teufel machen wir es jetzt mit dem Abendessen?«

»Sie haben uns einen Gutschein gegeben«, sagte ich. »Die Produktion bezahlt das Abendessen.«

»Soso, ein Gutschein, wie toll«, sagte er sarkastisch.

»Sollen wir lieber ein Taxi nehmen und zum Essen in die Stadt fahren?« Ich hätte nichts dagegen gehabt, ein bisschen durch Mailand zu gondeln, ich war seit Jahren nicht mehr da gewesen und hätte mir gern angesehen, wie die Stadt sich verändert hatte.

»Wohin denn?«, fragte mein Vater. Mit seinen kurzen Schritten trippelte er an mir vorbei und trug sein Necessaire ins Bad. »Wir treffen uns unten in der Halle, um acht.«

»Ist gut«, erwiderte ich und kam mir sofort blöd vor, weil ich immer zu allem ja und amen sagte und es nie schaffte, mich seinen Entscheidungen ernsthaft zu widersetzen. Die einzige Art, mich seiner Präpotenz zu entziehen, ist, mein eigenes Leben zu führen, mich räumlich zu distanzieren (nie weit genug), mir immer wieder vor Augen zu führen, dass ich erwachsen und unabhängig bin, und an etwas anderes zu denken. Aber hier in diesem Hotel war ich ja schließlich nur seinetwegen, das war also sicher nicht der geeignete Zeitpunkt, um Prinzipien durchzusetzen oder Forderungen zu stellen. Ich schloss die Tür und ging auf mein Zimmer.

In meinem Zimmer zog ich die Schuhe aus und schaltete den Fernseher ein

In meinem Zimmer zog ich die Schuhe aus und schaltete den Fernseher ein, zappte durch die Kanäle, fand aber bloß Sendungen, die fatal an die grauenhaft künstliche Atmosphäre des *Chef-Test*-Studios erinnerten. Schließlich blieb ich bei einem Dokumentarfilm über Zebras auf dem Tafelberg in Kapstadt hängen und stellte den Ton ab. Ich ging ans Fenster, guckte durch die Doppelverglasung auf den Verkehr acht Stockwerke unter mir, setzte mich aufs Bett, sprang wieder auf. Ich zog Pullover und Socken aus, machte ein paar Kniebeugen, wobei der synthetische Teppichboden an den Fußsohlen kribbelte, dann an den Händen, als ich zu Liegestützen überging. Nach einer halben Stunde war ich total verschwitzt, wegen der Bewegung und weil das Zimmer völlig überheizt war. Am liebsten wäre ich sofort unter die Dusche gegangen, doch stattdessen rief ich Luca an.

»Was gibt's denn?«, fragte er leicht genervt, weil er noch im Büro war und ich ihn bei der Arbeit störte.

»Alles in Ordnung«, sagte ich und trommelte nervös mit einem Fuß auf den Boden. Anscheinend gab es bei unseren Ferngesprächen nur die Wahl zwischen »Alles in Ordnung« und »Es gibt ein Problem«.

»Wie geht's deinem Vater?«

»Gut.« Ich hatte nicht die geringste Lust, ihm irgendwelche Einzelheiten zu erzählen, für die er sich ohnehin nicht interessierte.

»Und wie war's bei *Chef Test*?« Ich konnte hören, dass er sich auf dem Schreibtisch zu schaffen machte, womöglich suchte er nach einem Papier, schob Stifte hin und her, tippte auf der Tastatur des Computers.

»Gut«, sagte ich. Am Anfang unserer Beziehung hatte ich die Vorstellung, seine Reserviertheit und seine ständige Verdrossenheit müssten von irgendeinem Kindheitstrauma herrühren. Damals war ich der Überzeugung, ich hätte eine Replik der emotionalen Untauglichkeit meines Vaters gefunden, diesmal jedoch heilbar, wenn ich nur genügend Energie und Liebe aufbrachte. Luca bestätigte bereitwillig meine Diagnose, stellte sich als Opfer seiner Familie dar, saugte begierig meine ungeteilte Zuwendung auf, und zwar ohne schlechtes Gewissen, weil er dafür nie etwas zurückgab. Ich brauchte ganze zwölf Jahre (in Wahrheit eigentlich weniger) täglicher Anstrengung, um zu begreifen, dass gegen Egoismus, Gleichgültigkeit und halbherzige Gefühle kein Kraut gewachsen ist. (Und natürlich arbeitet das arme Opfer der Familie mittlerweile in der Kanzlei des Vaters und geht fast jeden Tag zum Mittagessen nach Hause zu Mama.)

Luca schwieg ein paar Sekunden, als wäre schon alles gesagt. Dann fragte er: »Hast du mir für heute Abend was zum Essen vorbereitet?«

»Ja, ist im Kühlschrank, brauchst du nur aufzuwärmen.« Wenn ich abends spät nach Hause kam, nachdem ich das Restaurant abgeschlossen hatte, zu Fuß halb Venedig durchquert hatte und dann noch mit dem Auto nach Mestre gefahren war, hockte er meistens auf dem Sofa vor dem Fernseher und schmollte, weil ihm andauernd sein gutes Recht auf traute Zweisamkeit verweigert wurde. Dabei war es keineswegs so, als hätte er mir jemals ein anderes Leben vorgeschlagen, er war immer sehr darauf bedacht, bloß nichts zu vermischen, seine Sachen säuberlich von meinen zu trennen, wie beim Einkauf, den Interessen, den Zukunftsplänen. Jedes Mal, wenn ich daran dachte, tat er mir leid wegen seiner kleinlichen Krämerseele, machte mich aber zugleich auch wütend wegen seiner angeborenen Teilnahmslosigkeit.

»Na, hoffentlich kriege ich das auch hin«, sagte er. Durch ihre Überfürsorglichkeit hatte seine Mutter ihn zum Kochinvaliden gemacht: Er konnte nicht einmal ein Spiegelei braten, allein schon den Backofen anzumachen, um etwas aufzuwärmen, stellte ihn vor eine schier unlösbare Aufgabe.

»Das schaffst du schon«, sagte ich, auch wenn ich ihn am liebsten aufgefordert hätte, endlich aufzuwachen und nicht länger das verwöhnte Kind zu spielen. Zu Beginn unseres Zusammenlebens hatte seine Unselbständigkeit bei mir den Instinkt der Ernährerin geweckt: Ich machte das Frühstück, während er sich rasierte, kochte mittags, wenn er nicht gerade zu seiner Mutter ging, kochte abends. Anfangs war er dankbar und würdigte die Qualität des Essens, aber schon bald hielt er es für sein gutes Recht. Beim Sex war es ähnlich: Auch da lieferte ich brav, was er erwartete (und bekam dafür ziemlich wenig zurück), empfand dabei jedoch eine solche Freudlosigkeit, dass ich bisweilen in Tränen ausbrach. Manchmal hielt ich nachts, wenn ich von Venedig nach Mestre zurückfuhr, unterwegs an und blickte zehn Minuten lang zum Mond hinauf; sein Licht heiterte mich auf und ließ mich das chronische Unglück vergessen, das mich zu Hause erwartete. Der Mond hat mir das Leben gerettet, und zwar mehr als einmal.

Luca und ich verabschiedeten uns, ohne jede Wärme, ohne jedes Lächeln in der Stimme. Dann, aus Anspannung, Frust, Langeweile, nahm ich meine Übungen wieder auf, machte erneut Liegestütze und Sprünge und ließ die Arme kreisen. Das brauche ich täglich, dazu reichen mir die paar Quadratmeter hinter meinem Lokal; ohne meine Gymnastik fühle ich mich schwer wie Blei. Noch einmal ging mir durch den Kopf, dass ich mich, um die Instabilität meines Vaters zu kompensieren, mit einem banalen Mann eingelassen hatte, der jedoch rein gar nichts kompensiert, geschweige denn, dass er mich irgendwie weiterbringt.

Ich machte weiter Gymnastik, mit doppelter Intensität, um mich von allem abzulenken, von der schlechten Stimmung des Telefongesprächs, von dem vielschichtigen Stress des Tages, der Reise mit meinem Vater, dem deprimierenden Spaziergang am Stadtrand, der Panik, die mich im Studio ergriffen hatte. Dann ging ich duschen, glücklicherweise war der Wasserdruck gut und das Wasser schön heiß. Als ich mich danach im Spiegel sah, war ich krebsrot.

Um fünf vor acht zog ich mir einen Rock über und ging hinunter in die Halle

Um fünf vor acht zog ich mir einen Rock über und ging hinunter in die Halle, in dem hoffnungslosen Versuch, meinem Vater zuvorzukommen. Aber natürlich war er, frisch gemacht und in einem schönen grauen Anzug, bereits da und tat so, als würde er schon ewig warten. Sein Eau de Toilette hat einen sehr schwachen Anisgeruch, es ist das einzige, das seinen Geruchssinn nicht stört (aber in der Küche erträgt er selbst das nicht).

Wir gingen in den Speisesaal, wo schon etwa ein Dutzend andere Gäste saßen, die wie wir beschlossen hatten, nicht in die Stadt zu fahren. Mein Vater lief schnurstracks auf einen Tisch zu und setzte sich mit dem Rücken zur Wand, wie immer. Als ich ihn einmal nach dem Grund fragte, sagte er, er müsse sehen können, wer hereinkommt, die Bewegungen kontrollieren. Auch diese Angewohnheit stammt, glaube ich, aus seiner Zeit im Internat, als er sich dauernd in Acht nehmen musste vor Übergriffen der älteren Schüler, der Mönche, der Nonnen. Daher auch sein abgrundtiefer Hass auf die Kirche. Einmal griff ihm eine junge Nonne beim Baden (nach den dort geltenden Regeln im Nachthemd, um das Schamgefühl nicht zu verletzen) zwischen die Beine, ein anderes Mal fuhr ihm ein dicker Priester mit der Hand in die kurzen Hosen, während er im Chor sang; und unzählige Male wurde er von seinen Kameraden herumgeschubst, verprügelt, beleidigt und um das wenige gebracht, das er besaß. Irgendwann einmal erzählte er meiner Mutter und mir davon, wenn auch widerwillig und bruchstückhaft, wie es seine Art ist, aber es war klar, wie gravierend sich diese Vorfälle auf seine mentale und emotionale Entwicklung ausgewirkt haben.

Als der Kellner uns die Karte brachte, stellte sich heraus, dass das Restaurant wesentlich anspruchsvoller war, als wir gedacht hatten. Jede Menge prätentiös klingender Gerichte, ein typisches Beispiel dafür, was mein Vater als »Angeberküche« bezeichnet: Spaghettini aus gebranntem Weizen mit Bottarga und Püree aus Goji-Beeren, Rotbarsch-Ravioli mit Zitronenverbene und Fumet von jungen Krustentieren, Tatar vom Fassona-Rind mit Trinidad-Kakao und so weiter und so fort.

Mein Vater warf mir einen skeptischen Blick zu, sagen musste er nichts. Sein Restaurant mag er verloren haben, das Interesse am Essen jedoch auf keinen Fall; im Gegenteil, in den letzten fünf Jahren hat er sich die Aufzeichnungen seiner Mutter vorgenommen und angefangen, mit Hingabe alte Rezepte nachzukochen und neue Speisefolgen auszuprobieren. Jetzt, wo er nicht mehr unter Zeitdruck steht, ist er noch pedantischer als früher, nimmt es bei seinen Versuchen noch genauer. Und natürlich braucht er dafür ein Publikum: Wenn ich es nicht schaffe, lädt er kurzerhand irgendwelche Nachbarn ein, Verwandte meiner Mutter, mit denen er nicht einmal auf gutem Fuß steht, oder sogar irgendwelche Ausländer, die er manchmal irgendwo in der Stadt aufgabelt, wenn sie ihn nach dem Weg fragen.

Der Kellner kam zurück, um die Bestellung aufzunehmen, groß und prätentiös wie die Karte.

Möglichst beiläufig gab ich ihm den Gutschein, damit mein Vater nichts davon mitbekam, denn sonst, das wusste ich, würde er bestimmt sagen, ich solle das lassen, wir seien ja keine Bettler.

Der Kellner sah sich den Gutschein genau an, um sicherzugehen, dass er auch wirklich für zwei Personen war, und machte anschließend ein entgegenkommendes Gesicht.

Mein Vater bestellte das Risotto mit Steinpilzen aus Fornovo und Hagebutte, obwohl er es mit Sicherheit für ein Schwachsinnsgericht hielt. Aber das war Absicht, denn es hatte ihm immer schon tierischen Spaß bereitet, sich am Missgeschick anderer zu weiden.

Auch ich nahm das Risotto, in einem Anfall von Masochismus, denn so konnte ich wenigstens den Frust und die Wut mit ihm teilen.

Der Kellner fragte, was wir trinken wollten. Dabei sah er uns forschend an, als würde er sich fragen, was so ein kleiner alter Mann wohl mit einer Frau zu tun hatte, die seine Tochter sein konnte.

Mit dem Zeigefinger fuhr mein Vater die Weinliste ab und sagte: »Bringen Sie uns mal diesen Roten aus Montalcino.«

»Tut mir leid, das geht leider nicht, nicht mit Ihrem Gutschein«, sagte der Kellner und grinste höhnisch, als machte es ihm Spaß, uns zu verspotten.

»Und was soll das bedeuten?«, fragte mein Vater, obwohl er es garantiert genau verstanden hatte.

»Dass es bei Gutscheinen eine preisliche Obergrenze

gibt. Sie können zwischen diesen drei Sorten hier wählen«, wobei er auf die Weine zeigte, die am wenigsten kosteten.

»Aha, aber diese Obergrenze, die ist mir egal«, sagte mein Vater mit angespannter, vor Kampfeslust leicht bebender Stimme. Wegen seiner Größe war ihm der Kellner natürlich ohnehin nicht gerade sympathisch.

»Aber so lautet nun mal die Abmachung«, konterte der Kellner.

»Aber nicht mit mir«, sagte mein Vater, »ich kann Ihnen versichern, dass ich mir noch nie von irgendwem habe vorschreiben lassen, welchen Wein ich trinke.«

Nur zu gern hätte ich ihm gesagt, er solle aufhören, das sei doch nicht nötig, wir könnten ebenso gut einen der weniger kostspieligen Weine trinken. Zumal er selten mehr als ein Glas trinkt, trotz der Sammlung von Spitzenweinen, die er zu Hause hat, und ich bin ohnehin keine große Weintrinkerin. Doch mittlerweile, das war mir klar, war er in seinem Stolz gekränkt und würde nie und nimmer einen Rückzieher machen.

»Wissen Sie, was?«, sagte er da plötzlich und fuhr mit dem Finger ganz nach unten. »Bringen Sie mir diesen Brunello Remi-Colonna 2010. Und keine Angst, den bezahle ich selbst.«

Ich streckte die Hand aus, um ihn zu besänftigen, aber er schlug sie weg, noch bevor ich ihn berührte. Eigentlich hätte ich das ahnen müssen, war aber trotzdem verletzt.

»Wie Sie wünschen, Signore«, sagte der Kellner, verbeugte sich steif und ging.

Unangenehm berührt sah ich schnell weg, da war sie wieder, diese selbstgerechte Überheblichkeit, die dazu geführt hatte, dass er alles verlor, was er sich durch den Einsatz von Talent und nie nachlassender Entschlossenheit über viele Jahre aufgebaut hatte.

Auch er würdigte mich keines Blickes; sobald es ums Prinzip geht, kämpft er am liebsten mutterseelenallein.

Da fiel mir plötzlich wieder ein, wie er einmal das Paradestück seiner Weinsammlung, einen Sauternes Château d'Yquem, hervorgeholt und mit stolzgeschwellter Brust irgendwelchen Gästen vorgeführt hatte, mit der Erklärung, die Flasche bewahre er auf, um damit auf meinen Uniabschluss oder meine Hochzeit oder mein erstes Kind anzustoßen, drei Ereignisse, zu denen es nie gekommen ist. Wahrscheinlich wollte er mich gar nicht verletzen, auch wenn er genau das damit erreichte, sondern nur ein bisschen theatralisch seine persönliche Enttäuschung darüber zum Ausdruck bringen, dass seine Tochter seine Erwartungen nicht erfüllte. Und als hätte das eine Mal noch nicht genügt, führte er ein Jahr später dieselbe Szene noch einmal auf, vor anderen Gästen (noch dazu Leuten, die er kaum kannte), aber mit derselben verheerenden Auswirkung auf mich. Sein krankhafter Egoismus hindert ihn daran zu verstehen, was sein Verhalten für andere bedeutet, daran lässt sich nichts ändern.

Dann kam der Kellner mit der Flasche Brunello zurück, entkorkte sie mit dem üblichen Getue und schenkte meinem Vater ein wenig zum Probieren ein.

Mein Vater schnupperte ausgiebig, ließ dann den Wein im Mund kreisen, schluckte, schnalzte mit der Zunge und nickte. Anschließend sah er schweigend zu, wie der Kellner uns beiden einschenkte. Sicher, leisten konnte er sich diese absurd teure Flasche schon, aber garantiert würden meine Mutter und er dafür in diesem Monat auf etwas wesentlich Wichtigeres verzichten müssen. Der ökonomische Einbruch nach Jahren scheinbar unerschöpflicher Einnahmen hatte ihn keineswegs vernünftiger werden lassen; im Gegenteil, er hatte sein Bedürfnis nach Revanche nur noch verschärft.

Der Kellner zog sich zurück, vermutlich in einer Mischung aus Skepsis und Respekt, weil er gerade zwei lausigen Gutscheinkunden eine Flasche für hundertvierzig Euro verkauft hatte.

Ich trank einen Schluck, das brauchte ich jetzt. Dann einen zweiten, wenn auch mit einem bitteren Beigeschmack, verursacht durch den Unverstand meines Vaters. Aber der Wein hatte mehr als vierzehn Prozent und zeigte nach einem Tag mit leerem Magen sofort Wirkung, die Anspannung ließ augenblicklich nach. Ich ließ mich aus der Reserve locken und fragte: »Wie fandest du es denn heute?«

»Was denn?«, fragte er und stellte sich dumm, wie immer, wenn er nicht damit herausrücken will, was er wirklich denkt.

»Bei *Chef Test* mitzumachen«, sagte ich und gab mir Mühe, nicht zu schnell zu sprechen, was mir meistens passiert, wenn ich versuche, ihn aus der Reserve zu locken.

»Aber du warst doch dabei.«

»Ja, schon, aber du bist aufgetreten. Immerhin warst du der Ehrengast.«

»Tolle Ehre«, sagte er. »Umringt von einer Horde Deppen, diesen sogenannten Autoren, und Schaumschlägern, diesen sogenannten Starköchen, alles Dumpfbacken. Die haben doch keine Ahnung von gar nichts. Weder vom Kochen noch von sonst was. Die sind doch dumm wie Bohnenstroh.«

»Aber eingeladen haben sie dich immerhin«, sagte ich, obwohl ich eigentlich keine Lust hatte, schon wieder diejenige zu spielen, die denkt, die Welt sei besser, als sie in Wahrheit ist.

Mein Vater trank einen Schluck und sagte: »Die haben mich doch nur eingeladen, weil Incapaci sich verpflichtet gefühlt hat, meinen Namen zu erwähnen, mehr aus Unterwürfigkeit als aus echter Anerkennung.«

»Aber seine Verehrung ist doch echt, das sieht man.«

»Unheimlich toll, von einem Schwachkopf verehrt zu werden.«

Geschlagene zehn Minuten knabberten wir stumm an unseren Grissini, tranken winzige Schlückchen Wein, ließen den Blick durch den Speisesaal schweifen, als wären wir an der Architektur interessiert, an der Einrichtung, den anderen Gästen. Einer von ihnen fing meinen Blick auf und guckte neugierig zurück, vielleicht stellte auch er sich die Frage, was für ein seltsames Paar wir waren. Aus Verlegenheit wandte ich mich ab und schaute in die andere Richtung.

Endlich kam der Kellner mit unserem Risotto und stellte die Teller mit gespielter Emphase vor uns ab: Der Tellerrand war mit einem roten, kunstvoll arrangierten Gelee, vielleicht aus Hagebutten, dekoriert und mit stinknormalen Rosenblättern, Heckenrose war das auf keinen Fall.

Mit fachkundigem Blick musterten wir unsere Teller und drehten sie einmal im Kreis, mit fast identischen Gesten. Dann beugten wir uns tief darüber, um aus kurzer Entfernung daran zu riechen; mein Vater wedelte sogar mit der Hand, damit die Duftmoleküle direkt in die Nase stiegen.

Auch ich sammelte olfaktorische Eindrücke, auf meine Art, aber genauso konzentriert. Mitunter bin ich bass erstaunt, wenn ich sehe, wie Leute einfach anfangen zu essen, was sie vor sich haben, ohne vorher daran zu riechen – aus Angst, sich dadurch zu blamieren, oder weil sie zu schwache Sinne haben, um Unterschiede wahrzunehmen, oder ganz einfach, weil sie zu gierig sind. In dieser Hinsicht (wie bei vielem anderen) kann man, glaube ich, einiges von Katzen lernen; Katzen schnuppern erst einmal ausgiebig, bevor sie mit der Zungenspitze vorsichtig probieren, und entscheiden erst anhand dieser Informationen, ob das Fressen genießbar ist. So machten es auch unsere Urahnen, um herauszufinden, ob das, was sie vor sich hatten, essbar oder giftig war, ohne auch nur das Geringste über die Millionen Zellen zu wissen, die über den Geruchsnerv Signale an das Gehirn weiterleiten.

Mein Vater hob die Augenbrauen: kein gutes Zeichen.

Ich nahm eine Gabel voll und führte sie zum Mund, einen Augenblick später tat er dasselbe. Wir kosteten mehr oder weniger auf dieselbe Art, mit der Zunge, die sich vorsichtig zwischen die Reiskörner schob und Temperatur, Geschmack und Konsistenz prüfte. Wir kauten langsam und kamen nach wenigen Sekunden mehr oder weniger gleichzeitig zu dem Ergebnis, dass wir es hier mit dem schlechtesten Risotto mit Steinpilzen und Hagebutte zu tun hatten, das man sich nur vorstellen konnte.

»Ein Reinfall auf der ganzen Linie«, sagte mein Vater und zitterte vor Empörung.

Ich nahm noch eine zweite Gabel, nur um den ersten Eindruck und das Urteil meines Vaters bestätigt zu finden.

»Völlig verhunzt, der hat nun wirklich alles falsch gemacht, was man nur falsch machen kann. So ein Stümper«, legte mein Vater nach.

Es war schlicht unmöglich, das Gegenteil zu behaupten, und auch in mir wuchs der Unmut über einen derartigen Verrat an unschuldigen Zutaten. Zugleich jedoch hatte ich wie immer tierische Angst davor, mein Vater könnte eine Szene machen, das war das Letzte, was ich wollte. Deshalb sagte ich: »Macht ja nichts, lass gut sein.«

»Wie, macht ja nichts?«, erwiderte er. »Wie kannst du so was sagen? Natürlich macht das was!«

Inzwischen brachte der Kellner andere Teller an andere Tische, reagierte jedoch sofort auf die ungehaltene Geste meines Vaters. Als er an unseren Tisch kam und das kaum angerührte Risotto sah, sagte er: »Irgendetwas nicht in Ordnung, die Herrschaften?«

»Gar nichts ist in Ordnung«, sagte mein Vater mit strenger Miene, die mich daran erinnerte, wie er früher im Restaurant oft seine Angestellten am Kragen packte, wenn sie einen schweren Fehler gemacht hatten.

»Wie meinen Sie das?«, fragte der Kellner verunsichert.

Ohne darauf einzugehen, sagte mein Vater: »Könnten Sie mir bitte den Urheber dieser Schandtat holen?«

»Den Chefkoch, meinen Sie?«, fragte der Kellner.

»Chefkoch ist ein großes Wort«, erwiderte mein Vater frostig.

»Das geht nicht, der Chef kann jetzt nicht kommen. Aber wenn Sie wünschen, kann ich ihm etwas ausrichten.«

»So was kann man nicht ausrichten lassen, das muss man persönlich sagen.«

Der Kellner hatte nicht die geringste Lust, den Chefkoch zu holen, konnte sich offenkundig aber auch nicht dem eigenartigen Charisma entziehen, das mein Vater selbst dann ausstrahlt, wenn er seine schlimmste Seite zeigt.

»Bitte seien Sie so nett und holen Sie mir den Koch«, sagte mein Vater.

Der Kellner zögerte noch kurz, nickte dann aber und ging in Richtung Küche.

Mein Vater sagte nichts, um die Situation zu kommentieren, aber ich konnte die kalte Wut in seinen Augen sehen. Die anderen Gäste guckten schon zu uns herüber, das konnte ich spüren, ohne mich umzudrehen. Schweigend und mit undurchdringlicher Miene saßen wir vor unserem Risotto, das unaufhaltsam kalt wurde.

Dann kam der Kellner zurück, gefolgt von einem kräftigen Typen in schicker schwarzer Kochkluft, wie sie gerade in Mode war. »Das ist der Herr«, sagte der Kellner, deutete auf meinen Vater und verzog sich zügig, um nicht noch weiter hineingezogen zu werden.

»Nicht gut, das Risotto?«, fragte der Koch mit piemontesischem Akzent. Offensichtlich war er absolut nicht begeistert, dass man ihn aus seiner Küche geholt hatte.

»Das arme Risotto ist überhaupt nicht gut, und das ist Ihre Schuld, Sie haben es in diese unerträgliche Situation gebracht.«

Der Chefkoch kniff die Augen zusammen; eine solche Kritik, das sah man, war er nicht gewohnt.

»Ich bin neugierig«, sagte mein Vater mit vor Zorn bebender Stimme. Bei Männern, die größer sind als er, das heißt dem überwiegenden Teil der männlichen Bevölkerung, wendet er eine spezielle Technik an, er guckt nicht nach oben in ihr Gesicht, sondern geradeaus auf ihre Brust, womit er sie nötigt, den Kopf zu senken, wenn sie ihm in die Augen sehen wollen.

»Worauf?«, fragte der Chefkoch feindselig.

»Wie Sie es geschafft haben, ein Rezept, das vielleicht ein bisschen frivol ist, aber eigentlich nicht besonders kompliziert, derart heillos zu verschandeln.«

»Was genau, bitte schön, haben Sie denn daran auszusetzen? Lassen Sie mal hören«, sagte der Chefkoch herausfordernd.

»Alles«, antwortete mein Vater. »Die Pilze haben Sie offenbar gewaschen, statt sie nur abzubürsten und mit einem feuchten Tuch abzutupfen, damit sie ihr Aroma nicht verlieren. Außerdem müssen die Scheiben dünn sein, höchstens sieben, acht Millimeter, und bei Ihnen sind sie gut einen Zentimeter dick. Das Anschwitzen mit Knoblauch darf maximal zehn Minuten dauern, hier aber waren es mindestens fünfzehn Minuten, weil Sie vermutlich mit anderem beschäftigt waren und die armen Pilze schlichtweg vergessen haben. Und die Zwiebeln, die sind nicht fein genug gehackt und deshalb noch halb roh, die brauchen nämlich mindestens zehn, fünfzehn Minuten auf kleiner Flamme. Und beim Reis hat Ihnen offensichtlich die Geduld gefehlt, ihn so lange zu rösten, bis er fast durchsichtig ist, deshalb ist er jetzt pappig. Sehen Sie die aufgeplatzten Körner, wie sie weinen? Und die Hagebutte ist zwar der letzte Schrei, bei Ihnen aber so schlecht verarbeitet, dass sie einem leidtun kann, viel zu viel Säure. Auch das Salz ist falsch dosiert, dazu noch viel zu viel frisch gemahlener Pfeffer, die Petersilie haben Sie kurz vor Kochende dazugegeben, obwohl man sie natürlich erst danach zugeben darf, außerdem viel feiner gehackt. Ganz zu schweigen von der Brühe, die nach einem Fertigprodukt schmeckt und es vermutlich auch ist.«

»Mamma mia, Sie lassen wohl gar kein gutes Haar an meiner Küche?«, fragte der Chefkoch sarkastisch, war aber doch ziemlich verblüfft, dass ein Kunde sich so detailliert mit der Zubereitung von Risotto auskannte.

»Offen gesagt, nein.« Mein Vater schüttelte den Kopf.

»Schade, das Gericht ist nämlich äußerst beliebt«, sagte der Chefkoch, dessen Stimme jetzt genauso vor Zorn bebte wie die meines Vaters.

»Bei wem denn?«, fragte mein Vater und stemmte die Hände auf den Tisch.

»Bei uns jedenfalls nicht«, sagte ich und hatte für einen Moment wieder das Gefühl, mit ihm auf einer Wellenlänge zu sein. Nichts von Dauer natürlich, das war mir schon klar, trotzdem trieb es mir vor Rührung die Tränen in die Augen.

»Tja, tut mir echt leid, aber da sind Sie wohl die Einzigen«, sagte der Chefkoch. »Der Herr hier zum Beispiel hat exakt dasselbe Gericht gegessen und sich nicht im Geringsten beschwert.« Dabei deutete er auf den Typen am Tisch rechts von uns, der zuvor meinen Blick aufgefangen hatte.

»Aber nur, weil ich noch keine Gelegenheit dazu hatte«, sagte der Typ mit ausländischem Akzent, vielleicht Französisch. Dann stand er auf und kam an unseren Tisch, mit einer auffallenden Geschmeidigkeit in den Bewegungen. »Eigentlich bin ich nämlich derselben Meinung wie die Herrschaften, das Risotto war wirklich unentschuldbar.«

Mein Vater drehte sich zu ihm um, mit einem neugierigen Funkeln in den Augen.

»Tja, wirklich schade«, sagte der Chefkoch, der nun, wo er sich von zwei Seiten attackiert sah, noch lauter wurde. »Vielleicht sollten die Herrschaften ja mal einen kurzen Blick in die wichtigsten Restaurantführer werfen. Da rangieren wir hier in Mailand unter den ersten drei.«

»Soso, die wichtigsten Restaurantführer«, lachte der Typ. Ja, er hatte tatsächlich einen französischen Akzent. Und einen warmen Glanz in den braunen Augen.

»Genau«, sagte mein Vater, »diese Testheinis, das sind doch alles Schmarotzer, die flogen bei mir immer sofort raus, sobald ich einen aufspürte.«

»Wieso, wollen Sie damit etwa sagen, Sie haben ein Restaurant?«, fragte der Chefkoch entrüstet, als hätte er einen bedauernswerten, alten Aufschneider vor sich.

»Ich hatte mal ein Restaurant, jedenfalls koche ich seit über siebzig Jahren, werter Herr.«

Der Chefkoch stutzte und guckte irritiert, vielleicht sogar eine Spur verlegen, trotz all seiner Feindseligkeit. »Und wie heißen Sie?«

»Das ist unwichtig«, sagte mein Vater, »mein Name tut überhaupt nichts zur Sache.«

Der Chefkoch warf ihm einen hasserfüllten Blick zu und sagte: »Wie dem auch sei, jetzt müssen Sie mich leider entschuldigen, ich muss dringend zurück in die Küche, um meine berühmten Tagliolini mit Trüffel zu machen, die haben schon fünf Preise gewonnen, darunter sogar zwei internationale.«

»Soso«, sagte mein Vater. »Es tut mir nur leid um den bedauernswerten Trüffel und sein trauriges Schicksal.« Jetzt, wo er zumindest einen Zuschauer hatte, kam er erst richtig in Fahrt, die Empörung lud sich mit Ironie auf.

»Unheimlich witzig«, sagte der Chef mit überschnappender Stimme. »Aber Sie können Witze machen, soviel Sie wollen, das lässt mich völlig kalt.«

»Hören Sie mal, Chef«, sagte der Franzose, begleitet von einer merkwürdig kreisenden Handbewegung, um die Aufmerksamkeit des Kochs auf sich zu lenken. »Ich gebe Ihnen jetzt die letzte Gelegenheit, sich bei dem Herrn hier zu entschuldigen. Denn zweifellos könnten Sie von ihm, wenn er nur wollte, noch einiges lernen.«

Als sich erneut unsere Blicke trafen, spürte ich ein Kribbeln im Nacken und sah schnell wieder weg.

»Wenn sich hier jemand entschuldigen muss, dann ist es dieser Herr hier!«, kreischte der Chef. »Und Sie auch!«

»*Pardon, Monsieur le Chef*«, sagte der Franzose mit einer Ruhe, die in geradezu absurdem Widerspruch zur Erregung des Chefkochs stand. »Ich versichere Ihnen, das ist der einzige Weg, um einigermaßen würdevoll aus diesem Debakel herauszukommen.«

»Was erlauben Sie sich eigentlich?«, brüllte der Chefkoch, während alle anderen Gäste inzwischen neugierig zu uns herübersahen. »Immerhin habe ich alle erdenklichen Auszeichnungen gewonnen, meine Küche ist preisgekrönt! Ich muss mich für gar nichts entschuldigen, weder bei Ihnen noch bei diesem Herrn hier!«

»Von mir aus«, sagte mein Vater, auch wenn er sicher liebend gern eine Entschuldigung gehört hätte, wo er doch felsenfest davon überzeugt war, dass die Welt ihm unrecht getan hatte.

»Es wäre gesünder für Sie, wenn Sie jetzt gehen«, brüllte der Koch. »Wenn Sie von anspruchsvoller Spitzenküche nichts verstehen, sind Sie hier falsch!«

»Wie Sie wünschen, *Monsieur le Chef.* Sie haben Ihre Chance bekommen«, sagte der Franzose und lächelte halb unschuldig, halb gerissen.

»Die können Sie behalten, Ihre Chance! Sie und dieser Herr hier, mit seinem Restaurant irgendwo in der Pampa, wo er angeblich ein Spitzenrisotto kocht, viel besser als meins!« Mit diesen Worten drehte der Koch sich um und stapfte mit wütenden Schritten in Richtung Küche.

Daraufhin wedelte der Franzose zwei-, dreimal mit der Hand, von unten nach oben.

Und plötzlich wurde die schwarze Hose des Kochs immer kürzer, schnurrte vom Knöchel die Waden hinauf, als würde der Stoff sich auflösen.

Das sah so komisch aus, dass ich schon dachte, ich hätte Halluzinationen, von den Pilzen vielleicht. Verwirrt drehte ich mich zu meinem Vater um.

Auch er sah ziemlich ungläubig den Hosen dabei zu, wie sie langsam verschwanden.

Als er realisierte, was mit ihm passierte, drehte der Chefkoch sich verzweifelt erst zur einen, dann zur anderen Seite und starrte fassungslos an seinen nackten Beinen hinunter, wo nun weiße Socken zum Vorschein kamen. Er traute seinen Augen nicht, doch mittlerweile reichte die Lücke schon bis zum Knie, und der Stoff schnurrte unaufhaltsam weiter nach oben, so dass nur noch eine Art Unterhose übrig war. Er vollführte eine Pirouette, sprang in großen Sätzen rückwärts und verschwand in der Küche.

Verwundert guckten mein Vater und ich den Franzosen an; auch die anderen Gäste musterten ihn mit ungläubiger Miene. Mein Vater fragte: »Verzeihung, aber was genau haben Sie da gemacht?«

Der Franzose grinste und hob die Hände. »Entschuldigen Sie bitte, dass ich mich eingemischt habe.« Dann verbeugte er sich und ging zurück zu seinem Tisch.

Mein Vater nickte ihm zu, ich winkte mit der Hand, war aber zu verdattert, um eine elegante Geste zustande zu bringen.

Als der Kellner kam, um die Teller abzuräumen, beäugte er uns ausgesprochen misstrauisch, bewegte sich äußerst vorsichtig und machte sich dann umgehend davon.

Schweigend blieben wir noch ein paar Minuten sitzen, wobei ich daran denken musste, was wir in dieser Zeit alles hätten bereden können.

Dann stand mein Vater abrupt auf, wie immer, und fragte: »Gehen wir nach oben?«

Im Bett hatte ich rastlose Beine und zu viele Gedanken im Kopf

Im Bett hatte ich rastlose Beine und zu viele Gedanken im Kopf, ich war es nicht gewohnt, so früh schlafen zu gehen, ich vermisste mein Restaurant, die Heizung lief auf Hochtouren und ließ sich nicht abstellen, und zu allem Überfluss hörte man durch die Wand den Fernseher, den mein Vater auf volle Lautstärke gestellt hatte. Ich versuchte zu lesen, *Die Glasglocke* von Sylvia Plath, war aber inzwischen im zweiten Teil angelangt, wo Esther in die Psychiatrie kommt, und konnte mich nicht richtig konzentrieren. Außerdem hatte ich Hunger, den ganzen Tag hatte ich nichts gegessen, außer dem schrecklichen Tramezzino und dem schrecklichen Pastetchen im Fernsehstudio und einer Handvoll Kürbiskerne, die ich draußen an der großen Straße geknabbert hatte. Ich guckte in die Minibar, aber dort gab es nur eine Packung gesalzene Erdnüsse, in Plastik eingeschweißt, und noch ein paar andere toxisch aussehende Snacks. Ich machte das Fenster auf: Die Luft roch schlecht, und von der vielbefahrenen Straße drang Krach herein. Ich zog die Schuhe an, nahm Mantel, Tasche und Chipkarte und fuhr mit dem Aufzug nach unten.

In der Halle wusste ich dann nicht recht, ob ich mir ein Taxi rufen lassen sollte, um in die Stadt zu fahren, oder lieber zu Fuß die Umgebung des Hotels erkunden sollte, um eine Bar zu suchen, wo ich wenigstens ein Sandwich oder einen Toast bekommen würde. Unschlüssig passierte ich die Automatiktür, doch draußen überfielen mich der kalte, feuchte Nebel, das Dröhnen der Motoren und die aggressiven Scheinwerferkegel, so dass ich auf dem Absatz kehrtmachte und rasch wieder hineinging.

Ich wusste nicht, was ich tun sollte, also ging ich in dem gedämpften Licht ein paar Schritte, setzte mich auf ein Sofa und blätterte in einem Hochglanzmagazin, in dem es nur Werbung für Schmuck und Luxusautos gab und das, was mein Vater als »Interviews mit Schwachköpfen über nichts« bezeichnet. Ich stand wieder auf. Gerade kamen einige Männer vom Essen zurück, alle gleich angezogen, ein paar von ihnen warfen mir anzügliche Blicke zu und kicherten. Sie betraten die beiden Aufzüge und verschwanden im mechanischen Rauschen. Der Rezeptionist war in die Betrachtung eines Monitors versunken, der sein Gesicht in gelbe und rote Reflexe tauchte; ab und zu hackte er mit zwei Fingern auf die Tastatur ein, produzierte leise Schnalzgeräusche, kleine Blitze aus weißem Licht.

Als ich dann irgendwann, ganz hinten in einer Ecke, den Schriftzug *Lounge Bar* in violetter Leuchtschrift entdeckte, steuerte ich darauf zu, vorsichtig wie immer, wenn ich unbekanntes Terrain betrete. Dabei habe ich nämlich ständig das Gefühl, beobachtet zu werden und sofort aufzufallen, weil mir das passende Verhalten oder Aussehen fehlt. Das war schon so, als ich noch in die Grundschule ging und mich vergeblich bemühte, in jeder Hinsicht genauso zu sein wie alle anderen. Gänzlich ohne Selbstzweifel bin ich eigentlich fast nie, außer wenn ich arbeite oder den Mond betrachte.

In der Bar spielte leise Loungemusik; an der großen Theke lief ein dünner violetter Neonstreifen entlang, ein Barmann war nicht zu sehen. Auch an den Tischen saß niemand, außer einem dicken, halb weggedösten Mann ganz hinten, und zwei Schritte vor mir der Franzose, der meinem Vater und mir bei dem scheußlichen Risotto recht gegeben und dann dem Chefkoch diesen unerklärlichen Streich gespielt hatte.

Er lächelte mir zu, hatte aber ein Kartendeck in der Hand und wirkte ziemlich beschäftigt.

Ich winkte ihm zu und lächelte gequält, da ich mich noch deplatzierter fühlte als gewöhnlich. Ich wandte mich ab, um wieder zu gehen.

»Nein!« Erstaunlich schnell war er aufgesprungen.

»Was ist denn?«, fragte ich, halb erschrocken.

»Sie dürfen nicht gehen«, sagte er und sah mir in die Augen.

»Und wieso nicht?«

»Weil ich gerade an Sie gedacht habe.«

»Ach ja?«, fragte ich, weil mir das absurd schien.

»Ja. Gerade eben. Ich schwöre es.«

»Schon klar.« Ich wusste nicht, was ich sagen sollte.

»Doch, wirklich. Ich dachte an Sie und Ihren Vater.« Sein Italienisch war flüssig, mit weicher Aussprache, ob natürlich oder gespielt, hätte ich nicht zu sagen gewusst.

»Dann sind Sie wohl eine Art Hellseher«, sagte ich, noch weiter in die Defensive gedrängt.

Er legte die Karten auf den Tisch und sah mich mit einem

Blick an, der in dem gedämpften Licht warm und aufrichtig wirkte, es vielleicht aber gar nicht war.

»Woher wissen Sie sonst, dass der Mann mein Vater ist?«

»Das war nicht schwer zu erraten.« Er lachte. »Von einer gewissen Ähnlichkeit mal abgesehen, liegt in dem Schweigen zwischen Ihnen unterschwellig eine ganze Menge Zündstoff.«

»Das sieht man?« Wie konnte es sein, dass er mühelos wahrnahm, was unser Zusammensein so schrecklich anstrengend machte?

»Natürlich«, sagte er. »Und wenn Sie miteinander reden, ist es noch schlimmer.«

»Und was ist Ihnen sonst noch so aufgefallen, an mir und meinem Vater?« Reichlich absurd, einem Unbekannten so eine Frage zu stellen.

»In mancher Hinsicht sind Sie sehr ähnlich, in allem anderen aber grundverschieden. Sie wünschen sich nichts sehnlicher als seine Zuneigung, sein Interesse, aber da ist nichts zu machen.«

Eigentlich hätte ich gern etwas erwidert, war aber zu aufgewühlt; unglaublich, wie unbefangen und selbstsicher er über Dinge sprach, die doch nur mich etwas angingen, ohne die geringste Angst, aufdringlich zu erscheinen. Und eigenartigerweise war es tatsächlich nicht aufdringlich. Er redete wie ein aufmerksamer Beobachter, der sich verpflichtet fühlt, seine Beobachtungen akkurat in Worte zu fassen.

»Und der Umstand, dass Sie denselben Beruf ausüben, bringt Sie einander nicht etwa näher, sondern treibt Sie nur noch weiter auseinander«, sagte er. Es hatte den Anschein, als kämen ihm diese Gedanken spontan in den Sinn, während er mich ansah.

Ich nickte leicht, atmete langsam.

»Sie haben für ihn gearbeitet, mit einer Engelsgeduld, wie es Ihre Art ist. Und mit Hingabe. Aber auf Dauer war das zu wenig. Nicht wahr?«

Ich nickte wieder, mit wachsender Sorge.

»Und jetzt arbeiten Sie ganz anders, legen größten Wert darauf, alles ganz anders zu machen als Ihr Vater, selbst auf die Gefahr hin, ihn wütend zu machen oder zu enttäuschen, was noch schlimmer ist.«

Ich wusste nicht, was ich sagen sollte, es stimmte alles, bis auf die Tatsache, dass mein Vater sich nie über irgendetwas aufgeregt hat, was ich machte, auch wenn ich mir das manchmal sogar sehnlichst gewünscht hätte.

»Sie sind viel vernünftiger als er. Fürsorglich und liebevoll, vielleicht sogar mehr als Ihre Mutter, aber er ist einfach ein hoffnungsloser Fall.«

Schon komisch, es konnte ja durchaus sein, dass er meinen Vater erkannt hatte, weil er ihm schon mal begegnet war, früher im Restaurant vielleicht. Oder vielleicht hatte er irgendwas über ihn gehört oder gelesen. Allerdings erklärte das noch lange nicht, wie er es angestellt hatte, so viel über mich, meinen Charakter und meine Beziehung zu meinem Vater in Erfahrung zu bringen; das war erschreckend, zugleich aber auch spannend, und es machte mich wütend. »Woher wissen Sie das alles?«

Er lächelte und sagte: »Ich versuche nur zu verstehen, was ich sehe.« Das klang nicht unredlich, weder hinterhältig noch selbstgefällig.

»Wie ungewöhnlich«, sagte ich, obwohl ich wusste, dass ich ihm besser nicht so leicht glauben sollte.

Er zog einen Stuhl zurück und forderte mich auf, Platz zu nehmen. »Wollen Sie nicht den Mantel ausziehen?«

»Nein, nicht nötig, es geht mir gut.«

»Aber das stimmt doch gar nicht«, sagte er lachend. »Sie gehen ja fast ein vor Hitze.«

Er hatte recht. Außerdem fiel mir auf, dass ich mich genauso verhielt wie mein Vater, wenn er sich in seinem Mantel verschanzt wie in einer Rüstung. Also zog ich den Mantel aus, setzte mich und entdeckte auf dem Tisch eine französische Ausgabe der *Glasglocke,* ziemlich verbeult. Ich war sprachlos.

Als er mein verdattertes Gesicht sah, sagte er: »Ich habe es an die Wand geschmissen.«

»Aber es ist doch ein sehr schönes Buch«, sagte ich.

»Ja«, sagte er, »vor allem der Anfang ist erfrischend, so ironisch und unkonventionell, die Geschichte einer jungen Frau, die sich weigert, die herrschenden Regeln zu akzeptieren, aber in der Mitte kommt dann diese schreckliche Wende.«

»Gerade weil sie sich weigert, die herrschenden Regeln zu akzeptieren.«

»Ja«, sagte er. »Beim Lesen habe ich mich die ganze Zeit gefragt, warum, dabei wusste ich genau, warum.«

»Und wieso haben Sie dann das Buch an die Wand geworfen?«

»Aus Bedauern, und aus Zorn.«

»Wieso Zorn?« Auch mich hatte beim Lesen der Zorn gepackt.

»Weil selbst das Schreiben sie nicht retten konnte«, sagte er. »Und weil dieses narzisstische Ekel von einem Ehemann nach ihrem Tod einfach ihr Tagebuch vernichtet und sich weiter aufgeplustert hat wie ein Pfau. Dieser unfähige, mit Lorbeer bekränzte britische Dichter.«

»Stimmt. Ich habe mir auch Fotos von Ted Hughes angesehen. Selbstgerecht bis zum Umfallen.«

»Ja, und anschließend hat er auch noch seine Geliebte in den Selbstmord getrieben«, sagte er. »Sechs Jahre nach dem Selbstmord von Sylvia Plath.«

Erschüttert von der polemischen Schärfe seiner Stimme, seines Blicks, sagte ich nichts mehr.

Er nahm die Karten in die Hand und begann sie zu mischen.

Ich saß da, sah ihn an und wieder weg, halb bereute ich es schon, mich zu ihm gesetzt zu haben, halb war ich froh darüber.

Er nahm die Karten in die Linke, streckte mir die Rechte hin. »Verzeihung, ich habe mich noch gar nicht vorgestellt. Jules.«

Auch ich streckte die Hand aus, spürte, wie sie kraftvoll gedrückt wurde, aber nicht demonstrativ.

»Warten Sie!«, platzte es aus ihm heraus. »Sagen Sie nichts, lassen Sie mich Ihren Namen erraten!« Er wirkte unbefangen und selbstsicher, wie ein Mann von Format, zugleich jedoch auch wie ein Gaukler, der viel verlangt, bei dem man aber nie sicher sein kann, was man dafür bekommt.

Ich fragte mich, was Luca wohl dazu sagen würde, wenn er wüsste, dass ich mit einem unbekannten Franzosen in einer Hotelbar saß und Ratespielchen spielte. Und mein Vater erst? Ich machte Anstalten aufzustehen und sagte: »Ich muss jetzt ins Bett, es war ein anstrengender Tag, und ich bin todmüde.«

»Stimmt schon wieder nicht«, sagte Jules lachend. »Sie sind kein bisschen müde, Ihre Beine zucken beängstigend.«

»Wie kommen Sie denn darauf?«, erwiderte ich spontan, weil mir die Bemerkung ziemlich indiskret vorkam, eine ungehörige Einmischung in meine Privatsphäre, aber irgendwie auch nicht unangenehm.

»Man braucht nur hinzusehen«, sagte Jules. Eine simple Feststellung ohne jede Koketterie. »Sie schaffen es doch gar nicht, sie still zu halten.«

»Das liegt an Ihren Spielchen, die bringen mich in Verlegenheit«, sagte ich und merkte auf einmal, dass er mich mit seiner Art, freimütig zu reden, angesteckt hatte.

»Das sind keine Spielchen«, sagte er. Und obwohl ich mir Mühe gab, Bosheit in seinen Augen zu entdecken, fand ich keine Spur davon.

»Was denn sonst?«, fragte ich, wobei mir lebhaft das Bild vor Augen stand, wie die Hose des Kochs bei jedem Schritt kürzer wurde.

Jules lächelte schweigend.

»Und wieso sprechen Sie eigentlich so gut Italienisch?«, fragte ich. Noch so eine Sache, die ich mir nicht erklären konnte.

»Ich habe sieben Jahre in Florenz gelebt«, sagte er. »Ja, wegen der Liebe.«

»Ach so«, sagte ich, zuckte allerdings bei dem unverlangten Geständnis innerlich zusammen.

»Also was ist nun, soll ich versuchen, Ihren Namen zu erraten, oder lieber nicht?«

Ich seufzte und sah unschlüssig zur Seite. Eigentlich schien mir diese Unterhaltung eher amüsant als besorgniserregend. »Aber nur, wenn es schnell geht.«

»Versprochen«, sagte Jules. »Darf ich Sie dabei duzen? Das wäre einfacher.«

»Ja, sicher«, sagte ich. Allmählich drängte sich mir die Frage auf, ob das alles nicht doch irgendwie ziemlich eigenartig war und ich mich womöglich für dumm verkaufen ließ.

Er mischte noch einmal kurz die Karten und fächerte sie auf dem Tisch effektvoll zu einem Halbkreis auf. »Du musst mit dem Finger auf eine Karte tippen, die dir spontan zusagt, aber nichts verschieben oder sagen. Ich gucke nicht hin.« Er hielt sich die Hand vor die Augen und drehte sich um.

Ich ging die Karten durch und überlegte, welche mich am meisten anzog; dabei fiel mir wieder ein, wie oft ich mich als Kind mit meinen Freundinnen an Zaubertricks versucht hatte, immer vergeblich. Mit dem Zeigefinger tippte ich auf die *donna di fiori*, die Kreuzdame, und sagte: »Fertig.«

Jules drehte sich wieder um, nahm die Hand von den Augen, sah mich an, dann die Karten, ließ die Finger vielleicht zwei Zentimeter über dem Tisch darübergleiten, fischte die Kreuzdame heraus und zeigte sie mir.

Ich versuchte, die Teilnahmslose zu spielen, aber es gelang mir nicht, ich war zu aufgeregt.

Mit der Karte in der Hand sah er mich an. Er kniff die Augen zu, öffnete sie wieder und sagte: »Heißt du vielleicht Margherita?«

Vor Überraschung wurde ich rot, ich wusste nicht, was ich sagen sollte.

Jules hielt noch immer die Karte in der Hand, als wäre er nicht sicher, richtig geraten zu haben. »Heißt du nun Margherita oder nicht?«

»Ja«, sagte ich nur. Ich war völlig durcheinander, verwirrt von der Tatsache, dass er meinen Namen erraten hatte, von seinem Blick, davon, mit ihm in einer leeren Hotelbar zu sitzen, jetzt, wo auch noch der einzige andere Gast aufstand und langsam zum Ausgang ging.

»Ein schöner Name«, sagte Jules. »Aber als du klein warst, mochtest du ihn nicht.«

»Das war nicht schwer zu erraten«, sagte ich.

»Wieso?«, fragte er und starrte mich an.

»Weil der Name lächerlich ist«, sagte ich.

»Das stimmt nicht«, sagte er. »Er ist schön.«

»Würdest du etwa gern Tulpe heißen? Oder Anemone? Hast du dich schon mal gefragt, warum Männer keine Blumennamen haben?«

»Es gibt doch Narciso, oder nicht?«, sagte er und lachte.

»Und ist der etwa nicht lächerlich?«, fragte ich.

»Na ja, aber das gilt doch für alle Namen«, sagte er. »Auch für meinen, vor allem wenn man ihn mehrfach hintereinander wiederholt.«

»Vielleicht«, sagte ich, obwohl ich keine Lust hatte, ihm recht zu geben. »Und was bist du von Beruf? Zauberer?«

»Ja«, sagte er und lachte nicht mehr.

Mit einem Mal beschlich mich ein Gefühl maßloser Enttäuschung bei der Vorstellung, dass die ganze verblüffend unkonventionelle Unterhaltung nichts anderes war als ein professioneller Auftritt, mit all seinen Techniken und Tricks. Ich kam mir dumm vor, weil ich darauf hereingefallen war, doch zumindest das sollte er nicht mitbekommen.

»Und wie ist dein Künstlername?«

»Jules«, sagte er achselzuckend.

Ich nickte zwar, fand das aber überhaupt nicht komisch.

»Bist du wegen deiner Arbeit hier?«

»Ich arbeite nicht in Hotels«, sagte er und lachte, obwohl er jetzt weit weniger ungezwungen wirkte.

Am liebsten hätte ich das Ganze mit einer allgemeinen, höflichen Bemerkung beendet, aber mir kam die Galle hoch bei der Vorstellung, dass ich auf einen professionellen Betrüger hereingefallen war, der sich sogar Bemerkungen über mein Verhältnis zu meinem Vater erlaubt hatte, ja sogar über meine Beine. Ich sagte: »Und welchen Trick hast du angewandt, um meinen Namen zu erraten? Hast du ihn vielleicht im Restaurant von meinem Vater gehört?«

Er sah mich an, als verstünde er nicht. »Nein«, sagte er.

»Dann hast du im Netz recherchiert?«, fragte ich und ging im Geiste alle möglichen Erklärungen durch.

»Wie denn? Ich weiß ja nicht einmal, wie dein Vater heißt«, sagte er und wirkte gekränkt. »Und das wäre ohnehin das Letzte, was ich tun würde.«

Sein Verhalten als Unschuldslamm fachte meine Wut nur noch mehr an. »Und woher wusstest du, welche Karte ich ausgewählt hatte? Hast du die Wärme oder die Feuchtigkeit meines Fingers gespürt? Oder hast du gespickt?«

»Nein«, sagte er. »Jedenfalls war die Tatsache, dass du die Kreuzdame ausgesucht hast, keine Garantie dafür, dass du einen Blumennamen trägst.«

»Dann hast du also einfach frei assoziiert«, sagte ich auf gut Glück, denn ich hatte nicht die geringste Ahnung, wie ein Zauberer Namen errät. »Und dabei wurde dir klar, dass ich bestimmt nicht Rosa heiße, nicht wahr?«

Er schüttelte den Kopf und sagte: »Warum denn nicht? Du hättest genauso gut auch Dalia, Erica, Fiordaliso, Gelsomina, Giacinta, Giogliola, Iris, Mimosa, Narcisa, Pulsatilla oder Viola heißen können. Oder Fiorella. Oder sogar Flora.«

»Margherita ist aber bei weitem am geläufigsten«, sagte ich erbost, weil ihm mühelos derart viele Namen einfielen. »Da hast du auf die höchste Wahrscheinlichkeit gesetzt.«

»Die Wahrscheinlichkeit war äußerst gering«, sagte er.

Vielleicht stimmte das ja, aber irgendeinen Trick musste es geben, er wollte ihn mir nur nicht verraten. »Dann sag du mir doch, wie du es gemacht hast.«

In dem schummrigen Licht der Lounge sah er mich mit diesen dunklen, warmen, scheinbar ehrlichen Augen an und sagte: »Ich habe dich bloß angesehen, der Name ist von selbst gekommen.«

Wieder kam ich mir blöd vor, weil mir einfach nichts einfiel, womit ich ihn abservieren konnte.

»Jedenfalls bist du keine Blumenfrau«, sagte er.

»Wieso?«, sagte ich, hin- und hergerissen zwischen dem Impuls zu bleiben und dem zu gehen.

»Weil du eine Mondfrau bist.«

Ich musste husten; mein Herz klopfte schneller, mein Gehirn suchte fieberhaft nach Erklärungen.

»Ist es nicht so?«, fragte er mit einem feinen Lächeln.

Ich nickte, hatte aber plötzlich das Gefühl, dass dieses Spiel doch wesentlich gefährlicher war, als ich zunächst vermutet hatte. Ich wollte damit aufhören, wollte weitermachen. Und ich wollte etwas trinken, aber es war noch immer niemand hinter der Bar.

»Willst du was trinken?«

Ich zuckte zusammen, fand es empörend, mit welcher Leichtigkeit er meine Gedanken lesen konnte. Ich sagte: »Du gibst wohl nie Ruhe, wie?«

»Das war nicht schwer zu erraten«, sagte er und lachte, »so wie du diese blöde Bar angesehen hast.«

Ich versuchte, ernst zu bleiben, musste dann aber doch lachen, verwirrt, wie ich war.

»Was möchtest du denn?«, fragte er und stand auf.

»Rate mal«, sagte ich. »Wo du schon dabei bist.«

»Einen Spritz?«

»Das war zu einfach«, sagte ich. »Du hast an meinem Akzent erkannt, dass ich aus Venedig komme.«

»Ja und? Trinken etwa alle Venezianerinnen nach dem Abendessen einen Spritz?«, sagte er. »Ich kannte da mal eine, die trank ausschließlich Moscow Mule.«

»Na gut, aber die Wahrscheinlichkeit war trotzdem ziemlich hoch«, sagte ich. Es machte mir Spaß, ihn in Schwierigkeiten zu bringen. Oder es zumindest zu versuchen.

»Aber Spritz allein reicht nicht«, sagte er. »Ich muss noch wissen, ob du ihn mit Aperol oder mit Campari trinkst.«

»Stimmt«, sagte ich. »Da stehen die Chancen fünfzigfünfzig.«

Jules legte den Kopf schief und sagte: »Aber eigentlich magst du ihn am liebsten mit China Martini.«

Es war sinnlos, so zu tun, als wäre ich nicht überrascht, denn es stimmte, Spritz alla china war mein Lieblingsspritz.

Plötzlich war die Enttäuschung wie weggeblasen und machte einer eigenartigen Heiterkeit Platz.

»Dann gehe ich mal«, sagte er ohne langes Zaudern, um die Wirkung auszukosten.

Ich sah ihm dabei zu, wie er mit geschmeidigen Schritten zum Tresen ging, Gläser bereitstellte, den Kühlschrank öffnete, gekonnt mit Flaschen hantierte, als wäre es sein Beruf, und dachte, dass ich mich schon seit einer Ewigkeit nicht mehr so gut amüsiert hatte. Zwar verkündete ich immer wieder (anderen wie mir selbst), mein größtes Vergnügen sei die Arbeit, was auch stimmte, aber es stimmte eben auch, dass ich mein Privatleben als ausgesprochen öde empfand, immer nur Luca oder meine Eltern, und deshalb vor Langeweile fast verging. Ohne Überraschungen war das Leben kein Leben, davon war ich schon immer überzeugt gewesen, doch inzwischen beschränkten sich die Überraschungen auf kulinarische Kreationen aus meiner Küche, und die waren für die Gäste bestimmt. Für mich hielt keiner eine Überraschung bereit, denn alle waren mit der Wiederholung des Immergleichen beschäftigt, und das kannte ich schon zur Genüge.

Jules brachte zwei Gläser mit Stiel zum Tisch, dann ging er noch einmal zum Tresen, kramte so lange herum, bis er zwei Tütchen fand, deren Inhalt er in zwei Schälchen kippte, eins mit Popcorn, eins mit gesalzenen Mandeln, und stellte auch die auf den Tisch. Dann setzte er sich, nahm sein Glas und stieß mit mir an: »Auf die Mondfrau!«

»Auf den Mond«, sagte ich. »Aber werden die Hotelleute kein Theater machen, weil wir einfach so die Bar benutzt haben, ohne zu fragen?«

»Und wenn schon, ich liebe Theater«, sagte er und nahm einen großen Schluck.

Auch ich nahm einen großen Schluck, der Spritz alla china war perfekt: eine ausgewogene Mischung von süß und bitter, dickflüssig und spritzig.

»Gute Wahl«, sagte Jules ernst.

Ich steckte meine Finger in die Popcornschale, mit einer Erleichterung, die mich genauso überraschte wie alles andere, was geschehen war, seit ich die Bar betreten und ihn beim Mischen der Karten gesehen hatte.

Morgens um halb zehn setzte man uns am Studio ab

Morgens um halb zehn setzte man uns am Studio ab, im Nebel, der noch dichter war als am Tag zuvor. Mein Vater war so angespannt, als ginge es erneut in die Schlacht; wenn sie ihn noch mal warten ließen, hatte er im Hotel verkündet, würde er ein Taxi nehmen und sich davonmachen (im Singular, als wäre ich gar nicht da). Aber diesmal wurde er gleich am Eingang von Zoca, dem Kreativdirektor, und zwei Autoren erwartet, »Chef Malventi« hier, »Chef Malventi« da. Offensichtlich wollten sie ihn bei Laune halten, um weiteren Ärger zu vermeiden, möglichst schnell den Teil abdrehen, an dem er beteiligt war, und die verlorene Zeit aufholen. Sie brachten ihn direkt in die Maske, wo die drei Starköche schon geschminkt wurden, auch sie zuckersüß und lächelnd.

Ich ging hinaus auf den Flur, um meinen Vater nicht noch nervöser zu machen und in aller Ruhe darüber nachzudenken, was gestern Abend mit dem Franzosen, der sich Jules nannte, passiert war. Schon die halbe Nacht hatte ich darüber nachgedacht, pausenlos waren mir Bilder und Empfindungen durch Kopf und Körper geschossen, während ich vergeblich versuchte einzuschlafen. Sehr seltsam, ich schwankte zwischen Verzauberung und Verlegenheit wegen der Verzauberung. Was mich am meisten beunruhigte, war nicht etwa all das, was er über mich erraten hatte, sondern vielmehr das beunruhigende Gefühl, dass er wirklich wusste, wer ich war: dass er um mein Verhältnis zum Mond, zu meiner Arbeit und zu meinem Vater wusste. So schien es mir jedenfalls. Vielleicht war ich ja so sehr daran gewöhnt, dass Luca und meinem Vater jegliches Interesse an mir abging, dass ich den erstbesten Mann, bei dem das anders war, gleich außergewöhnlich fand, was auch immer seine Gründe sein mochten. Aber vielleicht war ich auch nur eine arme Träumerin voll unrealistischer Erwartungen, die sich in einer Hotelbar von einem dahergelaufenen französischen Zauberer hatte einwickeln lassen und deshalb plötzlich glaubte, dieser Mann sei etwas ganz Besonderes, obwohl sie sich eigentlich doch längst von der Idee verabschiedet hatte, dass es so etwas überhaupt gab. Dennoch war ich um ein Uhr aufgestanden, um auf mein Zimmer zu gehen, er hatte meine Hand ergriffen, und dann waren wir uns um den Hals gefallen, ohne auch nur darüber nachzudenken. Dabei hatte ich seine Haut auf meiner gespürt, den warmen, leicht harzigen Duft eingeatmet, der aus seinem Kragen aufstieg. Die ganze Nacht hatten mich diese Sinneseindrücke, vermischt mit Zweifeln, unablässig heimgesucht und um den Schlaf gebracht, während ich mich in dem völlig überheizten Zimmer auf der viel zu weichen Matratze hin- und herwälzte und auf dem viel zu dicken Kissen vergeblich versuchte, den Kopf bequem zu lagern.

Saltalacqua kam aus der Maske, gefolgt von Capaci und Evangelista, alle drei in demselben Kostüm wie gestern, da es heute ja an derselben Stelle weiterging, wo man gestern wegen meines Vaters abgebrochen hatte. Ich grüßte sie, aber nur Capaci umarmte mich (kraftlos), die beiden anderen nickten mir bloß zu, als gäben sie mir eine Mitschuld am Verhalten meines Vaters. Gleich nach ihnen kam mein Vater, verfolgt von einer der Kostümbildnerinnen, die versuchte, ihm die Kochmütze aufzusetzen, als könnte er das nicht besser als jeder andere. Wieder sah ich in seinen Augen die Entschlossenheit der goldenen Jahre, als das Restaurant auf Hochtouren lief und er seine Küchenbrigade unerbittlich antrieb wie ein begnadeter Despot.

Im Studio war alles vorbereitet, genau wie am Tag zuvor: Die Scheinwerfer feuerten Millionen an Watt, die Lämpchen der Kameras leuchteten, die zehn Chefkoch-Anwärter standen unruhig hinter ihren Herden und blinzelten nervös, die Kochstation für die Vorführung stand direkt vor ihnen. Die Autoren palaverten mit den drei Starköchen und meinem Vater, hockten sich dann aber mit ihren Schildern schnell hin, um bei der Totalen nicht im Bild zu sein. Aus dem Lautsprecher ertönte die wie gewohnt leicht hysterische Stimme: »Alle bereit?«

Mein Vater stellte sich zwischen Saltalacqua, Capaci und Evangelista am Vorführherd auf, ohne dass ihn jemand dazu auffordern musste. Die Lautsprecherstimme sagte: »Action!« Und die Kameras setzten sich in Bewegung.

Saltalacqua machte eine seiner üblichen Pirouetten, ohne dabei auch nur für eine Sekunde die Schilder der Autoren aus den Augen zu lassen, und sagte: »Und jetzt – wird uns – Chef Malventi – meisterlich vorführen – wie man – die authentische – Pasta – alla gricia – zubereitet! – Die man – auf gar keinen Fall – als Amatriciana bianca – bezeichnen darf.«

151

»Wer das tut – und solche Leute gibt es – liegt vollkommen falsch!«, sagte Capaci.

»Wäre ein fataler Fehler«, sagte Evangelista.

Mein Vater nickte, ohne zu lächeln.

»Und hier – sind die Zutaten – Chef«, sagte Saltalacqua. Dabei lüftete er genau wie gestern eine Cloche, nur dass heute statt eines Schälchens Olivenöl extra vergine einige Scheiben Speck auf dem Teller lagen. »Schweinebacke – Pecorino romano – schwarzer Pfeffer – Speck vom schwarzen Schwein. Denn – für eine authentische Pasta – alla gricia – braucht man unbedingt Speck vom schwarzen Schwein! Nicht wahr, Chef Malventi?«

»Genau«, sagte mein Vater mit angespannter Miene.

Früher, das fiel mir jetzt wieder ein, hatten wir uns einmal heftig über Speck (und Schmalz) gestritten; damals hatte ich nämlich behauptet, Schweine würden unter den schrecklichsten Bedingungen gehalten, sie würden fixiert, damit sie sich nicht bewegen konnten, seien dreckig und krank, vollgestopft mit künstlichem Futter und Antibiotika, deshalb würde ich mich grundsätzlich weigern, ihr Fleisch zu verwenden. Daraufhin erwiderte mein Vater, er verwende nur Schweine aus tiergerechter Haltung, und warf mir vor, ich sei eine Fanatikerin, dabei dürfte ich, wenn ich wirklich glaubwürdig sein wollte, meinen Gästen nur Wildkräuter und Eicheln vorsetzen.

»Und wer glaubt – Speck sei schwer verdaulich – der irrt sich«, sagte Capaci, der von einem Schild ablas, das man vor seiner Nase schwenkte. »Speck enthält nämlich – neun Prozent – ungesättigte Fettsäuren – und noch viel mehr – einfach ungesättigte!«

Mein Vater griff nach dem Fleischermesser, obwohl ein Autor ihm von unten bedeutete, er sei noch nicht dran.

Gleichzeitig schwenkte ein anderer Autor ein Schild mit der Aufschrift GROSSELTERN in Richtung Evangelista, der sofort sagte: »Meine Großeltern – nahmen – für alles Speck. Deshalb hielten sie auch Schweine – im *pigsty* – damit sie immer Speck hatten.«

»Eine weitere Zutat – der einfachen Küche!«, sagte Capaci, nachdem er rasch einen Blick auf das Schild mit der Aufschrift EINF KÜCH geworfen hatte. Dann improvisierte er plötzlich frei: »Beim Schwein wird buchstäblich alles verwendet, nichts wird weggeworfen!«

»Also gut – Chef Malventi – dann kommen wir jetzt – zur Vorführung«, sagte Saltalacqua schnell, eifrig bemüht, den anderen möglichst wenig Spielraum zu lassen. »Chef Malventi – Ihnen gebührt nun – die Ehre – und die Bürde!«

Mein Vater hob den Deckel und guckte in den Topf mit Wasser, den man für ihn aufgesetzt hatte. Dann trennte er mit dem Fleischermesser die Schwarte von der Schweinebacke.

»Können Sie uns bitte – die einzelnen Arbeitsschritte – erläutern?«, fragte Saltalacqua und beugte sich über die Schulter meines Vaters.

»Wir setzen das Wasser auf und bringen es fast bis zum Kochen. Dann trennen wir die Schwarte ab, vielleicht kochen wir später daraus noch eine Brühe. Dann schneiden wir die Schweinebacke in Scheiben von exakt einem Zentimeter. Nicht mehr und nicht weniger.«

»Nicht mehr und nicht weniger«, plapperte Capaci nach, als wäre er der Hüter der Geheimnisse seines Meisters.

Mein Vater schnitt die Schweinebacke in Scheiben. Auch wenn seine Handschrift inzwischen leicht zittrig ausfiel, so hatte er doch, wenn er das Messer führte, nichts von seiner legendären Präzision eingebüßt: Die Scheiben hatten genau die richtige Dicke und fielen sauber auseinander.

Es war schon eigenartig, ihm hier im Fernsehstudio bei der Arbeit zuzusehen, denn trotz der künstlichen Atmosphäre, der Scheinwerfer, Kameras, Lautsprecher, Monitore, Schilder und all der Schauspielerei hatten die vertrauten Handbewegungen doch etwas Beruhigendes. Ich kannte sie so gut: seine zackigen, kurzen, schnellen, gezielten, tausendmal bewährten Bewegungen. So ganz anders als meine, die lang sind, fließend, rund, instinktiv. Bei ihm ist alles beinahe wissenschaftlich exakt; deshalb wäre er auch gern Chirurg geworden, tatsächlich wollte er sich gerade für Medizin einschreiben, als das Leben dazwischenkam und ihn in eine ganz andere Richtung drängte. Schon als ich klein war, gab er mir durch seine präzise Art ein Gefühl von Sicherheit; und das änderte sich auch nicht, als alles schiefging und er sich tagtäglich mit seinen Teilhabern herumschlug, aufgebracht gegen alles und jeden. Wenn ich ihn in der Küche bei der Arbeit sah, schien alles in Ordnung, denn unter der kriselnden Oberfläche aus drohendem Bankrott und juristischen Komplikationen, in die er hineingeschliddert war, verbarg sich nach wie vor diese unvergleichliche Aufmerksamkeit für Details, dieses phänomenale handwerkliche Geschick, dieses von seiner Mutter stammende (und wenigstens zum Teil auch an mich weitergegebene) Wissen.

Die Kandidaten standen an ihren Herden und sahen oft eher gelangweilt zu, doch sobald ein Assistent sie dazu aufforderte, guckten sie schlagartig derart erstaunt, als würden sie einem Wunder beiwohnen.

»Jetzt schneiden wir die Scheiben in Streifen, einen halben Zentimeter breit«, sagte mein Vater, während er den Arbeitsschritt schon durchführte, mit virtuoser Präzision und Schnelligkeit.

»Kandidaten, seht euch an, wie Chef Malventi das macht!«, sagte Capaci, diesmal ganz ohne schriftliche Hilfestellung.

»Und dann, Chef?«, fragte Saltalacqua, um Capaci auf keinen Fall das Feld zu überlassen.

»Dann geben wir den Speck in die heiße Pfanne«, sagte mein Vater.

»Speck vom schwarzen Schwein!«, sagte Saltalacqua und hob beschwörend den Zeigefinger in die Kamera. »Dass nur ja keiner – auf die Idee kommt – irgendeinen gewöhnlichen Speck zu nehmen – oder gar Olivenöl!«

»Nicht einmal – ein Spitzenöl – das zu hundert Prozent – aus Italien stammt«, sagte Capaci, weil ein Autor ihm mit dem Logo des Sponsors vor der Nase herumfuchtelte.

»*Sorry, no substitutes!*«, sagte Evangelista, die Hände auf dem runden Bauch gefaltet.

Mein Vater schob den Speck in die heiße Pfanne.

»Seht mal – wie das brutzelt – herrlich!«, sagte Saltalacqua.

»Eine zeitlose Erfahrung.« Capaci las wortwörtlich von einem Schild ab. »Ursprünglich – und modern – zugleich.«

»Beschreiben Sie – weiter – Chef Malventi«, sagte Saltalacqua.

»Jetzt geben wir die Schweinebacke in die Pfanne«, sagte

mein Vater, ohne jemanden anzusehen, als wäre das eine Sache nur zwischen ihm, den Kameras und dem Publikum zu Hause vor dem Bildschirm. Mit dem Messer schob er die Streifen über das Brett und ließ sie in die brutzelnde Pfanne fallen: auch das mit absoluter Sicherheit.

»Und dann?« Saltalacqua reckte den Hals, um alles ganz genau zu beobachten, mit gespielter Neugier.

»Braten wir die Streifen zehn bis zwölf Minuten«, sagte mein Vater. »Bis sie schön knusprig sind.«

»Natürlich – ohne – etwas – anbrennen zu lassen!«, las Evangelista von dem Schild NICHT ANBRENN ab.

Mein Vater sagte nichts dazu, schüttelte angesichts von so viel Dummheit bloß den Kopf. »Jetzt werfen wir die Nudeln ins Wasser.« Er nahm den Deckel ab, griff so nach dem Nudelpaket, dass man möglichst wenig vom Logo des Sponsors sah, und ließ die Nudeln ins kochende Wasser fallen. Er mochte die Marke nicht, schon oft hatte er sie mir gegenüber als minderwertig bezeichnet, weil dafür kanadischer Weizen zweiter Wahl verarbeitet wurde.

»Und welche Pastasorte?«, fragte Capaci.

»Das sind dicke Spaghetti«, sagte mein Vater tadelnd. »Am besten nimmt man aber Bucatini oder eine kurze Nudelsorte.«

»Okay, Pause!«, sagte die Stimme aus dem Lautsprecher. Die Autoren sprangen auf, umringten meinen Vater und die drei anderen Köche zusammen mit den Kostüm- und Maskenbildnerinnen.

Mein Vater sah sich um, als wären plötzlich alle verrückt geworden. »Was ist denn jetzt schon wieder? Ich bin doch mitten in der Zubereitung!«

»Technische Pause, Chef«, sagte ein Autor.

»Wir können ja schlecht die gesamte Kochzeit zeigen«, sagte Saltalacqua lachend. »Zehn Minuten *blubblubblub,* da schalten doch alle Zuschauer um.«

»Aber Sie können mich doch nicht einfach mittendrin unterbrechen«, sagte mein Vater wütend. »Ausgerechnet jetzt, wo die Nudeln schon kochen!«

»Wir sind rechtzeitig zurück, keine Sorge, Chef«, sagte ein Autor beschwichtigend, während einer seiner Kollegen eine ungeöffnete Pastapackung in die Kamera hielt, damit der Markenname gut zu sehen war.

»Aber so kann man doch nicht arbeiten!«

»Vielleicht haben Sie es ja noch nicht mitgekriegt, Chef«, sagte Saltalacqua giftig, »aber wir sind hier nicht im Restaurant, sondern beim Fernsehen, und hier läuft das nun mal so.«

»Und deshalb hat das, was Sie hier machen, mit echtem Kochen auch nichts zu tun!«, sagte mein Vater schnippisch.

»Aber Maestro …«, sagte Capaci besänftigend, wurde aber durch die vielen Anweisungen rundherum abgelenkt. Dann ertönte schon wieder der Summer.

Aus dem Lautsprecher kreischte es: »Alles klar?! Auf Position! Und Action!« Ein Assistent kontrollierte Topf und Pfanne auf dem Herd, die Masken- und Kostümbildnerinnen verzogen sich, die Autoren verschwanden mit ihren Schildern und Stiften wieder in der Versenkung, die drei Starköche nahmen meinen Vater in die Mitte, und die Kameras setzten sich in Bewegung.

»Und jetzt – Chef Malventi«, sagte Saltalacqua. »Jetzt können wir – die Pasta – abgießen – stimmt's?«

Mein Vater schüttelte den Kopf, noch immer völlig pikiert wegen der Unterbrechung.

»Dann – reiben wir jetzt – den Pecorino romano – nicht wahr?«, sagte Saltalacqua und zeigte auf das Stück Käse, das zwischen den anderen Zutaten bereitlag.

»Nein, ausgeschlossen, Pecorino romano geht gar nicht«, sagte mein Vater kopfschüttelnd.

Die drei Starköche starrten ihn an, unsicher, ob das nur eine simple Bemerkung war oder eine weitere kategorische Weigerung, die erneut den Zeitplan sprengen würde.

»Und wieso nicht – Chef Malventi?«, sagte Saltalacqua und lächelte gequält.

»Weil man für die authentische Pasta alla gricia unbedingt Pecorino aus Amatrice braucht«, sagte mein Vater. »Der ist wesentlich feiner und lieblicher, der Romano ist dafür zu salzig, viel zu patzig und ordinär, er verstärkt den kräftigen Geschmack der Schweinebacke nur noch, anstatt ihn abzumildern.«

Ratlos sahen Saltalacqua und die beiden anderen sich an; die Autoren fuchtelten wild herum, einer schrieb: OK PEC ROM! PEC AMATR UNAUFFIND! LOS!

»Pecorino aus Amatrice – ist heutzutage – nur leider – kaum aufzutreiben«, sagte Saltalacqua. »Aber als Ersatz – eignet sich auch – ein Pecorino romano – ganz wunderbar!«

»Vorausgesetzt, er ist von höchster Qualität«, sagte Capaci aus eigenem Antrieb.

»*Right,* Chef«, sagte Evangelista, als er vor sich die Aufforderung MIKE BESTÄT erblickte!

»Von wegen«, sagte mein Vater, und man sah ihm an, dass

er seine Meinung nie und nimmer ändern würde. »Ohne Pecorino aus Amatrice keine echte Pasta alla gricia!«

Die am Boden kauernden Autoren zappelten hin und her, flüsterten hektisch miteinander und schrieben chaotische Anweisungen auf ihre Schilder, so dass die drei Chefköche völlig verwirrt waren und nicht mehr wussten, was sie sagen sollten.

»Stopp! Stopp! Stopp! Was ist denn jetzt schon wieder, verdammt?« Die Stimme aus dem Lautsprecher klang völlig entnervt.

Es folgte eine aufgeregte Diskussion zwischen Autoren und Köchen, alle gestikulierten und redeten durcheinander. Mein Vater schüttelte den Kopf und sagte: »Nein, nein, nein.« Doch dann reckte er (zur allgemeinen Überraschung, auch meiner) das Kinn und sagte: »Na gut, dann machen wir halt so weiter.«

»Sind Sie sicher?«, fragte die brüchige Stimme aus dem Lautsprecher. »Sonst schneiden wir nämlich die ganze Vorführung einfach raus, und das war's dann.«

»Wir können weitermachen«, sagte mein Vater, als hätte er gerade einen Pakt mit dem Teufel geschlossen.

»Sicher, Chef?«, fragten ein paar Autoren und sahen ihn misstrauisch an.

»Sicher?«, fragte Saltalacqua alle, außer meinen Vater.

»Maestro, bestätigen Sie, dass wir weitermachen können?«, fragte Capaci, der sich wohl verantwortlich fühlte, weil es seine Idee gewesen war, ihn einzuladen.

»Ja«, sagte mein Vater. »Wir machen weiter.«

»Dann los, Tempo, Tempo, alle auf Position, verdammt!«, brüllte die Stimme aus dem Lautsprecher.

Die Autoren hockten sich hin, die Maskenbildnerinnen räumten das Feld, die Chefkoch-Anwärter wurden rüde aufgefordert, mehr Engagement zu zeigen, die Kameralämpchen gingen wieder an.

Mein Vater fischte eine Nudel aus dem Topf.

»Sind wir so weit, Chef?«, fragte Saltalacqua und strengte sich sichtbar an, möglichst überschwänglich zu klingen.

Mein Vater schüttelte den Kopf, rüttelte an der Pfanne mit den Schweinebackenstreifen, rieb den Käse auf einen Teller.

Mit angehaltenem Atem beobachtete ich den lehrbuchmäßigen Winkel des Pecorinos auf der Reibe und fragte mich, wieso er sich bereit erklärt hatte, die Vorführung fortzusetzen. Vielleicht hatten sich tatsächlich ausnahmsweise einmal praktische Gründe gegen abstrakte Prinzipien durchgesetzt. Vielleicht dachte er aber auch, er könne den patzigen Geschmack des Pecorinos durch eine andere Dosierung der restlichen Zutaten ausgleichen. Bei ihm wusste man nie.

»Herrlich – wie die Schweinebacke – Farbe annimmt!«, sagte Saltalacqua mit aufgesetzter Begeisterung, denn sein Blick wirkte, als würde er bei der Herstellung einer Bombe zusehen.

Mein Vater kümmerte sich nicht im Geringsten um ihn, wendete die Streifen in der Pfanne, als würde er allein für sich kochen und nicht für diesen ganzen Zirkus.

Die Stimme aus dem Lautsprecher kreischte: »Na, ist die Pasta jetzt endlich fertig?«

Doch davon ließ sich mein Vater nicht irritieren, er probierte erneut die Nudeln, hob den Topf hoch und kippte die Pasta routiniert in den Durchschlag. Eine Dampfwolke stieg auf.

»Seht euch an – wie man die Pasta – abgießt!«, sagte Evangelista zu den Kandidaten, die, angestachelt von einem Autor, heftig mit dem Kopf nickten.

Nun kippte mein Vater die Nudeln aus dem Durchschlag in die Pfanne.

»Was – machen Sie jetzt – Chef Malventi?«, fragte Saltalacqua, obwohl es dabei wirklich nichts zu erklären gab. »Können Sie – den Kandidaten – die einzelnen Arbeitsschritte – erklären?«

»Ich habe die Spaghetti abgegossen und schwenke sie nun in der Pfanne mit der Schweinebacke.«

»Und dann, Chef?«, fragte Capaci und beugte sich aufdringlich über die Pfanne.

Mein Vater wich zurück, weil er sich gestört fühlte, und sagte: »Jetzt streue ich den Pecorino darüber und eine Prise frischgemahlenen schwarzen Pfeffer.« Er drehte routiniert die Pfeffermühle, mischte Pecorino und Pfeffer unter die Pasta, genauso dynamisch und konzentriert, als wäre er in seinem Restaurant und nicht in einer gefakten Studioküche. Dann nahm er die tiefen Teller, die auf dem Tresen bereitstanden, und füllte jeweils eine perfekte Portion Pasta darauf.

»Und da ist sie – die echte Pasta – alla gricia!«, sagte Saltalacqua mit einer emphatischen Mischung aus Erleichterung und Ressentiment.

»*Yum!*«, sagte Evangelista, und die Wollust, mit der er die Pasta ansah, war ausnahmsweise einmal nicht gespielt.

Mein Vater drehte den Teller auf dem Tresen, um ihn wie immer von allen Seiten zu begutachten.

Saltalacqua sagte: »Darf ich – Chef?« Ohne eine Antwort abzuwarten, spießte er die Gabel in die Nudeln, wickelte sie auf und führte sie zum Mund, mit einer ungestümen Geste, die er womöglich für ein Zeichen von Kompetenz hielt. Als er AUTHENT UNNACHAHML GRI las, sagte er: »Das ist sie – die unnachahmliche – authentische – Pasta alla gricia!« Er lächelte, zeigte seine Zähne und hielt den Teller in die Kamera.

Auch Capaci probierte, las PERFKT 100 % und sagte: »Perfekt – hundertprozentig – perfekt!«

»Wow! Mir läuft – das Wasser – im Mund – zusammen – das – passiert mir – nicht sehr oft!«, las Evangelista ab, obwohl sein Bauch das Gegenteil bewies, bevor er mit der Gabel in den Teller fuhr.

Die Kandidaten standen hinter ihren Herden und glotzten dümmlich, doch sobald ein Autor sie mit ausholender Geste anspornte, klatschten sie begeistert. Einer rief: »Bravo, Chef!« Dann alle im Chor: »Chef, Chef, Chef!« Saltalacqua, Capaci und Evangelista schlossen sich dem Beifall an, Autoren und Techniker verstärkten den Effekt. Auch ich klatschte, obwohl ich mich ein bisschen schämte, weil die ganze Situation so gestellt war, doch zugleich war ich auch ein bisschen gerührt, weil das Geschick und das Wissen, das mein Vater demonstriert hatte, absolut echt waren.

»Und jetzt – seid ihr dran – kocht uns – eine authentische – Pasta alla gricia!«, sagte Saltalacqua zu den Kandidaten.

»Genauso – wie ihr es – bei Chef Malventi – gesehen habt!«, sagte Capaci.

»Und dann – wird er – eure Gerichte – bewerten!«, sagte Evangelista.

»Kandidaten – deckt – die Zutaten – ab!«, sagte Saltalacqua.

Die zehn Chefkoch-Anwärter lüpften die Cloches und beäugten ängstlich die Zutaten. Ob gespielt oder echt, blieb ungewiss.

Auf der Rückfahrt war mein Vater so aufgekratzt, wie ich ihn schon lange nicht mehr erlebt hatte

Auf der Rückfahrt war mein Vater so aufgekratzt, wie ich ihn schon lange nicht mehr erlebt hatte: Seine Augen strahlten vor Zufriedenheit. Mit großem Elan und neuen Einzelheiten schilderte er mir noch einmal die Geschichte, wie er als Zwanzigjähriger mit einer Freundin auf dem Genfersee segeln war, als sie ihm ohne jede Vorwarnung das Steuer übergab, obwohl er vom Navigieren nicht das Geringste verstand, und wie sich dann urplötzlich der Wind drehte und sie beide über Bord fielen. Schwer vorstellbar, dass er je so jung und ausgelassen war. Auf einigen Schwarzweißfotos aus seiner Zeit in Lausanne wirkte er zwar romantisch und nachdenklich, dennoch zweifelte ich keine Sekunde daran, dass er auch damals schon einen unbändigen Wunsch nach Vergeltung hegte, der sich bald darauf in eiserne Disziplin und unbeugsame Hartnäckigkeit verwandeln sollte.

»Hörst du mir überhaupt zu?«, fragte er, nur weil ich kurz zu einer Frau geblickt hatte, die keuchend den Gang entlangkam.

»Natürlich höre ich dir zu«, sagte ich. Wenn es etwas gab, das ich immer getan hatte, dann war es, ihm zuzuhören.

»Na gut«, sagte er mit überraschend nachsichtiger Miene. Anscheinend empfand er es als Erlösung, dass er es endlich geschafft hatte, seine Exteilhaber öffentlich anzuprangern, er wirkte wie befreit von der Verbitterung und Niedergeschlagenheit aus der Zeit unmittelbar nach dem Verlust des Restaurants. Im Übrigen hatte es ihm, auch wenn er das nie zugegeben hätte, zweifellos geschmeichelt, im Scheinwerferlicht zu stehen und als Spitzenkoch hofiert zu werden, zudem war sein Auftritt eine lehrreiche Erfahrung für die Kandidaten wie für die Millionen Zuschauer, die die Sendung in zwei Tagen auf dem Bildschirm verfolgen würden. Dabei hatte sein Verhalten im Grunde immer schon etwas Theatralisches, egal, ob er nun im Lokal vor den Gästen auftrat, in der Küche vor seiner Brigade oder zu Hause vor mir und meiner Mutter; immer wollte er im Zentrum stehen, immer bewundert werden. Und vielleicht wurden ihm ja jetzt tatsächlich die Genugtuung und die Wiedergutmachung zuteil, von der er so lange geträumt hatte. Er sah aus dem Fenster, ohne sich über den Schmutz zu beschweren, beobachtete die anderen Fahrgäste, ohne sich über ihr ungehöriges Verhalten aufzuregen. »Hast du gesehen, wie beeindruckt die waren, Incapaci, der kokainsüchtige Wuschelkopf und der dicke Amerikaner?«

»Ja, habe ich.« Dass diese Bewunderung nur Show war, genauso wie jede andere Gefühlsäußerung, die die drei in ihrer Sendung zeigten, wollte ich ihm natürlich lieber nicht auf die Nase binden. Zumal ich mir auch ziemlich sicher war, dass er es mir ohnehin nicht geglaubt hätte.

»Und hast du gesehen, wie erschrocken sie waren, als ich den Pecorino romano abgelehnt habe? Die haben doch tatsächlich gedacht, ich würde ihnen wieder alles versauen.«

»Ja, habe ich gesehen. Wieso hast du eigentlich weitergemacht?«

»Das war doch mein Auftritt«, sagte mein Vater, als hätte der Vortag, als er den Zeitplan platzen ließ, weil sie ihm Öl statt Speck vom schwarzen Schwein geben wollten, nicht auch zu seinem Auftritt gehört.

»Auch wieder wahr«, sagte ich und überlegte, bis zu welchem Grad seine Unberechenbarkeit für meine mangelnde Selbstsicherheit verantwortlich war.

»Das war doch sowieso alles Pfusch. Die Pasta war ohnehin minderwertig, dann durch deren Schuld auch noch zerkocht, die Schweinebacke war drittklassig und der Speck überhaupt nicht vom schwarzen Schwein. Was sollte ich denn da machen? Unter solchen Bedingungen war eben nicht mehr drin als ein fades Fernsehgericht, da spielte der Käse auch keine Rolle mehr.«

Ich musste unwillkürlich lachen bei dem Gedanken daran, wie ich mit angehaltenem Atem dagesessen hatte, vor lauter Angst, er könnte erneut alles blockieren, Autoren und Produzenten in den Wahnsinn treiben und sich vielleicht sogar eine Schadenersatzklage einhandeln.

»*Arimané nell'atte*«, sagte er – eine Redensart aus den Abruzzen, die so viel bedeutet wie »immer am Ball bleiben«. Einer seiner Wahlsprüche.

»Genau«, sagte ich. In meinen Augen war sein ausgeprägter Akzent immer schon ein schweres Handicap, weil man daran sofort den Fremden erkannte, was prompt meinen Beschützerinstinkt mobilisierte. Dagegen empfand ich es als Privileg, Venezianerin zu sein, größer zu sein, stärker zu sein. Eine Frau zu sein.

Jetzt begann er, Zukunftspläne zu schmieden, ein untrügliches Anzeichen dafür, dass er die depressive Phase überwunden hatte, aber es waren abenteuerliche Pläne, die die gemachten Erfahrungen nicht im Geringsten berücksichtigten und neue Desaster erwarten ließen. Er war überzeugt, sein Auftritt als Ehrengast bei *Chef Test* werde das Interesse an ihm wiederbeleben und ihn in die Lage versetzen, ein neues Restaurant zu eröffnen, ein noch bedeutenderes als das am Campo Pisani. »Ich will dieses Lokal auf Torcello übernehmen, du weißt schon.«

»Ja, ich weiß«, sagte ich und ließ ihn reden. Ich hielt es nicht für angebracht, ihn an die enormen Kosten für Miete und Umbau und die logistischen Probleme zu erinnern, ganz zu schweigen von der Konkurrenz vor Ort. (Mal abgesehen davon, dass er blank war und ihm in seinem Alter womöglich die Kräfte fehlten.)

»Meine Stammkunden sind ja alle noch da, die haben sich ja nicht in Luft aufgelöst, bis auf die Verstorbenen.«

»Und der Name, was machst du damit?« Es war nämlich so, dass selbst sein Name am Ende der juristischen Schlacht seinen Exteilhabern gehörte, und zwar in allen denkbaren Versionen, nicht nur als *Mal2o*.

»Ich nehme einfach deinen«, sagte mein Vater, als könnte er ohne weiteres darüber verfügen und müsste mich gar nicht erst um Erlaubnis bitten.

»Du meinst Margherita?«, fragte ich erstaunt. Dabei war der Name wahrlich das geringste Problem. Denn falls er es wider Erwarten tatsächlich schaffen sollte, ein neues

Restaurant aufzumachen, egal, ob auf Torcello oder einer anderen Insel in der Lagune, würde er auch das zweifellos früher oder später ruinieren, durch seine Verbohrtheit und seinen grenzenlosen Ehrgeiz.

»Ja, wieso?«, sagte er und sah mich herausfordernd an. »Schließlich hast du dir für dein Restaurant einen anderen ausgesucht. Aber ich kann genauso gut einen anderen nehmen, der Name spielt keine Rolle. Hauptsache, die Leute wissen, dass ich in der Küche stehe.«

»Und woher willst du das Geld nehmen?«, sagte ich und versuchte, die Enttäuschung darüber zu verdrängen, dass er neben meinem Namen auch meine Arbeit als Köchin für gänzlich irrelevant hielt.

»Das treibe ich schon auf«, sagte mein Vater, als wäre meine Frage unverschämt.

»Wie denn?«, fragte ich entsetzt, ihn schon wieder so reden zu hören.

»Über Attilio, der kann mir sicher die richtigen Kontakte vermitteln.«

»Soll das ein Witz sein?«, fragte ich in dem verzweifelten Versuch, ihn wieder auf den Boden der Tatsachen zurückzuholen.

»Warum zum Teufel sollte ich darüber Witze machen?«, erwiderte er empört, weil ich nicht sofort in Begeisterungsstürme ausbrach bei der Aussicht, er könne sich womöglich erneut mit Attilio einlassen, der ihm sieben Jahre zuvor das Leben ruiniert hatte. Es war zum Verrücktwerden: Noch nie ist mir ein Mensch begegnet, der aus seinen Fehlern so wenig gelernt hat, wie mein Vater.

»Du selbst hast ihn doch Attila genannt, deinen ach so

tollen Cousin«, sagte ich. Da war sie wieder, diese unselige Eigenschaft, die mich seit jeher zur Verzweiflung brachte: diese unglaubliche Sturheit, mit der er jedes vernünftige Argument ungerührt vom Tisch wischte und sich blindlings ins Verderben stürzte, um dann nach dem unvermeidlichen Desaster keineswegs in sich zu gehen, sondern unbeirrt weiterzumachen wie zuvor, direkt auf den nächsten Abgrund zu.

Jetzt zuckte er bloß die Achseln, als sei Attilio das reinste Unschuldslamm, und wenn ich ihn in ein schlechtes Licht stellte, sei das eine ausgemachte Unverschämtheit von mir.

Wieder einmal hatte ich fatalerweise gehofft, er könne anders sein, als er tatsächlich ist. Ich stand auf und sagte: »Ich gehe in den Speisewagen, soll ich dir was mitbringen?«

Er schüttelte den Kopf und sah mich dabei missbilligend an, wie eine missratene Tochter, die sich nicht im Geringsten für die Projekte ihres Vaters begeistert, ja sogar versucht, sie ihm auszureden, aus Mangel an Phantasie oder törichter, typisch weiblicher Vorsicht. Wie eine Tochter, die ihn nicht genügend unterstützt und ihm kein bisschen ähnelt.

Ich durchquerte Wagen um Wagen und versuchte dabei krampfhaft, nicht mehr an meinen Vater zu denken, was nicht leicht war, schließlich saß er im selben Zug. Ich bestellte eine Flasche Mineralwasser und eine Minipizza, ich hatte Hunger und war gestresst. Als ich in meiner Tasche nach dem Portemonnaie kramte (was sich immer schwierig gestaltete), fand ich eine Spielkarte: die Kreuzdame, die ich am Abend zuvor ausgewählt hatte, die Karte, durch die der Franzose, der sich Jules nannte, meinen Namen erraten hatte oder jedenfalls so getan hatte, als hätte er ihn erraten. Mein Herz schlug schneller vor Überraschung, plötzlich waren all die verwirrenden Gefühle wieder da, die er in mir ausgelöst hatte. Ich überlegte, wann er mir wohl die Karte in die Tasche gesteckt hatte, aber für einen professionellen Zauberer stellte das sicher kein ernsthaftes Problem dar.

Ich bezahlte, wartete darauf, dass die Minipizza fertig war, stellte mich an einen Stehtisch und schaukelte leicht hin und her, um das Schwanken des Zuges auszugleichen. Ich verbrannte mir die Finger an der Pizza, legte sie daraufhin ab und sah mir eingehend die Spielkarte an. Auf der Rückseite stand in schwarzer Tinte geschrieben: *Die Kreuzdame ist eine Mondfrau*. Die Handschrift war entschieden, aber sensibel, interessant. Ich wusste nicht mehr, wohin mit mir, die verwirrenden Gefühle blockierten meine Bewegungen. Einfach mit der Hand in meine Tasche zu greifen, um die Karte hineinzustecken, glich wohl eher einem Übergriff als einer romantischen Geste; trotzdem empfand ich es als Zeichen intensiver Emotionalität. Schon unsere nächtliche Unterhaltung war ungewöhnlich intensiv gewesen, wegen dem, was wir uns gesagt, vor allem aber wegen dem, was wir uns nicht gesagt hatten. Ich hatte den Eindruck, dass er sich wirklich für mich interessierte, teils spielerisch, teils ernsthaft. Ohne aufdringlich zu sein. Und mich zudem tatsächlich verstand. Das kannte ich so nicht von Männern, am allerwenigsten von Luca: Alles, was der an mir erkannte, waren meine Schwachpunkte, meine Unsicherheiten, um sie dann in unseren täglichen Machtspielchen als Waffe gegen mich einzusetzen.

Ich biss ein Stück von der Pizza ab, mein Vater hätte sie

für ungenießbar gehalten, kein Zweifel. Trotzdem kaute ich weiter, aus Hunger und aus Gleichgültigkeit, weil ich weiterhin an Jules denken musste, an seine Gesten, seine Blicke, seine Art, zu reden und sich zu bewegen. Noch einmal sah ich mir die Karte an, und mir fiel auf, dass ich in meinem Leben nie auch nur ein einziges Kartenspiel gelernt hatte. Ich trank einen Schluck Mineralwasser, dann drehte ich die Karte, um mir noch einmal den Schriftzug auf der Rückseite anzusehen, doch er war nicht mehr da. Ich rieb mir die Nase, ich begriff nicht. Ich sah mir die Rückseite aus der Nähe an: Das Muster aus blauen Prismen wies keine Spur der schrägen Handschrift auf, die ich dort gerade eben noch gesehen hatte. Hatte ich mir das alles womöglich nur eingebildet, oder war das ein weiterer Zaubertrick, eine Art Geheimtinte vielleicht, die nicht sichtbar, sondern unsichtbar wurde? Ich lehnte an diesem Stehtisch, die angeknabberte Pizza in der einen, die Spielkarte in der anderen Hand, hin- und hergerissen zwischen derart konträren Gefühlen, dass ich überhaupt nicht mehr wusste, was ich denken sollte. Ich trank noch einen Schluck, nahm noch einen Bissen von der Pizza, hatte aber keinerlei Empfinden mehr, weder für den Geschmack noch für die Konsistenz. Erneut überfielen mich die Blicke und Gesten der letzten Nacht, in der Hotelbar mit dem schummrigen Licht, diesem violetten Neonlicht. Nichts konnte ich mehr eindeutig zuordnen, alles wirkte irgendwie verschwommen: mal wie ein Teil einer Pantomime, dann wieder wie die nackte aufwühlende Wahrheit.

Ich wischte mir mit der Serviette die Finger ab und warf sie zusammen mit dem Pizzarest in den Müll. Beinahe hätte ich spontan auch die Spielkarte weggeworfen, steckte sie dann aber doch wieder in die Tasche zurück. Einer Eingebung folgend, griff ich nach dem Handy und recherchierte im Internet nach *Jules magicien*. Ganz spontan, ohne lange nachzudenken, allein weil ich eine plötzliche Dringlichkeit verspürte. Ich fand einen Jules Caron aus Québec, *super magicien et sculpteur de ballons pour enfants,* und einen Mister Jules, *clown magicien malgré lui,* aber keiner von beiden sah so aus wie der Jules, den ich getroffen hatte. Dann versuchte ich es auf Englisch, mit *Jules magician,* und stieß auf einen Jules Tagg, Australier, spezialisiert auf *close up and walk around,* und einen Jules Lenier, Amerikaner russischer Abstammung, Autor von *The Complete Hypnotic Act* und anderer Werke, 2007 verstorben. Dann versuchte ich es noch auf Italienisch, *Jules mago:* nichts. Ich scrollte sogar durch sämtliche Jules, die nichts mit Zauberei zu tun hatten, doch keine Spur von dem Jules, der mich interessierte.

Sehr wahrscheinlich war der, dem ich in der Hotelbar begegnet war, überhaupt kein richtiger Zauberer, sondern ein Laie, der die Rolle nur zum Spaß gespielt hatte. Eigentlich kein Problem, wo ich doch außer als Kind nie für Zauberer geschwärmt hatte, aber aus irgendeinem unerklärlichen Grund war ich enttäuscht. Dabei verstand ich nicht einmal, was genau mich eigentlich so beeindruckt hatte: War es die Zufälligkeit unserer Begegnung, seine Aufmerksamkeit, seine kommunikative Begabung, das Timbre seiner Stimme, das warme, ironische Leuchten seiner Augen, der perfekt gemixte Spritz alla china? War es die auf den ersten Blick unerklärliche Episode mit der Hose des Kochs, hinter der sich aber sicher nur irgendein Trick verbarg? Vielleicht war es all das, zusammen mit dem Gefühl, er könne meine Gedanken erraten, so wie er die Karte erraten hatte. Aber es war schon ziemlich schwachsinnig von mir, irgendetwas Sensationelles von einem zu erwarten, der womöglich gewohnheitsmäßig in Hotelbars allein reisende Frauen abschleppte, um sich für ein paar Stunden großartig zu fühlen, bevor er am nächsten Tag in ein Leben zurückkehrte, das garantiert alles andere als magisch war. Bestimmt verbarg sich hinter dem coolen Auftreten ein Mann, den ich vermutlich kein bisschen attraktiv gefunden hätte, hätte er sich als der gezeigt, der er wirklich war. Es war also mehr als peinlich, dass ich ihm so viel über mich erzählt hatte, dass ich mich auf ihn eingelassen hatte, und noch peinlicher waren die Gedanken, die mir durch den Kopf gingen, die kindischen Gefühle, die mein Herz bewegten. Denn wer auch immer dieser Jules in Wirklichkeit war (vorausgesetzt, er hieß tatsächlich so), jetzt war er spurlos verschwunden, genauso wie der Schriftzug auf der Karte, die er mir in die Tasche gesteckt hatte. Blöd, wie ich war, hatte ich doch ernsthaft geglaubt, ihn am nächsten Morgen beim Frühstück wiederzusehen, aber nichts, nicht einmal eine Nachricht an der Rezeption, keine Telefonnummer, kein noch so kurzer Abschiedsgruß. Ich war wütend auf mich selbst (ja, das kam häufiger vor), weil ich immer wieder die wunderbarsten Überraschungen erwartete, von den unwahrscheinlichsten Menschen und Orten; ich warf die Karte mit der Kreuzdame in den Müll.

Als ich in unseren Waggon zurückkam, war mein Vater eingeschlafen, die Arme vor der Brust gekreuzt, den Kopf leicht schief gelegt. Er sah recht zufrieden aus.

Um sieben Uhr morgens war ich auf dem Obst- und Gemüsemarkt in Mestre

Um sieben Uhr morgens war ich auf dem Obst- und Gemüsemarkt in Mestre, auf der Suche nach ein paar interessanten Zutaten, die das, was mir meine üblichen Lieferanten bringen würden, ergänzen könnten. Auf Inspiration wartend, lief ich an Mangold, Romanesco, Artischocken, Cardy, Möhren, Blumenkohl, Rosenkohl, Spitzkohl, Wirsing, Zichorie, Stängelkohl, Zwiebeln, Bohnen, Fenchel, Pilzen, Chicorée, Kopfsalat, Kartoffeln, Porree, Radicchio, Radieschen, Bete, Sellerie, Schalotten, Spinat, Topinambur, Feldsalat und Kürbis vorbei, war aber ziemlich benebelt, weil ich schlecht geschlafen hatte. Todmüde von der Reise, im Kopf jedoch hellwach, war ich einfach nicht zur Ruhe gekommen und hatte mich die ganze Nacht im Bett herumgewälzt. Die verschiedensten Gedanken trieben mich um: die Sorge um die abenteuerlichen Pläne meines Vaters, die Ungewissheit und Verunsicherung durch die Begegnung mit dem Mann, der (vielleicht) Jules hieß, die Entrüstung angesichts der völligen Gleichgültigkeit, mit der Luca mich zu Hause empfangen hatte.

Die Apfelsinen aus Sizilien sahen zwar gut aus, waren aber bestimmt sauer wie Zitronen, die einzig brauchbaren Zitrusfrüchte zu dieser Jahreszeit waren Minneolas und

Clementinen aus Kalabrien. Ich fand drei schöne Granatäpfel, ein paar Kakis und spät gereifte Muskatellertrauben für ein Dessert, das ich im Kopf hatte. Bei schönen Produkten kann ich einfach nicht widerstehen, auch wenn ich sie eigentlich gar nicht brauche. Ich nahm noch ein paar Bund Petersilie, Rosmarin, Salbei, Brunnenkresse, Majoran. Wie immer suchte ich mit gesenktem Kopf nach möglichst naturbelassenen Produkten von authentischer Farbe und Konsistenz; diese Vorgehensweise habe ich schon als Kind von meinem Vater gelernt, indem ich ihm beim Einkaufen auf dem Markt zusah, und inzwischen ist sie mir zur zweiten Natur geworden. Allerdings darf man nicht nur nach dem Aussehen gehen: Man muss bei jeder Sorte genau wissen, wann sie Saison hat, wo und wie sie angebaut wird, am besten sogar den Gemüsebauer persönlich kennen. Es kommt darauf an, sorgfältig zu unterscheiden zwischen vertrauenswürdigen Anbietern und solchen, die einfach irgendwo wahllos irgendwelches Zeug zusammenkaufen, bloß um ihren Stand zu füllen. Trotzdem spielt es natürlich eine gewisse Rolle, wie eine feilgebotene Ware aussieht, wie sie sich anfühlt, ob sie womöglich einen so verlockenden Eindruck macht, dass einem dazu gleich ein konkretes Gericht einfällt.

Allerdings unterscheidet sich meine Arbeitsweise grundlegend von der meines Vaters: Er entscheidet vorab, was er kochen will, und sucht sich dann die entsprechenden Zutaten zusammen, ich hingegen lasse mich von den Zutaten inspirieren und entscheide erst dann, was ich damit mache, ganz nach Gefühl. Zwar können wir beide relativ gut abschätzen, wie es schmecken könnte, wenn man bestimmte

Zutaten kombiniert, gehen damit aber gänzlich verschieden um. Bei den wenigen Malen, wo wir dieses Thema ansprachen, warf er mir am Schluss immer vor, ich sei irrational (typisch Frau eben), worauf ich beleidigt war und er den Kopf schüttelte.

Ich verstaute die Tüten in meinem Einkaufstrolley, den ich immer mitnehme, wenn ich nach Venedig fahre. Dann ging ich in der Bäckerei meines Freundes Paolo vorbei und kaufte Foccacia aus Tritordeum, einer neuen, aus Hartweizen und Wildgerste gekreuzten Getreidesorte, die er kürzlich für sich entdeckt hatte. Mit dieser Foccacia ergänze ich die Vollkornbrötchen aus Sauerteig, die wir im Restaurant selbst backen.

Dann sprang ich ins Auto, um nach Venedig hinüberzufahren, und überlegte dabei, wie ich am schnellsten zu Fuß durch die Stadt käme, über welche Brücken, Campi und Calli, um pünktlich am Bootsanleger zu sein, wo ich mit Alvise, der mir Gemüse aus Sant'Erasmo bringt, und mit Claudio, der mir Fisch und Meeresfrüchte aus Chioggia liefert, verabredet war. Das ist natürlich alles viel komplizierter und aufwändiger als auf dem Festland, was mir Luca bei jeder sich bietenden Gelegenheit aufs Brot schmiert (und zwar so oft, dass ich mich inzwischen davor hüte, mich zu beschweren). Dabei ist jedes Gericht doch gerade wegen der zahllosen, im Vorfeld zu meisternden Schwierigkeiten in meinen Augen schon ein veritables Kunststück, ganz unabhängig davon, ob diejenigen, denen es dann fix und fertig vorgesetzt wird, es als wunderbares Geschenk oder als Selbstverständlichkeit auffassen. Wenn man bedenkt, was auf dem Parcours vom Rohstoff zum fertigen Gericht alles schiefgehen kann – falsche Auswahl, falsche Mengen, falsche Kochzeit, falsche Zusammenstellung –, grenzt Kochen tatsächlich an Magie. Und jeder Durchlauf beginnt Monate zuvor, auf einem Feld, auf einer Obstplantage oder im Meer, und hängt von den Kräften der Natur ab, von der Arbeitsweise und der Stimmung zahlreicher Personen, vom unvorhersehbaren Wechsel von Sonne und Regen. Außerdem gibt es in Venedig mitunter Hochwasser, dann wird der Weg vom Einkauf bis zum fertigen Gericht noch schwieriger, die potentiellen Fehlerquellen noch vielfältiger. Bei genauer Betrachtung ist die Wahrscheinlichkeit, dass mir Fehler unterlaufen, im Grunde sogar höher, als dass alles gutgeht. Doch selbst wenn alles klappt, sehe ich mich weniger als alleinige Erfinderin, sondern eher als Vermittlerin, als eine, die verschiedene Elemente zusammenfügt und Prozesse anstößt, geleitet von einer Inspiration, von der ich nie genau weiß, woher sie eigentlich kommt.

Von Mestre nach Venedig sind es kaum zwölf Kilometer, dafür braucht man normalerweise keine halbe Stunde, und doch hatte ich, als ich nun am Anfang der vier Kilometer langen Ponte della Libertà die Stadt und die Lagune vor mir liegen sah, das Gefühl, nach Hause zu kommen, zu meinem wahren Ich. Ich brauchte diese Brücke, um schnell zurückzukommen, sie ersparte mir langwierige Bootsfahrten, dennoch, so dachte ich jedes Mal, wäre es mir eigentlich viel lieber, wenn meine Stadt nicht durch eine Brücke mit dem Festland verbunden wäre, sie war wie ein Angelhaken im Maul der fischförmigen, aus hundertsechzehn Mosaiksteinchen zusammengesetzten Stadt. Fast immer dachte ich auch daran, dass ich mich vor zehn Jahren entschlossen hatte, zu Luca nach Mestre zu ziehen, aus rein rationalen Gründen (dauernd zwischen zwei Wohnungen hin- und herzupendeln war lästig; seine Wohnung war viel größer und moderner als meine; sein Arbeitsplatz in der Kanzlei seines Vaters lag direkt um die Ecke), obwohl das meinem Wesen vollkommen widersprach. Für Luca war das freilich von Vorteil, denn schließlich war ich es, die jeden Tag hin- und herfahren musste. Immer wenn ich abends nach Mestre fuhr, kam ich mir vor, als müsste ich ins Exil, weg vom Wasser, weg vom Licht, weg von den Geräuschen und Gerüchen, die ich so mochte, und hinein in den Lärm der Autos – ganz ohne Kanäle, Brücken, Möwen. Ein ziemlich fauler Kompromiss, denn schließlich gab ich die Unbequemlichkeit, die doch Teil meiner Herkunft und meines Charakters war, auf im Tausch für eine weiche, sterile Bequemlichkeit, die mich erstickte und auslöschte. Wenn ich darüber nachdachte, warum ich diese Entscheidung, die völlig gegen meine Natur gerichtet war, getroffen hatte, kam ich stets zum gleichen Schluss: Ich hatte es getan, um mich räumlich von meinem Vater zu entfernen. Was absurd war, da ich doch jeden Morgen wieder auf die Insel zurückkehrte, wo er sich vor siebzig Jahren als vollkommen Fremder niedergelassen hatte mit der verrückten Idee im Kopf, dort ein Restaurant zu eröffnen. Und als wäre das allein noch nicht genug, hatte ich genau dort irgendwann selbst ein Restaurant eröffnet, nachdem ich mir zuvor tausendmal geschworen hatte, nie und nimmer denselben Beruf zu ergreifen wie er, schon gar nicht in derselben Stadt. Doch womöglich existiert so etwas wie eine schicksalhafte Fügung, eine unabweisbare innere Veranlagung, die einen unweigerlich in eine bestimmte Richtung drängt, ganz egal, was man selbst zu glauben, zu entscheiden oder zu wählen meint.

Inzwischen war ich am Piazzale Roma angelangt, in dem grauenhaften Parkhaus, das mir mit einem Mal gar nicht mehr so hässlich vorkam, weil es bedeutete, dass ich in Venedig angekommen war. Ich lud meinen Trolley mit den Einkäufen vom Markt aus und zog ihn hinter mir her, voller Vorfreude auf die herrlichen Dinge, die Alvise und Claudio in ihren Booten für mich bereithielten.

Am Abend hatten wir neun Gäste

Am Abend hatten wir neun Gäste: Meine Teilhaberin Emanuela kam in die Küche, um mir mitzuteilen, dass drei Amerikaner, zwei Deutsche, zwei Franzosen und zwei Italiener an vier der sechs Tische (im Sommer kommen draußen noch drei hinzu) des *I trì articiochi* Platz genommen hatten. Den Namen hatte ich gewählt, weil mich die Artischocke seit jeher fasziniert hat, umso mehr seit ich die Legende von der Nymphe Cynara mit ihrem aschgrauen Haar und den grünvioletten Augen kannte, die, als sie seine Avancen abwies, von Zeus aus Rache in eine Pflanze mit denselben Farben verwandelt wurde. Die Zahl Drei kam dazu, weil sie eine magische Zahl mit hoher energetischer Kraft ist. Bei den Chinesen gilt sie als vollkommen, bei den Maya als heilige Zahl der Frau. Und es sind drei Doppeleigenschaften, die ich an der Artischocke liebe: ihre stachelige Glätte, ihre feste Weichheit und ihre bittere Süße.

An der Artischocke fasziniert mich ihr schroffer, stolzer Charakter und dass sie beim Putzen auf die Hände abfärbt. Die harte Schale der dunkelgrünen Blätter, die blasse Zartheit des inneren Teils. Die erstaunliche Wandlungsfähigkeit beim Dämpfen oder Frittieren, wenn das penetrant Faserige plötzlich in schmelzende Weichheit übergeht. Ich mag es, wie sie sich gegen die Übermacht der Worte behauptet und einen beim Essen nötigt, die Unterhaltung einzustellen, um sich ganz auf den Geschmack zu konzentrieren. Mir gefällt auch, dass sie den Sommeliers das Leben schwermacht wegen des Cynarins, das die Rezeptoren für Süßes auf der Zunge ausschaltet und so gut wie jede Kombination mit Wein unmöglich macht, dafür aber jedes Glas Wasser in das köstlichste Getränk verwandelt. Sie hat kein Interesse, sich verführerisch zu geben, sondern hält stoisch an ihren Positionen fest. Laufend entdeckt man an ihr neue heilsame Wirkungen, aber sie weiß sie zu verstecken. Wenn ich also ein Gemüse nennen sollte, das mir entspricht, wäre es die Artischocke; einmal ließ ich mir sogar die Haare abschneiden, um ihr ähnlich zu sehen (und vielleicht auch, um Luca zu provozieren, der natürlich prompt protestierte, allerdings ohne großen Nachdruck). Nein, der Name meines kleinen (mir zur Hälfte gehörenden) Restaurants in Castello ist wahrlich kein Zufall.

Im November war die Artischockensaison längst vorbei, es gab weder die violetten aus der Toskana noch die stacheligen aus Palermo, noch die römischen ohne Dornen. Ganz zu schweigen von den Frühsorten aus Chioggia oder den violetten, dornigen, fleischigen aus Sant'Erasmo mit ihrer herrlichen Meersalznote, die sie aus den lehmigen Anbauflächen in der Lagune zogen, die einst mit Küchenabfällen oder auch mit Muscheln und Krebsschalen gedüngt wurden. Ende April bringt Alvise mir die Castraure, die oberen Triebe, die man ausschneidet, damit die anderen besser wachsen. Sie sind unvergleichlich zart und bittersüß, umso mehr, da das Vergnügen nur von kurzer Dauer ist, weil es sie nur zwei Wochen lang gibt. Dafür gab es jetzt die dornigen aus Albenga und

Sardinien, die über eine kräftige Jodnote verfügen, weil sie bei moderater Sonneneinstrahlung am Meer wachsen, was ihnen einen weniger strengen Charakter verleiht.

Wie gewohnt ging mir Emanuela in der Küche zur Hand, beim Schälen, Schneiden und Zubereiten der Beilagen, aber eigentlich war sie (neben der Buchhaltung, für mich ein Alptraum) für die Bedienung zuständig. Die Vorspeisen waren schon raus: nach Meer duftende Garnelen mit Zitrone, drei Minuten mit einem Löffel Essig in Wasser blanchiert, Spinatflan mit Morlacco-Sauce und frittierte Stockfischbällchen in Reismehlpanade, die so verlockend knusprig waren, dass ich nicht widerstehen konnte und beim Anrichten selbst eins verzehrte. Pro Gang hatte ich nur drei Alternativen auf der Karte, das war meine Methode, höchste Qualität zu gewährleisten, ohne mich zu verzetteln oder verrückt zu werden wie mein Vater mit seiner enzyklopädischen Speisekarte. Außerdem war diese Selbstbeschränkung in meinen Augen auch ein Statement gegen die gängige Überflutung mit völlig austauschbaren Dingen, die die Menschen in allen Lebensbereichen hoffnungslos überfordert, egal, ob es nun um eine Vorspeise oder ein Handy geht, einen Mann oder eine Frau, mit der man essen gehen oder sein Leben verbringen will. Nur ein Gericht pro Gang anzubieten wäre natürlich noch radikaler, aber ich möchte niemandem etwas aufzwingen. Drei Alternativen anzubieten scheint mir da ein guter Kompromiss, der die Möglichkeiten zwar einschränkt, aber immer noch eine Wahl zulässt. Außerdem ist die Drei wie gesagt meine Lieblingszahl.

Als ersten Gang gab es Kastanien-Gnocchetti, die ich

nach altem esoterischem Brauch aus dem Veltlin mit einer Tarot-Mondkarte geformt hatte, dazu Artischockencrème, Salbei und ein Hauch frischgeriebener Ricotta salata; Spaghettini aus Buchweizen mit rohen Artischocken und Mohn; oder kleine Ravioli mit einer Füllung aus Meeräsche und eingelegten Artischockenböden. Jedes Mal wenn ich über die perfekte Kombination der einzelnen Zutaten nachdenke, immer auf der Suche nach einem einfachen, zugleich aber komplexen Gericht, das den, der es probiert, erfreut, frage ich mich, wie es mein Vater angestellt hat, Dutzende davon zuzubereiten, zunächst im ursprünglichen *Malventi*, dann im untergegangenen *Mal20*, indem er seine Küchenbrigade tyrannisierte, sie zu einer Hetze antrieb, der er stets als Erster zum Opfer fiel, und alles nur, um mittags und abends Heerscharen von Gästen zu bewirten. Ich weiß noch genau, wie schrecklich es in seiner großen Küche zuging, die Hitze, der Dampf, das Zischen von Fett, das Blubbern von Wasser, der Schweiß, das Gebrüll, die hektischen Gesten, die missbilligenden Mienen, die finsteren Blicke, der permanente Stress, so lange bis der letzte Gast gegangen war und wir, die *Commis, Plongeurs* und *Marmitons*, das Schlachtfeld aufräumen durften, erschöpft, benommen, immer noch ungläubig, das alles überlebt zu haben.

Tatsächlich haben mein Vater und ich vollkommen gegensätzliche Auffassungen, nicht nur vom Kochen, sondern vermutlich auch vom Leben: sein Beharren auf technischen Fähigkeiten (typisch männlich) gegen mein Harmoniebedürfnis (typisch weiblich), seine Sicherheit der Wiederholung gegen meine Fragilität der Inspiration, sein unbarmherziges Antreiben gegen mein Bedürfnis nach Raum zum

Nachdenken. Eigenartigerweise führen beide Methoden zu guten Resultaten, obwohl sie doch von grundverschiedenen Voraussetzungen ausgehen. Seine Küche beruht auf der absoluten Kenntnis sämtlicher Zutaten und Verfahren sowie dem Willen, jede Nachfrage zu befriedigen, meine hingegen ist eher meditativ und zurückhaltend, sie spricht nur den an, der bereit ist, sich darauf einzulassen. Trotzdem finden sich auch in seiner Arbeitsweise weibliche Elemente wie Sensibilität und Feingefühl, was er jedoch nie zugeben würde, und in meiner männliche wie Systematik, Ausdauer und sogar physische Kraft. Was die Motivation betrifft, spielt bei uns beiden ein gewisses Bedürfnis nach Revanche eine Rolle, bei ihm, weil er keinen Vater hatte, bei mir, weil ich einen Vater wie ihn hatte. Stets muss ich beweisen, dass man auch mit ganz anderen Methoden köstliche Gerichte kochen kann. Obwohl wir nie darüber gesprochen haben, weiß ich, dass er meine Entscheidung, allein, in kleinem Maßstab und nur abends zu arbeiten, für wenig ehrgeizig hält. Doch auch wenn ich es mit ihm natürlich nicht aufnehmen kann, ist es keineswegs so, dass es mir an Ehrgeiz fehlt. Ich bin eben nur vor seiner militärischen Disziplin geflüchtet, um meine eigene, ganz persönliche Disziplin zu entwickeln: Während ich die Tage und Abende mit Kochen verbringe, denke ich mir ständig neue Rezepte aus und plane neue Gerichte. Zwar jagt auch bei mir eine Idee die nächste, dann aber brauche ich Zeit, um sie reifen zu lassen; und auch zum Träumen.

Als das letzte Primo fertig war, ging ich zum Secondo über. Im Ofen brutzelten schon, in Alufolie gewickelt, die Meerbarben mit Wasserminze; außerdem gab es eine Terrine aus feinen Tintenfischscheiben mit Granatapfelsauce und Fenchel sowie Crêpes mit rotem Spätradicchio, Ziegenricotta und Kreuzkümmelsamen.

Ich mag die minimalistische Küche nicht, da ist man nach dem Essen hungriger als davor, ich mag die überladene Küche nicht, da ist man nach dem Essen so satt, dass man glaubt zu platzen und Schuldgefühle hat, ich mag die unauffällige Küche nicht, da hat man nach dem Essen das Gefühl, man hätte etwas gegessen, das es überall gibt. Und noch weniger mag ich die Pseudokreativküche, bei der scheinbar nicht zusammenpassende Zutaten kombiniert werden, Tagliatelle mit Wolfsbarsch und Passionsfrucht zum Beispiel, oder Leber mit Kaffeecrème, oder dieses unentschuldbare Risotto mit Steinpilzen und Hagebutte, das man uns in Mailand vorgesetzt hatte. Das ist keine große Kunst, das kann jeder, doch die Restaurantführer neigen dazu, diese abwegigen Kombinationen über den grünen Klee zu loben. Ich könnte mühelos Dutzende solcher Gerichte aufzählen, manchmal sind sie sogar ganz witzig, aber was ich suche, ist viel einfacher – und viel schwieriger zugleich. Die Küche, die mich interessiert, besteht aus Gedanken, die sich in Empfindungen materialisieren, dabei aber ehrlich sind, ohne Tricks auskommen, so dass Gaumen und Kopf auf ihre Kosten kommen. Ich möchte kleine Überraschungen kreieren, Assoziationen anregen, Erinnerungen stimulieren.

Zu den vielen Zweifeln, die mich in meiner Kochlaufbahn immer wieder geplagt haben, zählt auch die Frage nach der Verwendung von Fleisch, denn die Vorstellung, Teile von toten Tieren zu kochen, gefällt mir überhaupt nicht, und noch weniger die Vorstellung, dass Tiere nur zum Verzehr aufgezogen werden. Eigentlich gilt das auch für Fisch, ich weiß, und womöglich auch für alle Gemüsearten, die lebendige Wesen und auf ihre Art empfindsam sind. Genau genommen dürfte man in einer ethisch vertretbaren Küche im Grunde nur Getreide, Nüsse und Obst verwenden, aber das würde, glaube ich, nichts bringen und wäre auch für Köche zu langweilig. Deshalb habe ich mich entschlossen, (fürs Erste) auf Fleisch zu verzichten, aber weiterhin Fisch und Meeresfrüchte anzubieten, weil sie grundlegende Bestandteile der kulinarischen Tradition der Lagune sind und auch weil mein Lokal kein vegetarisches Restaurant ist. Aber die Zweifel brechen immer wieder auf, wenn ich den starren Blick einer Schwarzmundgrundel sehe oder die glänzenden pechschwarzen Augen der vielfarbigen Scampi aus Kroatien, mit ihrer rosafarbenen Livree und den eleganten roten Scheren. Jedes Mal tritt dann ein neues schmerzhaft widersprüchliches Gefühl zu den vielen schmerzhaften und widersprüchlichen Gefühlen hinzu, die zu meiner Arbeit gehören (und zu den Motiven für meine Berufswahl, zu mir).

Nachdem Emanuela die Secondi abgeholt hatte, nahm ich einen Schluck strohfarbenen Verduzzo, den ich mag, weil er nach Akazienblüten schmeckt und eine leichte Holznote hat, und wandte mich dem Nachtisch zu. Meine Version eines venezianischen Kuchens hatte ich schon fertig, mit Sahne, Honig, Zitronenschale, Zimt, Äpfeln, Rosinen, Pinienkernen, Kakao und getrockneten Feigen, ebenso meine Interpretation eines Zauberkuchens mit Vanille, dessen Rezept ich aus dem Internet heruntergeladen hatte. Eine amerikanische Kundin hatte mir davon erzählt und mich neugierig gemacht. Ich hatte eine Ganache aus Erdbeerbaumfrüchten hinzugefügt, um dem Ganzen ein bisschen mehr Säure, Frische und Körnigkeit zu geben, als Kontrast zu dem cremigen Aussehen. Immer wenn mir ein neues Rezept einfällt, muss ich es mehrfach ausprobieren, bis ich zu der geheimnisvollen Resonanz zwischen seiner und meiner Natur vordringe (woran ich auch manchmal scheitere): Das ist das Überraschende an meiner Arbeit, das Vergnügen, etwas herzustellen, das mir und meinen Gästen Freude bereitet.

Normalerweise höre ich beim Kochen Musik, je nach Tag und Menü völlig unterschiedliche Richtungen: von Mozart über Ravi Shankar, B. B. King, Django Reinhardt, Cornell Dupree, James Brown, Prince bis zu Maceo Parker oder was mein MP3-Player, der an einen Lautsprecher oben auf dem Regal angeschlossen ist, sonst gerade so hergibt. Die Musik mischt sich unter das Blubbern aus den Töpfen, das Brutzeln aus den Pfannen, das Rauschen der Backöfen und der Abzugshaube und findet sich wie eine geheime, unsichtbare Zutat im Essen wieder. Dabei arbeite ich in einer seltsamen Blase, die meine Empfindungen, meine Gedanken und Gesten umschließt und mich vom Speisesaal jenseits der Küchentür trennt, außer wenn Emanuela hereinkommt und mir hilft, Teller abholt oder mir von den Reaktionen der Gäste berichtet.

Ich nahm jeweils einen halben Löffel von dem Hefeteig für die *fritole,* meine Version der venezianischen Karnevalskrapfen mit Rosinen, Pinienkernen, Zitronat, Rum und einer Prise Salz, die ich schon jetzt, drei Monate vor dem

Karneval, servieren wollte, und warf ihn in das brutzelnde Erdnussöl. Sobald der Teig aufging, wendete ich die Bällchen, damit sie rundherum gleichmäßig Farbe annahmen. Anschließend holte ich sie mit einem Schöpflöffel heraus und legte sie zum Abtropfen auf Küchenpapier. Dann füllte ich sie mittels einer Spritztüte mit Konditorcrème, wälzte sie in Rohrzucker und legte sie heiß und duftend in Servierschälchen.

Als das letzte Dessert raus war, empfand ich, wie immer, wenn es in der Küche nichts mehr zu tun gibt, eine Mischung aus Erleichterung und Leere. Gut zehn Minuten weiß ich dann meist nicht recht, was ich mit mir anfangen soll, ob ich augenblicklich das Restaurant verlassen oder noch dableiben soll (nach Hause zieht es mich nie). Vielleicht ist das auch naheliegend, wenn man bedenkt, dass von der Fertigstellung des Essens bis zum Ende der Mahlzeit etwa zehn Minuten vergehen. In dieser Zeit entscheidet sich, ob mein Menü bei den Gästen auf Gegenliebe stößt, ob Konsistenz und Geschmack bei ihnen Empfindungen und Bilder auslösen. Ja, meine Arbeit hat etwas Magisches, und das, was ich damit erreichen will, noch mehr. Und wenn ich dann eine Weile am abgeschalteten Herd gestanden habe, kommt unweigerlich der Punkt, wo mir das, was Emanuela berichtet, plötzlich nicht mehr genügt – und ich das Bedürfnis verspüre, selbst zu sehen und zu hören, ob ich mein Ziel erreicht habe.

Ich ging in den Speisesaal

Ich ging in den Speisesaal, der zwar klein ist, dafür aber sorgfältig gestaltet: weiße Wände mit einem großen Gemälde von Venedig im Mondschein, in Blau, Violett, Schwarz und Gelb, weiße Tischdecken, Stühle aus hellem Holz mit ovalen Lehnen, warmes Licht. Ein paar der neun Gäste waren schon fertig, andere kurz davor. Emanuela stand gerade an einem Dreiertisch. Als sie mich sah, zeigte sie auf mich und sagte: »*Here is the chef!*« Obwohl ich ihr schon tausendmal eingeschärft hatte, das doch bitte zu unterlassen. Die drei Amerikaner sagten »*Congratulations!*« und tätschelten mir die Hände. Sofort stimmten auch die anderen mit ein und riefen: »*Brava!*«, »*C'était délicieux!*«, »Das war wirklich lecker!« Es ist nicht so, als hätte ich etwas gegen Komplimente, ich würde mich nur gern selbst vorstellen, ohne großes Tamtam, und mir die Eindrücke und vielleicht auch die Kritik der Gäste lieber in einem ausführlicheren, privaten Gespräch anhören.

»*Those mullets were so incredibly fresh!*«, sagte ein Amerikaner mit Glatze. »*They tasted just like the sea, and so sweet!*«, legte sein Freund oder Lebensgefährte nach. »Die Kastanien-Gnocchetti waren großartig«, sagte ein Italiener im Tweedjackett, bei dem eine Frau mit blondgefärbten Haaren mit bläulichen Spitzen saß. »Sie schmeckten so richtig nach Wald! Nach Erde und Laub!«, sagte der Mann. »Genau!«, sagte die Frau. Es ist interessant, dass sich die Männer immer zuerst äußern und die Frauen dann darauf eingehen, zustimmen oder präzisieren, es sei denn natürlich, sie sind allein und vor männlicher Beurteilung sicher. Aber vielleicht bin ich in dieser Hinsicht auch etwas überempfindlich, wobei das ja wohl verständlich ist.

Ein Deutscher, der schon leicht angetrunken war, sagte: »Die Pfannkuchen waren köstlich!« Seine Freundin mit Bürstenhaarschnitt stimmte zu: »Ja, wirklich! Phantastisch! Bravo!«

Ich war gerade im Begriff, erfreut zu antworten, als die Türglocke ertönte. Ich drehte mich um und erblickte den Franzosen, der von sich behauptet hatte, Jules zu heißen und Zauberer zu sein (was womöglich beides nicht stimmte). Schwarzer Mantel, hochgestellter Kragen, ein bisschen verknittert.

»Tut mir leid, wir haben schon geschlossen«, sagte Emanuela in dem abweisenden Ton, den sie manchmal annimmt, wofür ich sie jedes Mal ausschimpfe.

Doch der Typ, der vielleicht Jules hieß, beachtete sie überhaupt nicht, sondern sah mich erstaunt an, als hätte er nicht damit gerechnet, mich tatsächlich in meinem eigenen Restaurant anzutreffen.

»Signore? Wir haben geschlossen«, wiederholte Emanuela und ging auf ihn zu, um ihn vor die Tür zu setzen.

Ich gab ihr ein Zeichen, es gut sein zu lassen, dabei wusste ich gar nicht, wie ich mich verhalten sollte. Sollte ich ihn zuvorkommend behandeln wie einen Bekannten, auch wenn er gewissermaßen nur eine etwas peinliche

Hotelbekanntschaft war? Oder sollte ich ihn nicht doch lieber rauswerfen?

Er schüttelte sich, um sein Erstaunen abzuwerfen, lächelte mich an und sagte: »Ciao, Margherita.«

»Ciao«, sagte ich, war aber unschlüssig, ob ich lächeln oder ernst bleiben sollte.

»Eigentlich wollte ich viel früher kommen«, sagte er und machte eine Handbewegung, die das Lokal, vielleicht aber auch die ganze Stadt umfasste. »Aber mein Handy-Navi funktioniert hier nicht.«

»Ich weiß«, sagte ich. »Touristen verlaufen sich hier ständig.«

Er schien nicht beleidigt, weil ich ihn als Touristen bezeichnet hatte, und sah mich weiterhin an.

»Kennst du die Stadt?«, fragte ich, obwohl das momentan die unwichtigste Frage überhaupt war.

Er schüttelte den Kopf und sagte: »Ich war nur ein Mal hier, auf einem Kongress, aber das ist lange her.«

Als ich mich umdrehte, sah ich, dass uns alle, einschließlich Emanuela, gespannt beobachteten, als stünden wir auf einer Bühne und würden speziell für sie ein Stück aufführen. Ich versuchte, nicht darauf zu achten, aber es war nicht leicht, ich kam mir plump vor. »Und wie hast du mich dann gefunden?«

»Mit TripAdvisor«, sagte er und lachte.

Ich versuchte mir das Lachen zu verkneifen und sagte: »Es tut mir leid, aber es ist nichts mehr da, alles aufgegessen.«

»Nicht mal zwei Eier für eine Frittata?«, fragte er in einem Ton, bei dem ich nicht wusste, ob er entwaffnend naiv oder aufgesetzt war.

Ich schüttelte den Kopf, sagte aber, um den bohrenden Blicken zu entgehen: »Es gäbe höchstens noch Kuchen, wenn du willst.«

»Ja? Sehr gern, danke!«, sagte er begeistert, vielleicht überrascht, vielleicht aber auch nicht.

Ich deutete auf einen der beiden freien Tische und gab Emanuela ein Zeichen.

Sie nickte, war allerdings wenig überzeugt.

Jules zog den Mantel aus, hängte ihn über die Stuhllehne und fuhr sich mit der Hand durch die Haare, die von der Feuchtigkeit draußen ganz nass waren.

Auf dem Weg in die Küche stellte ich fest, dass uns fast keiner mehr neugierige Blicke zuwarf, außer Emanuela, die mich weiterhin forschend ansah. Als ich außer Sichtweite war, fragte ich mich, ob das Erscheinen von Jules wohl eine Art Stalking war, über das ich mir Sorgen machen musste, oder eine Interessensbekundung, über die ich mich freuen sollte. Ich war ziemlich durcheinander, weil ich gestern viel zu viel an ihn gedacht hatte, selbst in der Nacht, und eigentlich auch noch heute Morgen, mit wechselnden Interpretationen, einmal sah ich in ihm den Gauner, dem man lieber aus dem Weg ging, dann wieder den faszinierenden Mann, den ich gern wiedersehen würde. Bei dem Gedanken, dass er eigens von Mailand nach Venedig gereist war, um mich in einer feucht-kalten Nacht aufzuspüren, kam ich mir vor wie eine interessante Frau, die ein derartig gewagtes Unternehmen rechtfertigte, dann aber wieder wie eine blöde Kuh, die sich auch noch ein zweites Mal an der Nase herumführen ließ. Die andere merkwürdige Sache war, dass vom Nachtisch allein der Zauberkuchen übrig war. Eigentlich absurd, dass ich ihn überhaupt gemacht hatte, es war das erste Mal in meinem Leben, dass mich ein Rezept aus dem Internet neugierig gemacht hatte, dabei war es ein typisch amerikanischer Einfall, allerdings mit einigen interessanten Aspekten. Der Kuchen besteht aus drei Schichten (schon das allein gefällt mir), und das Magische sind die drei verschiedenen Konsistenzen, die jedoch erst beim Backen entstehen: Der Boden ist wie Pudding, die zweite Schicht crèmeartig und die dritte wie Biskuit. Das heißt, es ist genau umgekehrt wie bei einem normalen Kuchen, wo der Biskuit unten ist und die weniger konsistenten Teile darübergeschichtet werden. Obwohl ich fand, dass meine Ganache aus Erdbeerbaumfrüchten den Kuchen verbesserte, zweifelte ich bis zum Schluss, ob ich ihn überhaupt servieren sollte. Und jetzt würde ich den Zauberkuchen jemandem anbieten, der von Beruf Zauberer war oder sich zumindest als solchen ausgab. Allein die Vorstellung war mir so peinlich, dass ich mit dem Gedanken spielte, den Namen des Kuchens gar nicht erst zu erwähnen.

Ich schnitt ein rautenförmiges Stück ab und legte es auf einen rechteckigen Dessertteller, den Emanuela beinahe sofort abholte. Kurz bevor sie die Küche verließ, flüsterte ich ihr noch zu: »Sag ihm nicht, wie der Kuchen heißt!«

Sie drehte sich um und sah mich sprachlos an.

Dann überlegte ich, ob ich mich einfach in der Küche verschanzen sollte, bis alle Gäste gegangen waren und folglich auch Jules gezwungen wäre, das Feld zu räumen, oder ob ich nicht doch besser den Mut aufbringen sollte, mich noch einmal blicken zu lassen, um die Gäste und auch ihn zu verabschieden.

Als Emanuela zurückkam, sah sie mich ausgesprochen misstrauisch an, wies mit dem Zeigefinger ins Lokal und fragte: »Ist das ein Freund von dir?«

»Nein«, sagte ich ein bisschen voreilig. »Ich habe ihn im Hotel kennengelernt.«

»Du bist verrückt, Marghe.«

»Wir haben bloß geredet«, sagte ich schnell, aber im falschen Tonfall. »Er hat mir ein paar Kartentricks gezeigt.«

Emanuela nickte mit gesenktem Blick und verkniffenem Mund, als wollte sie nichts davon hören, was ich in irgendwelchen Hotels mit wildfremden französischen Männern trieb. »Ich gehe wieder rüber und schreibe die Rechnungen.«

»Ich komme mit«, sagte ich, denn jetzt war es mir doch zu peinlich, mich zu verstecken.

Der Typ, der Jules hieß oder sich jedenfalls so nennen ließ, verzehrte gerade mit großer Aufmerksamkeit den Kuchen. Als er mich sah, bedeutete er mir durch ein Handzeichen, dass es ihm schmeckte.

Ich lächelte, wollte mich allerdings nicht noch einmal in so ein Gespräch wie vorgestern verwickeln lassen und ging, auch weil die Frau mir zuwinkte, an den Tisch der Franzosen. Sie machte mir erneut Komplimente, dann aber warf sie einen schrägen Blick zu dem Typen hinüber und wisperte: »*Ce monsieur là, est-il Jules Deleuze?*«

»*Je ne sais pas*«, sagte ich, weil ich es wirklich nicht wusste und auch nicht begriff, wie sie darauf kam.

Die beiden Franzosen guckten weiter verstohlen zu ihm herüber, zum Glück, ohne mir noch mehr Fragen zu stellen.

Dann ging ich zu den drei Amerikanern und erklärte ihnen, wie man die Crêpes mit Radicchio zubereitet, die ihnen so gut geschmeckt hatten, und ließ ihnen von Emanuela ein Gläschen Lorbeerschnaps bringen, den ich vor kurzem zum ersten Mal gemacht hatte.

Doch als ich mich von ihnen abwandte, winkte Jules mich zu sich.

Jetzt, wo alle mit ihrem Dessert fertig waren und erneut zu uns herübersahen, konnte ich es nicht mehr ignorieren und ging an seinen Tisch.

Er zeigte auf das letzte Stückchen des Zauberkuchens und fragte: »Wie heißt der? Deine Kollegin wollte es mir nicht verraten, scheint ja ein richtiges Geheimnis zu sein.«

Am liebsten hätte ich mir irgendeinen x-beliebigen Namen ausgedacht, aber mir fiel nichts ein, deshalb sagte ich: »Zauberkuchen.«

»Wirklich?«, fragte er und grinste.

»Ja«, sagte ich, war aber verlegen. Um das zu überspielen, fuhr ich fort: »Er heißt so, weil der Boden weich und die obere Schicht fest ist, in gewisser Weise grenzt es also an Zauberei, dass er überhaupt steht.«

Er nahm den letzten Bissen und sagte: »Wirklich interessant. Und unglaublich gut.«

Das machte mich noch verlegener; schnell fügte ich hinzu: »Aber die Magie erschöpft sich nicht allein in der Spielerei mit den Konsistenzen, sondern erstreckt sich auch darauf, wie die Vanille und die Erdbeerbaumfrüchte die verschiedenen Schichten durchdringen.«

»Ja, ja«, sagte er und starrte mich weiter an, als könnte er in meinen Augen Gott weiß was lesen. Ich sah, dass er bei

Emanuela keinen Wein bestellt hatte, auf dem Tisch stand nur eine Flasche Wasser.

Da fiel mir wieder ein, was ich beim Backen gedacht hatte, und ich sagte: »Das Ganze ist ein bisschen paradox, so wie der schwere Baukörper des Dogenpalastes am Markusplatz auf Säulen ruht, die wahnsinnig schmächtig aussehen.«

Jules sah mich an, mit diesen dunklen, warmen Augen, die mich schon in der Hotelbar in Mailand so verwirrt hatten. »Und was verstehst du unter Magie?«

»Tja«, sagte ich und kratze mich am Ohr, denn ich wusste nicht, ob das nur eine neugierige Frage war oder ein Test. »Irgendwas, was die gängige Logik herausfordert, weil es rational nicht zu erklären ist.«

»Das hört sich an wie die Definition aus einem Lexikon«, sagte er, mit einer Spannung auf den Lippen, die vielleicht ein Lächeln andeutete, vielleicht aber auch nicht. »Aber für dich? Was ist für *dich* Magie?«

»Das Unerwartete«, sagte ich, ohne nachzudenken. »Die überraschende Freude.« Doch sofort bereute ich meine Offenheit und fragte: »Und für dich?«

Er dachte nach, vielleicht aber auch nicht. Und sagte: »Du. Du bist für mich Magie.«

Ich spürte, wie ich knallrot wurde, meine Ohren brannten wie Feuer. Zumal ich wusste, dass die anderen uns beobachteten. Vor allem die beiden Franzosen musterten Jules eingehend, sahen sich gegenseitig an und dann wieder ihn.

Aber er achtete nicht auf sie, konzentrierte sich ganz auf mich und sagte: »Wirklich.« Und wieder kam er mir vor wie jemand, der seine Worte bewusst einsetzt, um eine bestimmte Wirkung zu erzielen, was ihm auch prompt gelang. Er drehte die rechte Hand, und erst da sah ich die halbmondförmige Narbe am Handgelenk, fast identisch mit meiner, fast genau an derselben Stelle. Meine hatte ich mir beim Filetieren von Meerbarben im Restaurant meines Vaters geholt. Ich fragte mich, woher er wohl seine hatte.

Ich überlegte, ob ich ihn danach fragen, ihm meine Narbe zeigen sollte, aber ich war zu verdutzt und fand nicht die richtigen Worte. Deshalb deutete ich auf die Deutschen, die gerade zur Tür gingen, und sagte: »Entschuldige, aber ich muss mich von ihnen verabschieden.«

»Natürlich«, sagte er, lehnte sich zurück und sah mich weiterhin an.

Die beiden Franzosen hatten gerade bezahlt und kreuzten meinen Weg, als sie zu ihm gingen: der Mann im Schlepptau der Frau, die die Rechnung in der Hand hielt. Sie reichte sie Jules und fragte aufgeregt: *»Monsieur Deleuze, puis-je avoir un autographe?«*

Er nickte, zog einen Stift aus der Innentasche seines Mantels, setzte eine Unterschrift auf die Rechnung und drückte beiden die Hand. Höflich zwar, aber es war offensichtlich, dass er nicht glücklich darüber war, dass man ihn erkannt hatte. Zwei oder drei andere Gäste beobachteten die Szene, ohne recht zu verstehen, was da vor sich ging.

Ich war ziemlich verwirrt, verabschiedete mich jedoch von denen, die gingen, und von denen, die kurz davor waren zu gehen, alle glücklicherweise sehr zufrieden mit dem Essen. *I trì articiochi* ist ein kleines Lokal, das nur einen sehr geringen Gewinn abwirft. Wäre da nicht die Befriedigung, den Gästen etwas Lebendiges und Interessantes zu servieren, würden Emanuela und ich wohl kaum weitermachen. In Venedig gibt es massenhaft Restaurants, die schlechtes Essen zu abenteuerlichen Preisen anbieten, mit abscheulichen Farbfotos der Gerichte draußen an der Wand, das reinste Horrorkabinett, und Schleppern vor der Tür, die lauthals ihr *PizzaPastaFish*-Mantra herunterbeten. Und die Betreiber, egal, ob gerissen, inkompetent oder einfach nur gleichgültig, wissen ganz genau, dass sie es mit wehrlosen Touristen zu tun haben, die man bedenkenlos ausnehmen kann, da man sie ja ohnehin nie wiedersieht – das Schlimmste, was einem passieren konnte, war ein Verriss auf TripAdvisor. Venedig ist eine Stadt, die dazu ermuntert, schlecht zu kochen, und die wenigen, die sich Mühe geben, als verrückt hinstellt. Aber gerade deshalb geben sich diese Verrückten, mich eingeschlossen, nicht geschlagen: Es geht uns darum, das kulinarische Ethos des Ortes, den wir lieben, zu erhalten und zu festigen.

Als auch die letzten Gäste gegangen waren, verlor der kleine Speisesaal schlagartig an Atmosphäre, wie jedes Mal, wenn Blicke, Gesten und Gemurmel der sich leise unterhaltenden Gäste auf einmal nicht mehr da sind. Ich habe dann immer den Eindruck, dass sogar die Temperatur rapide sinkt, was zum Teil vermutlich auch stimmt, da die menschliche Wärme plötzlich wegfällt, aber sicher nicht so schnell, dass es das Schaudern erklären würde, das mich dann jedes Mal unweigerlich überkommt. Das liegt am gleichzeitigen Verebben der gegenseitigen Erwartungen, die der Köchin an die Gäste und die der Gäste an die Köchin, beide auf der Suche nach emotionaler und sinnlicher Belohnung, beide in ängstlicher Ungewissheit bis zum Augenblick der Wahrheit. Wenn ich dann aber am nächsten Tag wieder mit dem Kochen beginne, denke ich merkwürdigerweise gar nicht mehr daran, als könnte es auch anders laufen, das Spiel der gegenseitigen Erwartungen gar nicht erst einsetzen. Und abends bin ich dann jedes Mal wieder aufs Neue bestürzt, laufe herum wie ein emotionales Waisenkind, auf der Suche nach Spuren der dahingeschwundenen Empfindungen.

Doch jetzt war der kleine Speisesaal nicht ganz leer, die Luft nicht ganz ohne Vibrationen, denn Jules saß noch an seinem Tisch und schaute mich erwartungsvoll an. Emanuela sah vom Rechnungsbuch hoch und warf mir einen fragenden Blick zu.

Ich trat an Jules' Tisch und sagte: »Jetzt schließen wir aber endgültig.« Ich wollte, dass er sofort ging; wollte, dass er für immer blieb.

»Das sehe ich«, sagte er. »Ist bestimmt jedes Mal wieder ein merkwürdiger Moment.«

»So ist es«, sagte ich, schob aber, um jedes weitere Ratespiel zu unterbinden, gleich nach: »Was hast du jetzt vor?«

»Ich warte auf dich, und dann machen wir einen Spaziergang durch die Stadt.« Als wäre das die normalste Sache der Welt, ohne weitere Implikationen.

»Aber sobald wir schließen, gehe ich nach Hause«, sagte ich, spürte aber, wie eine eigenartige Unruhe mich erfasste, eine eigenartige Erregung.

»Dann begleite ich dich«, sagte Jules, unter Umständen mit einem leicht fragenden Beiklang.

»Aber ich wohne gar nicht in Venedig.«

»Nicht?«, sagte er, scheinbar überrascht (was ziemlich merkwürdig war für einen Zauberer).

»Nein, ich muss mit dem Auto nach Mestre.« Wieso gab ich ihm überhaupt so viele Erklärungen, wo er doch von sich rein gar nichts verraten hatte, außer seinem Vornamen und seinem Beruf, die beide vielleicht frei erfunden waren?

»Dann begleite ich dich eben zum Auto.«

Ich überlegte fieberhaft: Sollte ich eine Ausrede erfinden oder einfach dankend ablehnen und das Gespräch damit beenden? Doch stattdessen sagte ich nur: »Ist gut.«

Er nickte lächelnd und trank noch einen Schluck Wasser aus seinem Glas.

Wir traten in den nächtlichen Dunst hinaus, den ich nur allzu gut kannte

Wir traten in den nächtlichen Dunst hinaus, den ich nur allzu gut kannte, in das Viertel, das um diese Uhrzeit wie ausgestorben dalag. Am Himmel eine dichte Wolkendecke, die den Vollmond verbarg. Ich legte ein ziemliches Tempo vor, mit meiner großen Umhängetasche und dem Einkaufstrolley im Schlepptau. Wie immer sah ich zu den Fenstern hinauf, und wie immer waren fast alle dunkel, nur eins von hundert vielleicht erleuchtet. Im Licht der seltenen Straßenlaternen sah man, dass der Putz von den unteren Stockwerken wesentlich stärker abbröckelte als weiter oben, feuchte Flecken, abgestoßene Fensterläden. Immer wenn ich nachts unterwegs bin, muss ich daran denken, dass Venedig nur noch fünfzigtausend Einwohner hat, von einst hundertfünfzigtausend, und Tag für Tag müssen sie es mit Millionen von Touristen aufnehmen, die kommen und wieder verschwinden, nachdem sie die Stadt mit ihren Augen, Schuhen und Handys konsumiert haben, ohne auch nur das Geringste über sie zu wissen, ohne auch nur das Geringste verstanden zu haben. Jährlich wandern weitere tausend Einwohner aufs Festland ab; und ich hatte es genauso gemacht, wenn auch gegen meinen Willen. Trotzdem hatte ich deswegen immer wieder Schuldgefühle.

»Lass mich das nehmen«, sagte Jules und angelte nach dem Griff des Trolleys.

»Danke, aber das schaffe ich schon allein«, sagte ich, doch seine Hand auf meinem Arm verwirrte mich. Ich ging noch schneller, halb aus dem Wunsch, ihn abzuhängen, halb in der Hoffnung, er möge mich einholen.

Aber er blieb mühelos an meiner Seite und sagte: »Ihr Venezianer habt ein ganz schönes Tempo drauf, geht ihr immer so schnell?«

»Ja«, sagte ich, weil es stimmte, von Kind an war ich daran gewöhnt, kilometerlange Strecken zu Fuß zurückzulegen, zur Schule, zum Restaurant meines Vaters, zu Freundinnen, zum Freund, zu Onkel und Tante oder sonst irgendwohin, und daran hat sich bis heute nichts geändert. Ich gehe schnell, das ist wahr. Wenn ich sehe, wie manche Touristen sich auf dem Vaporetto an ihre Gepäckberge klammern, in den Gondeln lümmeln, verträumt an den Tischen von Bars und Restaurants sitzen oder durch die Stadt schleichen, dann kommt es mir manchmal so vor, als gäbe es in Venedig genau zwei Geschwindigkeiten: die der Schnellgeher und die derjenigen, die sich lieber sitzend befördern lassen oder mit den Füßen schlurfen. Und die Sitzer und Schlurfer sind inzwischen in der Überzahl, Schnellgeher gibt es immer weniger.

Wir gingen durch eine schmale Calle, noch immer ziemlich flott. »Hast du es eilig, nach Hause zu kommen, zu deinem Mann?«

»Wir sind nicht verheiratet«, erwiderte ich spontan, statt zu sagen, dass ihn das gar nichts anging. Doch die Vorstellung, er könnte glauben, ich hätte eine feste Beziehung, widerstrebte mir: »Ich gehe schnell, weil ich einen langen, anstrengenden Tag hatte, okay?«

»Kann ich mir vorstellen«, sagte er in verständnisvollem Ton, den ich jedoch kaum ernst nehmen konnte.

Ich ging mit gesenktem Kopf; und erneut ohne nachzudenken, sagte ich: »Und überhaupt, ich weiß ja nicht einmal, wer du eigentlich bist.«

»Wie meinst du das?«, fragte er.

Ich sah auf meine hochschnellenden Schuhspitzen und sagte: »Damit meine ich, dass ich weder weiß, wie du wirklich heißt, noch, was du wirklich machst, noch, warum du wirklich hier bist.«

»Ich bin deinetwegen hier«, sagte er. »Und wie ich heiße, weißt du doch.«

»Jules?«, fragte ich, war aber so aufgewühlt, dass ich nun fast rannte.

»Genau«, sagte er und lachte.

Vor lauter Aufregung bog ich falsch ab, und das auf einem Weg, den ich seit Jahren zweimal am Tag ging. Aber ich war durcheinander, weil er hinter mir herging, weil er so freimütig daherredete und weil er nicht einmal im Traum daran dachte, mir seinen Nachnamen zu nennen, obwohl ich doch gehört hatte, wie er von den französischen Gästen mit Deleuze angesprochen wurde. Ich musste wieder daran denken, wie wichtig der Familienname für meinen Vater war; und dass er nicht nur seine Angestellten, sondern auch seine sogenannten Freunde mit dem Familiennamen ansprach. Ballarin, Boscolo, Furlan, Mazzon, Micheletto, Stevanato, Tosetto, Vecchiato, Zanon: Die Namen summten mir noch immer durch den Kopf, wie eine Litanei, eine

Schimpfkanonade oder eine Lobeshymne, je nach Situation und Verhältnis. (Ganz im Gegensatz zu seinem Egozentrismus fallen die Initialen bei seiner eleganten Unterschrift seltsamerweise sehr klein aus.) Ich drehte mich zu Jules um und fragte: »Und was machst du wirklich?«

»Das weißt du doch«, sagte er und blickte zu den geschlossenen Fensterläden hinauf.

»Sag's mir noch einmal«, sagte ich, fest entschlossen, ihn zu zwingen, mir die Wahrheit zu verraten.

»Ich bin Magier«, sagte er.

»Mir hast du aber gesagt, dass du Zauberer bist«, sagte ich und überlegte, ob es da einen Unterschied gab.

»Das ist doch mehr oder weniger dasselbe«, sagte er und lachte.

Ich stürmte geradeaus, wollte die falsche Gasse und das heikle Thema möglichst schnell hinter mich bringen. Ich sah nach oben, kein Mond.

»Danke, dass du mit mir diesen Rundgang machst!«, sagte Jules; seine Stimme brachte mich aus dem Tritt.

»Das ist kein Rundgang, sondern mein Heimweg. Und du bist schuld, dass ich falsch abgebogen bin.«

»Tut mir leid«, sagte er, halb ungerührt, halb mitfühlend.

Um zu überprüfen, ob er mich womöglich aufziehen wollte, drehte ich mich erneut um, aber es war zu dunkel und zu eng, fast hätte er mich umgerannt.

»Willst du mir nicht doch das Ding da geben?«

»Nein, danke«, sagte ich und beschleunigte erneut, stürmte zwischen den engen, feuchten Wänden vorwärts.

»Dann nehme ich die Tasche«, sagte er und streckte die Hand aus. »Die wiegt doch mindestens fünf Kilo.«

»Nein, die Tasche gebe ich nicht aus der Hand«, sagte ich, nicht wegen des Inhalts, sondern weil sie ein Teil von mir ist. Da habe ich alles drin, sie ist wie ein mobiles Zuhause und lässt mich nie im Stich (und wenn ich doch mal eine kleinere mitnehme, ist das für mich fast so traumatisch wie ein Umzug). Und es stimmt, sie wiegt wirklich mehr oder weniger fünf Kilo, ich habe sie mal gewogen.

»Dann gib mir wenigstens die Teufelskarre, komm schon«, sagte Jules und versuchte erneut, sich den Griff des Trolleys zu schnappen. Wieder gab es eine Reibung, im Halbdunkel: von Haut, Stoff, Form, Temperatur, Spannung.

Ich wollte den Trolley nicht hergeben, doch dann kam es mir wie eine blöde Prinzipienreiterei vor, die zudem noch unseren Körperkontakt verlängerte. Also überließ ich ihm den Trolley. Ende des Kontakts, Ende der Reibung, er wich zurück.

»Du bist ein Dickschädel, typisch Mondfrau«, sagte er. »Eine wunderbare Eigenschaft.«

Ich gab keine Antwort, weil mir die Bemerkung zu intim schien und weil sie mir gefiel, was ich mir aber nicht eingestehen wollte. Da war dieser kontinuierliche Fluss von Empfindungen zwischen mir und ihm, das beunruhigte mich und verursachte eine Art Prickeln.

Als wir aus der schmalen Gasse herauskamen, bog ich Richtung Westen ab. Für einen, der die Stadt nicht kannte, war mein gewohnter Weg sicherlich schon ziemlich faszinierend, aber vielleicht konnte ich es noch ein wenig eindrucksvoller machen, ohne großen Umweg. Aber war es nicht idiotisch, einen Typen wie ihn beeindrucken zu wollen? Vielleicht, aber ich hatte einfach schon zu lange nichts Idiotisches mehr gemacht, weder im Kleinen noch im Großen. Mit Luca fuhr ich schon seit Jahren auf einem Gleis aus Vernunft, Wiederholung und Langeweile, die einzigen Risiken ging ich in meinem Restaurant ein, mit meinen Rezepten. Ich bog nach Süden ab, wir gingen nun zurück, auch wenn er es nicht merkte, und waren in zwei Minuten auf dem Campo Bandiera e Moro.

Jules sah sich um: an allen vier Seiten hoch aufragende dunkle Kulissen, in der Mitte ein Baum und zwei rote Bänke, was selten ist in Venedig, im Sommer stellen die Alten dort Stühle und Tische auf, um ein Schwätzchen zu halten und gemeinsam zu essen. Er sah zu den Bogenfenstern hinauf, den einzig erleuchteten, und sagte: »Unglaublich, dass du von hier bist.«

»Wieso?«, fragte ich, ging aber schnell weiter, es war mir unangenehm, dass er über mich redete, und zugleich durchrieselte mich ein wohliger Schauder.

»Weil es eine imaginäre Stadt ist«, sagte er und folgte mir mit dem Trolley.

»Eher ein Zombie, sie ist tot, zuckt aber noch, und die Besucher merken gar nicht, dass sie es sind, die dieses Zucken auslösen. Sie haben den Kopf voller Klischees, die Stadt der Verliebten, Küsschen auf Brücken, Selfies in der Gondel, Postkartenmotive.«

»Aber echtes Leben gibt es auch noch, ein bisschen jedenfalls«, sagte Jules. »Dein Restaurant zum Beispiel, das ist doch keine Touristenfalle!«

»Das hoffe ich doch«, sagte ich. »Aber auch bei mir besteht die Kundschaft aus Touristen, acht von zehn Gästen kommen aus dem Ausland, die restlichen zwei vom Festland. Dann verschwinden sie, und du siehst sie nie wieder.«

»Das ist die richtige Stadt für einen Zauberer«, sagte er. Seine Schritte erzeugten keinerlei Geräusch, man hörte nur die Rollen des Trolleys.

»Vielleicht«, sagte ich nur, hätte allerdings auch nichts dagegen gehabt.

Wir traten aus einer Gasse und standen nun an der Riva degli Schiavoni, und obwohl mir alles vertraut war und ich schon Gott weiß wie oft hier gestanden hatte, war ich doch überwältigt von der plötzlichen Öffnung des Raums, der Weite des dunklen Wassers, auf dem tausend Lichter glitzerten. Es war wie ein Aufatmen, als gäbe mir die Lagune nach der Beklemmung in den engen Gassen den freien Atem zurück.

»Wow«, sagte Jules, ließ den Blick über das Hafenbecken von San Marco schweifen, hinüber zur anderen Seite, wo der Campanile und die Kuppel einer Kirche aus dem Nebel auftauchten.

»San Giorgio Maggiore«, sagte ich und spürte erneut einen wohligen Schauder, ich genoss den Heimvorteil.

Hier herrschte etwas mehr Betrieb: Leute, die aus den letzten Vaporetti ausstiegen, an den Haltestellen Arsenale und San Zaccaria, Touristen auf dem Rückweg ins Hotel oder auf einem Abendspaziergang, Restaurantbesitzer, die ihr Lokal schlossen. Und es gab mehr Licht, von den Straßenlaternen, den Fassaden der Häuser und aus den Eingängen der Hotels.

Ich ging schnell am Ufer entlang, unschlüssig, ob ich

Jules zu dem, was er da sah, irgendwelche Erklärungen geben sollte. Schließlich machte ich eine Handbewegung und sagte: »Mitte des neunzehnten Jahrhunderts kam ein Stadtrat auf die glorreiche Idee, man könne das Ufer auf das Doppelte verbreitern, eine zweite Häuserreihe errichten und eine Badeanstalt anlegen.«

»Kriminell«, sagte Jules. Ich war mir sicher, dass er sich die potentielle Zerstörung bildlich vorstellte, während er den Kopf drehte, ohne dabei langsamer zu werden.

»Das hat mir mein Vater erzählt«, sagte ich überflüssigerweise, während wir die Stufen einer Brücke erklommen. Ich musste an die Unmengen von Episoden aus der Stadtgeschichte denken, die mein Vater mit der systematischen Neugier des Zugereisten aufgeschnappt und mir dann weitererzählt hatte, als wäre er selbst dabei gewesen. Zum Beispiel, dass im Jahr 1100 und ein paar Zerquetschte der Doge hier am Ufer erdolcht wurde und die Behörden der Republik, nachdem man den Mörder dingfest gemacht und hingerichtet hatte, sein Haus abreißen ließen und festlegten, dass an dieser Stelle nie wieder gebaut werden durfte. Ein Verbot, das bis zum Ende der Republik Bestand hatte, dann aber errichtete das Hotel Danieli hier seinen neuen Flügel. Als wir jetzt daran vorbeigingen, war ich drauf und dran, Jules die Geschichte zu erzählen, ließ es dann aber doch.

Jules lief stumm neben mir her, seine Anwesenheit wärmte mir die rechte Schläfe, die ganze rechte Körperhälfte.

Je stärker ich das spürte, desto schneller ging ich. Fast im Sturmschritt erklomm ich die nächste Brücke, und schon waren wir am Molo, an der Südseite des Dogenpalastes, und gleich danach ging es scharf nach rechts in die Piazzetta San Marco.

Eher zufällig guckte Jules an den beiden Säulen empor: auf der einen der geflügelte Markuslöwe, auf der anderen der heilige Theodor mit der Lanze und dem erlegten Drachen.

Eigentlich wollte ich gar nichts dazu sagen, fragte ihn dann aber doch: »Wusstest du, dass sich genau hier zwischen diesen beiden Säulen die einzige Freizone befand?«

»Wirklich?«

Auch das eine Geschichte, die mir mein Vater erzählt hatte. »Als man irgendwann die Säulen höher legen wollte, erfand irgend so ein Typ eine Methode, wie man das mit Holzpflöcken machen konnte, und zum Dank wurde ihm die Erlaubnis erteilt, hier Glücksspiele zu veranstalten. Überall sonst war das verboten.«

»Der ist garantiert reich geworden«, sagte Jules, ohne stehen zu bleiben. Er sah sich die Fassade des Dogenpalastes mit den Kolonnaden an, dann die Basilika mit ihrem Form- und Farbenspiel und ihrem exotischen Aussehen, dann links den Campanile, völlig überdimensioniert im Vergleich zum Rest, mit der angeklebten Loggetta von Sansovino, in dem verzweifelten Versuch, den Turm irgendwie in die Umgebung einzubinden. Jules zeigte nach oben und fragte: »Stimmt es, dass Teile dieses Monstrums irgendwann mal eingestürzt sind?«

»Sogar mehrfach«, sagte ich, das wusste ich natürlich auch von meinem Vater. »Der Turm war der Blitzableiter von Venedig, nach jedem heftigen Unwetter musste er repariert werden. Und 1902 ist er sogar vollständig eingestürzt und hätte beinahe auch die Basilika zerstört. Mein Vater hat zu Hause eine Postkarte, auf der die Venezianer vor den Trümmern stehen, und auch eine vom Einsturz, aber das ist natürlich eine Montage.«

Jules guckte noch einmal am Campanile hoch, während er mir folgte, dann wandte er sich dem nebelverhangenen, erleuchteten Platz zu, der sich lang und breit zwischen den beiden Prokuratien, den alten und den neuen, erstreckte. Er drehte sich zu mir, sagte aber nichts.

Auch ich schwieg, eigentlich hatte ich ja erklärt, ich würde keinen Stadtrundgang mit ihm machen, dabei machte ich jetzt genau das, wenn auch in Eile und im Nebel, der die Räume füllte, die Gebäude einhüllte und das Licht dämpfte. Aus irgendeinem Grund kam es mir unbescheiden vor, ihm die Schönheiten meiner Stadt vorzuführen, als wollte ich damit angeben. Zugleich war ich auch irgendwie stolz darauf, was ich jedoch keinesfalls zugegeben hätte. Ich ging wieder schneller, um meinen Gedanken zu entfliehen. Nur schade, dass man den Mond nicht sah.

Er zeigte auf die Basilika hinter uns und sagte: »Die Pferde habt ihr aus dem Hippodrom in Konstantinopel gestohlen, nicht? Auf dem vierten Kreuzzug, der eigentlich zur Bekämpfung der Ungläubigen gedacht war, dann aber zum Untergang der Ostkirche führte.«

»Ja, aber dann habt ihr Franzosen sie uns wieder abgenommen!«, sagte ich, halb im Scherz. »Euer Napoleon hat sie mit nach Paris genommen, zusammen mit Tausenden von anderen Kunstwerken, die er in ganz Italien erbeutet hat!«

»*Désolé*«, sagte er, wobei ich nicht genau wusste, ob er

mich auf den Arm nehmen wollte oder sich wirklich irgendwie verantwortlich fühlte.

Sein Tonfall entfachte ein Revanchegefühl in mir, das mir normalerweise völlig fremd ist. »Und hätte Antonio Canova sich nicht dafür eingesetzt, hättet ihr sie bis heute nicht zurückgegeben! Mein Vater hat erzählt, dass in Venedig damals eine Anekdote kursierte. Napoleon sagt zu einem Venezianer: ›Die Italiener sind doch alle Diebe.‹ Worauf der Venezianer antwortet: ›Nicht alle, Sire, aber *Bonaparte* schon.‹«

Jules lachte.

»Und die Leiche des heiligen Markus, die haben wir auch gestohlen.« Noch so eine Geschichte meines Vaters. »Zwei venezianische Spione, als Fischer getarnt, haben sie aus einer Kirche in Alexandria mitgehen lassen, unter Schweineköpfen in einem Korb versteckt, damit die islamischen Wärter am Hafen nicht nachsahen.«

»Ach ja?«, sagte Jules und sah noch einmal zurück, während wir uns im Nebel entfernten.

Eigentlich wollte ich gar nicht von weiteren Raubzügen erzählen, dann aber ging es mit mir durch. »Auch die Säulen, den Marmor und die Basreliefs der Basilika haben wir im Orient gestohlen. Und auch die Säulen auf der Piazzetta, die du vorhin gesehen hast.« Ursprünglich, so mein Vater, wurde auch noch eine dritte Säule geraubt, aber die war zusammen mit dem Schiff, das sie geladen hatte, in einem Sturm untergegangen. Aber das erzählte ich Jules nicht.

»Dann ist das ja doch eine Stadt der Diebe«, sagte Jules. »Napoleon hatte also recht.« Er lachte und sah sich weiter um, ohne das Tempo zu verlangsamen.

»Die Diebe seid ihr!«, sagte ich. »Ihr Plünderer! Und die *Mona Lisa,* die müsst ihr auch noch zurückgeben!«

»Aber die hat Leonardo doch selbst mitgebracht!«, sagte er. »Wenn er Italien aus freien Stücken verlassen und bei Franz I. Zuflucht gesucht hat, dann noch nur, weil ihr Italiener ihn nicht hinreichend gewürdigt habt!«

»Aber mit den Italienern hatten wir Venezianer damals nichts zu tun«, sagte ich. Ich wusste zwar nicht, wieso, aber es machte mir Spaß, mit ihm zu streiten. Es wirkte belebend, regte meine Phantasie an, löste ungewohnte Empfindungen aus.

»Immerhin ist er jetzt in Amboise begraben, euer Leonardo da Vinci, nicht in Mailand oder Florenz.«

»Sag das mal den Mailändern oder Florentinern.«

»Wenn die anderen sich gezofft haben, wart ihr fein raus, stimmt's? Und konntet euch ungestört den Geschäften mit dem Orient widmen.«

»Ja«, sagte ich. »Für schöne Dinge hatten wir schon immer eine Schwäche und sind dafür auch gern weit gereist. Deshalb haben wir sie auch nicht versteckt, weder zu Hause noch im Museum, sondern draußen auf den Plätzen ausgestellt, wo sie jeder sehen konnte.«

»Äußerst geschickt, wie du deine Stadt verteidigst«, sagte er ironisch, vielleicht aber auch bewundernd. Dauernd kam er mir zu nahe, war dauernd zu weit weg.

Ich musste wieder daran denken, wie mein Vater mir haarklein die Errichtung der Stadt erklärt hatte: Erst rammte man angespitzte Pfähle aus Lärche oder Eiche in den lehmigen Untergrund, darüber legte man Schwellroste aus Lärchenbohlen, die mit Backsteinen befestigt wurden

und als Sockelplatten dienten. Auf diesen Zattaron stütz-
ten sich die Grundmauern aus Istrien-Stein und darauf das
oberirdische Mauerwerk. Eine scheinbar endlose Abfolge
von Erbauen, Abbrennen, Wiedererrichten, Verlandung
der Kanäle, Überflutungen, Höherlegungen, Erweiterun-
gen, immer im prekären Übergang zwischen Wasser und
Land, zwischen den Gezeiten. Dann, als der Lebensquell
versiegte, wurde diese Arbeit eingestellt, und die ganze
Stadt ging langsam, aber sicher in einen fossilen Zustand
über, wie die Pfähle, auf denen sie ruht. Nur dass sie, im
Unterschied zu den Pfählen, verschlissen wird, jeden Tag
ein bisschen mehr, unter den Füßen von Millionen Besu-
chern, die rücksichtslos auf ihr herumtrampeln.

»Weißt du was, dieser Rundgang ist wirklich ein unheimliches Privileg.«

»Warum denn ein Privileg?«, sagte ich und ging noch
schneller. »Und das ist kein Rundgang!«

»Nicht?«, fragte er und folgte mir zwischen den Paaren
und Grüppchen hindurch, die verwirrt von den Räumen,
über die sie nichts wussten, herumliefen, im Begriff, mit
dem Blitzlicht ihrer Handys die letzten Selfies zu schießen,
auf denen ihre Gesichter ausgeblichen und ohne Kulisse
erscheinen würden. Zwei Senegalesen ließen kleine blaue
Lichtbälle durch die Luft sausen, für niemanden.

Am Ende des Markusplatzes gingen wir unter den Arka-
den des Museo Correr hindurch und überquerten die Calle
Larga de l'Ascension. Schnell gingen wir an den Schaufens-
tern der Luxusgeschäfte vorbei, in denen sündhaft teure
Handtaschen, Schuhe und Jacketts auslagen, für russische
und arabische Touristen mit Taschen voller Geld. Leicht un-

sicher auf den Beinen, waren einige dieser Superreichen gerade auf dem Weg zurück in ihre Nobelhotels, während weniger Betuchte regelrecht torkelten, nach dem Verzehr von miesem Essen und miesem Wein auf dem Weg in ihre miesen Pensionen. Weder Jules noch ich sagten etwas, das Viertel, in dem mein Vater unbedingt sein zweites Restaurant eröffnen wollte, war durch rein kommerzielle Interessen derart verunstaltet, dass jeder Kommentar überflüssig war.

Jules betrachtete die Schaufensterpuppen hinter den Scheiben und die Gesichter der Passanten, die Lichter, die geschlossenen Rollos. Zwar machte er durchaus nicht den Eindruck, als würde er sich leicht verlaufen, doch würden wir jetzt Verstecken spielen, wäre ich zweifellos im Vorteil, denn hier in Venedig kannte ich von klein auf jeden Winkel.

Ich lief geradeaus über den Campo San Moisè, und im Handumdrehen war, bis auf einige engumschlungene Paare in dunklen Ecken, kein Mensch mehr zu sehen. Schweigend gingen wir weiter. Die Route ergab sich wie von selbst, auch wenn es nicht der direkte Weg zu meinem Auto im Parkhaus am Piazzale Roma war: durch die Calle delle Veste, über den Campo San Fantin, dicht am Teatro la Fenice entlang, über die Brücke, dann nach Südwesten, Richtung Campo San Maurizio. Inzwischen war alles wie ausgestorben: keine Touristen, keine Stimmen, keine Bewegungen, außer unseren. In den engen Gassen stieg uns der Geruch nach alten Pflastersteinen und feuchten Ziegeln in die Nase, das Wasser in den Kanälen war pechschwarz, verriet nur an beleuchteten Stellen seine grüne Farbe.

»Ist das nicht unglaublich?«, fragte Jules irgendwann.

»Was denn?«, frage ich, ohne mich umzudrehen.

»Wir beide, hier.«

Ich wollte nicht antworten und schon gar nicht zugeben, dass auch ich es unglaublich fand. Ich bog auf den Campo San Maurizio ab, wo im Nebel nur eine dunkle Gestalt zu sehen war, die unbeweglich neben der Kirche stand. In der Calle dello Spezier drehte ich mich um und fragte Jules, keine Ahnung, warum: »Was ist das Seltsamste, was dir je widerfahren ist?«

»Außer dem hier?«, fragte er halb als Witz, halb im Ernst.

»Außer dem hier.«

Er dachte nach. »Einmal hatte ich einen Auftritt im Park einer Villa in Bordeaux, im Sommer, gegen Mitternacht. Ich sollte ein Pferd verschwinden lassen, ein Kaltblut der Rasse Percheron, grau gescheckt, am Widerrist etwa eins achtzig hoch und mindestens eine Tonne schwer.«

»Und wie hast du das gemacht?«, fragte ich, während wir durch eine Calle gingen, in der draußen vor den Fenstern Wäsche zum Trocknen hing, Unterhosen, Pullover, Hemden, Socken, Bettlaken, in der kalten feuchten Luft.

»Der Trick ist ziemlich simpel, und kompliziert. Einmal habe ich ihn sogar mit einem Elefanten gemacht, aber dann habe ich die Arbeit mit Zirkustieren aufgegeben, jedenfalls mit Wildtieren.«

»Und was war daran nun das Seltsame?« Fast konnte ich seinen Atem an meinem Hals spüren.

»Mittendrin schwebte ein violettes Licht über meinen Kopf hinweg, über den Kopf des Pferdes und über die Köpfe der Zuschauer.«

»Und wie sah es aus?« Im Halbdunkel versuchte ich, es mir vorzustellen.

»Wie ein Neonschlauch. Die Hälfte der Zuschauer hat es gar nicht bemerkt, und die andere Hälfte dachte, es gehöre zur Vorstellung.«

»Und was war es?«

»Keine Ahnung. Am nächsten Tag stand in der Zeitung, dass Leute in ganz Aquitanien irgendwelche Lichter gesehen hatten. Doch was Form, Farbe, Höhe und Geschwindigkeit anging, gab es beträchtliche Unterschiede. Eine Frau hatte ein weißes, fast rundes Licht über der Kathedrale Saint-André gesehen, ein Pilot ein gelbes Zickzackleuchten über Arcachon, zwei Jungen eine kreisförmige Formation blauer Lichter bei Bayonne und so weiter.«

»Aber keins hatte Ähnlichkeit mit dem, was du gesehen hattest?«, fragte ich und fühlte mich beinahe berauscht, der Kopf war leicht, die Beine liefen wie von selbst.

»Nein.«

Ich wusste nicht, ob das eine wahre oder eine Zauberergeschichte war, wahr-unwahr. Ich ging wieder schneller.

Eine Weile sagte er nichts, ging neben mir über die Stufen einer Brücke. Als wir auf den Campo Santo Stefano kamen, sagte er: »Und bei dir, was war bei dir das Merkwürdigste?«

Da brauchte ich nicht lange nachzudenken, ließ ihm aber erst noch genügend Zeit, die Palazzi Loredan und Morosini im Nebel zu betrachten. »Als ich sechzehn war, ist direkt neben mir ein Meteorit eingeschlagen, nur vier Meter entfernt.«

»Wie bitte?«, sagte er und kam näher, um zu sehen, ob ich es ernst meinte. »Wo war das?«

»Auf Sant'Erasmo. Das ist eine Insel in der Lagune. Von dort kommt das meiste Gemüse, das ich im Restaurant verarbeite. Dort wachsen die besten Artischocken, fleischig und zart, mit violetten Blättern.«

»Erzähl mal von dem Meteorit.« Jules war mir jetzt ganz nah.

»Ja.« Ich verstand selbst nicht, warum ich auf einmal abschweifte, das war sonst gar nicht meine Art.

»Was hast du denn dort gemacht?«, fragte er.

»Ich war mit meinem Freund da«, komischerweise drängte es mich, keine Einzelheit auszulassen. »Er hieß Luigi und war fünf Jahre älter als ich. Ich war total in ihn verknallt, aber er hatte eine Verlobte.«

»So ein Mistkerl.«

»Tja. Der Vater seiner Verlobten hatte ein Hotel in Dorsoduro, dorthin ging er jeden Abend, um sich den Bauch vollzuschlagen. Danach plauderte er noch so lange, bis ihm die Lust verging, während ich zu Hause wartete. Irgendwann rief er mich dann an, und ich rannte los wie eine Verrückte, um mich mit ihm zu treffen, an einem unserer Geheimorte, wo wir knutschten und rumfummelten.«

»Du Ärmste«, sagte Jules mitfühlend.

»Schön blöd von mir. Aber ich war nun mal hin und weg, weil so ein toller Mann sich mit mir abgab. Selbst seine Verlobte fand ich super, perfekt, unerreichbar.« Ich dachte daran, wie blöd ich damals war, aber auch so verknallt wie danach nie wieder.

»Mit sechzehn, kein Wunder.«

»Er schwor immer, dass er mich liebe, die andere vielleicht sogar verlassen würde. Aber irgendetwas fehle mir, sagte er.«

»Und du hast das geglaubt?«

»Na ja, Selbstbewusstsein war damals nicht gerade meine Stärke. Zwischen dem Egozentrismus meines Vaters und der verträumten Entrücktheit meiner Mutter. Außerdem war ich damals mit sechzehn auch ein bisschen pummelig.«

»Quatsch!«, sagte er lachend.

»Doch, doch. Und jetzt auch noch.« Während meines spontanen Anfalls von Aufrichtigkeit wurde ich immer langsamer.

»Du bist doch nicht pummelig! Ein paar Kurven vielleicht, zum Glück.«

»Ich will aber keine Kurven!« Irgendwie fühlte ich mich nackt, aber nicht unangenehm.

»Du hast hübsche Kurven. Weich, aber fest, die beste Kombination überhaupt.«

»Woher willst du das wissen?« Ich war verlegen, weil er so genau hingesehen hatte, aber auch erfreut.

»Ich weiß es eben. Für eine Mondfrau hast du ein gutes Gewicht.«

»Ein gutes Gewicht?« Sollte ich das nun als Kritik auffassen oder als Kompliment?

»Du bist sensibel, aber auch stark, das ist ziemlich selten.«

»Aber ich bin doch gar nicht stark.« Inzwischen war ich mitten auf dem Platz stehen geblieben.

»Jetzt hör aber auf. Sonst wärst du doch nicht hier.«

»Vielleicht wäre es auch besser, ich wäre nicht hier«, sagte ich, glaubte aber selbst nicht daran.

»Jetzt erzähl mal weiter«, sagte er. »Der Meteorit.«

»Also«, sagte ich, einerseits froh, nicht mehr über mein Gewicht und meine vermeintliche Stärke reden zu müssen, aber ein bisschen fand ich es auch schade. »Eines Abends holte mich Luigi gegen elf mit dem Boot an den Fondamente Nove ab und fuhr mit mir nach Sant'Erasmo.«

»Wie lange braucht man dafür?«

»Eine gute halbe Stunde. Luigi wollte immer möglichst weit wegfahren, aus Angst, irgendwer könnte uns beobachten und seiner Verlobten davon erzählen. Oft verbrachten wir dadurch mehr Zeit auf dem Wasser als an Land.«

»Und dann?«

»Wir sind im Dunkeln bis nach Sant'Erasmo gefahren, haben dort angelegt und sind ausgestiegen.«

»Und dann?«

»Haben wir eine Decke ausgebreitet, die Luigi mitgebracht hatte.« Dass er nicht lockerließ, gefiel mir, auch wenn ich sein Gesicht nicht sehen konnte. Dass er an meiner Geschichte wirklich interessiert war, fand ich unglaublich, daran war ich gar nicht gewöhnt.

»Und dann?« Er wollte tatsächlich alles wissen, hörte gespannt zu.

Eigentlich ging es in der Geschichte darum, wie ich früher einmal gewesen war, aber in vielerlei Hinsicht hatte ich mich seither kaum verändert, jedenfalls nicht grundlegend. Der wesentliche Unterschied bestand darin, dass ich mich heute für eine Sache begeisterte, auf die ich mich verstand, und meine Schwächen besser einschätzen konnte. Ansonsten aber beschäftigten mich mehr oder weniger dieselben Probleme, die Zweifel an mir und der Welt.

»Jetzt erzähl schon. Der Meteorit.«

»Luigi und ich legten uns auf die Decke, knutschten und fummelten rum.« Wieder fragte ich mich, warum ich ihm all diese Details erzählte.

»Fummeln«, sagte er ohne jede Spur von Bosheit. »Gefällt mir.«

Ich spürte, wie ich rot wurde, was man bei der schlechten Beleuchtung zum Glück nicht sehen konnte. »Na ja, und dann gab es irgendwann einen heftigen Luftzug, ein violettes Licht und einen Einschlag.«

»In welcher Entfernung?«, fragte Jules. »Von hier bis zu der Wand da?«, wobei er auf eine dunkle Hausfassade deutete.

»Mehr oder weniger.«

»Und wie sah er aus, der Meteorit?«, bohrte er weiter, als könnte er ihn sich anhand meiner Worte besser vorstellen.

»Keine Ahnung, ich habe gar nicht so genau hingesehen.«

»Wie bitte, du hast nicht hingesehen? Da schlägt ein Meteorit direkt neben dir ein, und du siehst gar nicht hin?«

»Ich hatte anderes zu tun!« Ich war wütend, weil ich mich rechtfertigen musste, gleichzeitig amüsierte ich mich. »Wir waren doch ganz versunken, und dann kam plötzlich dieses *Vvvvoooshhhsbam*!«

»Und was habt ihr dann gemacht?«

»Wir sind abgehauen.«

»Wie abgehauen?« Jules schien entsetzt.

»Ja, Luigi ist aufgesprungen und zum Boot gestürzt«, sagte ich und hatte dabei wieder vor Augen, wie Luigi die Hose hochzog und wie ein Verrückter losrannte. »Gerade hat er noch auf mir gelegen, die Hände überall, und im nächsten Augenblick machte er schon die Leine los, winkte und brüllte: ›Los, schnell weg hier!‹«

»So ein Feigling! Und du?«

»Ich habe die Decke zusammengefaltet und bin zum Boot gerannt.«

»Aber warst du denn nicht neugierig? Wolltest du dir den Meteorit denn gar nicht ansehen?«

»Doch, natürlich«, sagte ich empört, musste aber gleich lachen. »Aber Luigi brüllte, wenn ich nicht sofort käme, würde er ohne mich fahren. Ich hätte es ihm zugetraut. Wie ein Verrückter riss er an der Schnur, um den Motor zu starten, und dann gab er Vollgas, wir zischten ab wie eine Rakete und wären dabei fast ins Wasser gefallen.«

»So ein Idiot«, sagte Jules. »Und dann?«

»Luigi wollte nichts mehr davon hören«, sagte ich. »Er hatte eine Heidenangst, dass wegen der Sache mit dem Meteorit seiner Verlobten zu Ohren kommen könnte, dass er mit mir auf Sant'Erasmo war. Bevor er mich absetzte, musste ich ihm hoch und heilig schwören, keiner Menschenseele davon zu erzählen.«

»Nicht zu fassen, wie kann man nur so blöd sein«, sagte Jules.

»Ich weiß«, sagte ich. »Aber er war halt nicht gerade besonders helle. Mittlerweile hat er eine Boutique am Lido und ist mit einer schrecklichen Frau verheiratet. Einer anderen, nicht mit der Verlobten von damals.«

»Geschieht ihm recht«, sagte Jules. »Und du hast wirklich keinem davon erzählt?«

»Nur meiner Mutter«, sagte ich. »Als ich völlig aufgelöst nach Hause kam, fragte sie, was denn mit mir los sei, da schien es mir absurd, ihr nichts zu sagen.«

»Und wie hat sie reagiert?«

»Sie ist eine interessante Frau, aber auch nervtötend, sie

könnte dir gefallen«, sagte ich, fragte mich allerdings, was in aller Welt jemanden wie ihn an meiner Mutter interessieren sollte. »Sie lebt in einer Art Parallelwelt, zum Teil als Schutz vor meinem Vater. Trotzdem hat sie eine fast wissenschaftliche Neugier, vor allem was Tiere und Naturphänomene angeht. Also sind wir am nächsten Morgen zusammen nach Sant'Erasmo gefahren, mit dem Boot des Restaurants.«

»Und was habt ihr da gesehen?«

»Ein Loch voller Asche«, sagte ich. »Und ein bisschen Rauch.«

»Und was noch?«

»Nichts«, sagte ich und ging weiter. »Das war alles.«

»Aber hat denn sonst keiner den Meteorit gesehen?«

»Keine Ahnung. Meine Mutter und ich haben sämtliche Zeitungen durchforstet und uns auch sonst umgehört, aber nichts. Irgendwer hat ihn wahrscheinlich schon gesehen, aber nicht darüber geredet.«

Er lachte. »Schon komisch, da bist du die Einzige auf der Welt, die aus nächster Nähe einen Meteorit einschlagen sieht, und die Einzige, die davon erfährt, ist deine Mutter.«

»Und jetzt du.« Ehrlich gesagt hatte ich irgendwann auch Luca davon erzählt, aber der hielt das alles für Einbildung, ich sei wohl bekifft gewesen, und lachte mich nur aus. Genau genommen hatte die Geschichte mit dem Meteorit mich stark verunsichert und einen ganzen Schweif von Zweifeln nach sich gezogen: am Universum, am Schicksal, an der Menschheit, an der Familie, an mir selbst.

»Wenn so etwas heutzutage einer Sechzehnjährigen passierte, würde sie gleich ihr Handy zücken, alles filmen und ins Netz stellen. In ein, zwei Tagen hätten Millionen das Video gesehen, und sie wäre mit einem Schlag ein Internetstar, *The Meteorite Girl*«, sagte Jules.

»Wahrscheinlich«, sagte ich, daran hatte ich auch schon gedacht.

»Aber was mich am meisten irritiert, ist das Verhalten von Luigi«, sagte er. »Wie kann man nur so beschränkt sein, aus Angst vor der Verlobten ein kosmisches Ereignis totzuschweigen. Vor allem eins, bei dem er selbst fast draufgegangen wäre.«

»Ich weiß«, sagte ich und musste daran denken, dass Luca fast genauso beschränkt war wie Luigi. Dafür, dass ich mir immer beschränkte Männer aussuchte, gab es sicher irgendeinen Grund. Ich ging schneller. Dann sagte ich: »Da vorne wohnen meine Eltern.«

»Wirklich?«, fragte Jules. »Ist das die Wohnung, in der du aufgewachsen bist?«

»Ja«, sagte ich und fragte mich, warum ich keine Lust hatte, ihm die Wohnung zu zeigen. Irgendwie aber doch.

»Führst du mich hin?«

»Das tue ich gerade«, sagte ich leise, als könnten meine Eltern mich hören. Wir gingen am Palazzo Pisani vorbei, und ich zeigte ihm die mächtige Fassade aus Istrien-Stein, verunstaltet durch schwarze Schmutzstreifen rund um die Bogenfenster, den Monumentalbalkon im ersten Stock und das Portal, flankiert von Statuen, die die erste und die letzte Tat des Herakles darstellen, die Erlegung des Nemeischen Löwen und das Einfangen des Zerberus, des dreiköpfigen Wachhundes der Unterwelt. Ich sagte: »Das Konservatorium.«

»Ganz schön finster«, sagte er.

»Das war der größte Patrizierpalast von Venedig«, sagte ich. Auch ich fand ihn als Kind immer ziemlich finster.

»Ganz schöner Protzbau, da wollte wohl einer mal so richtig angeben«, sagte Jules, während er versuchte, im Licht der Straßenbeleuchtung Details zu erkennen.

»Ja«, sagte ich. »Da habe ich anderthalb Jahre studiert.« Damals war ich aufgrund der Klänge, die bis in mein Zimmer drangen, auf die Idee gekommen, Musik zu studieren, und hatte mir aus diesen Klängen eine Art Bollwerk gegen den surrealen Wahnsinn meiner Eltern gebaut.

»Wirklich? Welches Instrument denn?«

»Cello«, sagte ich, wollte aber unbedingt den Eindruck vermeiden, ich sei damit gescheitert, obwohl mein Cello schon seit Jahren in seinem Kasten lag, irgendwo im Wohnzimmer meiner Eltern. Ich erinnerte mich noch genau, wie aufregend ich es fand, wenn durch die halb geschlossenen Fensterläden diese Töne an mein Ohr drangen, mal unsicher, mal entschieden, die schwierigen, wie ein Mantra bis zur Erschöpfung wiederholten Passagen. Ich wusste noch, wie mein Blut in Wallung kam und mein Herz klopfte, genauso heftig wie damals, als ich mich in einen Mitschüler verliebt hatte. Beim Hören dieser Klänge glaubte ich zu sehen, wie die jungen Musiker in dieser ohrenbetäubenden Kakophonie ihre Instrumente stimmten, Geigen, Bratschen und Celli, und nach dem Chaos das harmonische Miteinander, das verliebte Zublinzeln zwischen den Zeilen, die verstohlenen Blicke vor jedem Einsatz, das Auf- und Abbranden des Zusammenspiels, wie Meereswellen.

»Dann bist du also nicht nur eine Spitzenköchin, sondern auch noch Musikerin.«

»Ach was, dazu fehlte es mir an Talent und Durchsetzungsvermögen, von familiärer Unterstützung ganz zu schweigen.« Dennoch überkam mich eine gewisse Wehmut, ein tiefes Bedauern, dass ich all das irgendwann aufgegeben hatte, denn es hatte durchaus einmal eine Zeit gegeben, in der ich davon träumte, als gefeierte Musikerin die ganze Welt zu bereisen, von Theater zu Theater zu eilen, die Bretter zu betreten, die die Welt bedeuten, und dabei den charakteristischen Bühnengeruch zu schnuppern, nach Kolophonium, Spitzenschuhen und klassischem Ballett.

»Fürs Kochen jedenfalls hast du genug Talent und Durchsetzungsvermögen. Das ist deine wahre Bestimmung, nicht das Cello.«

»Wer weiß«, sagte ich, während ich in den dunklen Durchgang einbog, der in den seitlichen, durch ein Eisengitter abgesperrten Hof des Palastes führt. Vielleicht stimmte es ja, obwohl ich lange daran gezweifelt hat hatte, ob Kochen wirklich das Richtige für mich war, weil ich mir eigentlich geschworen hatte, auf keinen Fall den Beruf meines Vaters zu ergreifen. Ich bog rechts in die schmale Gasse ein, die zum Canal Grande führt, wo das warme Licht des Hotels im Palazzetto Pisani leuchtete, in dem früher, als ich Kind war, eine alte verarmte Gräfin wohnte. Ich zeigte auf die Fenster im obersten Stock des Gebäudes gegenüber, die alle dunkel waren bis auf das Zimmer meines Vaters, der bestimmt eins seiner historischen Bücher las oder mal wieder einen Leserbrief verfasste, polemisch, detailliert, auf jeden Fall aber zu spät, um die Schandtaten seiner Exteilhaber anzuprangern.

Jules fixierte die Fenster, als könnte er durch sie hindurchsehen. »Wo war dein Zimmer?«

»Auf der anderen Seite, von dort sieht man auf eine Nebenfassade des Konservatoriums«, sagte ich. »Die Wohnung ist eine verdammt finstere Bude, sie zeigt komplett nach Nordosten. Hier habe ich begriffen, dass man unbedingt eine Wohnung haben muss, die nach Südosten ausgerichtet ist.«

»Und, hast du jetzt eine?«

»Nein.« Ich hatte keine Lust, ihm von Lucas Wohnung in Mestre zu erzählen, die ebenfalls nach Nordosten zeigte, genauso wenig wollte ich über Lucas absolut gleichgültige Haltung in so entscheidenden Fragen sprechen.

Jules guckte noch immer nach oben und sagte: »Es ist sehr schön zu sehen, wo du aufgewachsen bist.«

»Warum?«, fragte ich und war schon im Begriff zu gehen. In dieser dunklen Wohnung hatte ich ganze Nachmittage damit zugebracht, mir die Welt vorzustellen, doch als ich sie dann langsam kennenlernte, schienen mir meine Vorstellungen plötzlich viel faszinierender, freier und leichter als die reale Welt. Für die Liebe galt mehr oder weniger dasselbe, mehr oder weniger zur selben Zeit (und auch später).

»Das hilft mir, deine Schattenseite besser zu verstehen«, sagte Jules. »Das ist ein wichtiger Teil deines Mondwesens.«

»Ach ja?« Wieder durchlief mich ein Schauder, als ich hörte, wie offen und intensiv er über mich redete. Ich wollte, dass er aufhörte, wollte, dass er weitermachte.

»Ja. Als wir uns zum ersten Mal gesehen haben, konnte ich nämlich nur deine Mondseite erkennen. Und schon da hast du mir sehr gefallen.«

»Was redest du denn da?«, sagte ich abwehrend, weil seine Worte mich mehr berührten, als gut für mich war. Ich beschleunigte den Schritt und durchquerte den Durchgang mit gesenktem Kopf.

»Dann deine Sonnenseite zu entdecken war eine freudige Überraschung«, sagte er und kam schnell hinter mir her, der Trolley ratterte über das Pflaster.

»Und wann soll das gewesen sein?« Ich wollte es hören, wollte es nicht hören.

»Als ich den Spritz für dich gemacht habe«, sagte er. »Eigentlich sogar schon früher, gleich als du in die Bar kamst, ich dich gegrüßt habe und du mich angelächelt hast, wenn auch leicht misstrauisch. Da kam die Sonne hervor, auch wenn du versucht hast, sie zu verstecken.«

»Jetzt hör aber auf«, sagte ich und spürte ein Kribbeln im Nacken und hinter den Ohren. Vom Campo Santo Stefano bog ich links ab auf den Campo San Vidal. Am liebsten hätte ich die Flucht ergriffen.

Jules rannte hinter mir her und lachte. »Da ist sie ja wieder, die Mondfrau auf der Flucht!«

Ich versuchte zu lachen, schaffte es aber nicht, stattdessen spürte ich, wie ich in Panik geriet. Am Ponte dell'Accademia übermannte mich der Fluchtimpuls, und ich rannte einfach los.

Hinter mir hörte ich, wie der Trolley über die Stufen schrappte. Jules rief: »Hey, warte mal!«

Aber ich rannte weiter, so schnell ich konnte, über den höchsten Punkt der Brücke, die Stufen hinunter, quer über den Campo della Carità und in den Rio terà de la Carità, die Schuhsohlen trommelten frenetisch auf dem Pflaster. Doch dann ließ der Fluchtimpuls schlagartig nach; ich lehnte mich an eine Wand, beugte mich vor und stützte die

Hände auf die Knie. Mein Herz raste, ich war außer Atem und kam mir lächerlich vor.

Als Jules mich einholte, sagte er: »Ich dachte schon, du wolltest ernsthaft abhauen!«

»Das wollte ich auch«, sagte ich. Dabei hätte ich gar nicht sagen können, aus welchem Grund, und auch nicht, warum die Panikattacke dann urplötzlich wieder vorbei war.

»Habe ich dich genervt?«, fragte er. »Bin ich vielleicht zu penetrant? Zu aufdringlich?«

»Nein, das ist es nicht, ich bin nicht von dir genervt, sondern von mir selbst.«

»Ha!«, platzte es aus ihm heraus. »Das kenne ich, das geht mir auch oft so, fast jeden zweiten Tag!«

»Wirklich?«, fragte ich verblüfft. Eigentlich dachte ich immer, das sei allein mein Problem. Eins von vielen, weshalb ich noch immer glaubte, nicht gut genug zu sein für diese Welt.

»Ja, mich nervt dann absolut alles, mein Gesicht, meine Stimme, wie ich mich bewege, wie ich denke, einfach alles!«

»Genau!«, sagte ich und war plötzlich unheimlich erleichtert. Das hatte ich so noch nie erlebt. Ohne den Blick von ihm abzuwenden, ging ich weiter, rechts in die Calle del Pistòr hinein.

Da war etwas, das uns zueinander hinzog und gleichzeitig voneinander abstieß, so als könnten wir uns weder richtig annähern noch richtig trennen.

Wie verzaubert ging ich mit langsamen Schritten bis zur Brücke über den Rio di San Trovaso. Dort blieb ich stehen.

Jules stand einen Meter vor mir und sah mich an, als

wollte er die Distanz zwischen uns überwinden. Aber ohne Erfolg.

Minutenlang sahen wir uns aus dieser Entfernung an. Dann versuchte ich, auf ihn zuzugehen, aber es ging nicht, ein seltsamer magnetischer Widerstand hielt mich auf, als wäre zwischen uns eine durchsichtige elastische Wand.

Jules blickte zur grauweißen Wolkendecke hinauf, beschrieb mit der Hand einen Bogen in der Luft, zwei, drei kleine, aber sichere Bewegungen.

Und die Wolkendecke riss auf, teilte sich wie ein Vorhang, und der Mond kam zum Vorschein. Zögerlich, aber voller Gutmütigkeit. Vielleicht war das alles nur ein unglaublicher Zufall, aber Tatsache ist, dass er von einem Moment auf den nächsten auftauchte und leuchtend gelb am schwarzen Himmel stand, die Krater so gut sichtbar, als würden wir durch ein Teleskop sehen.

Dann zogen die Wolken sich wieder zu, und der Mond war erneut verschwunden. Jules und ich sahen uns an, das merkwürdige Hindernis, das uns getrennt hatte, war plötzlich weg. Mit einer Heftigkeit, die mich selbst überraschte, prallten wir aufeinander, Körper auf Körper, Stirn auf Stirn, Mund auf Mund. Ich küsste ihn, ohne an irgendetwas zu denken.

Er nahm mich in die Arme und küsste mich, ein heißer, süßer, langsamer Kuss, während unsere Körper sich unter den weichen Mänteln aneinanderschmiegten, umgeben von dem leicht harzigen Geruch, der von seiner Brust aufstieg, und der dichten, feuchten Luft aus dem dunklen, stehenden Wasser des Rio. Wir verloren jedes Zeitgefühl, waren völlig versunken im Geschmack, in der Temperatur und in der extremen Nähe, im Kreislauf unserer Empfindungen, im unregelmäßigen Klopfen unserer Herzen, im tiefen Rhythmus unseres Atems.

Mitten in der Nacht kam ich nach Hause

Mitten in der Nacht kam ich nach Hause, durchquerte das Atrium des Siebziger-Jahre-Baus, das mich jedes Mal vor Abscheu erschauern ließ, nahm den Aufzug, der mir immer wie eine Falle vorkam, ging über den Treppenabsatz, um dann mit dem langen, mir verhassten Schlüssel die gepanzerte Wohnungstür aufzuschließen – mit der schweren Tasche, die mir von der Schulter rutschte, chaotischen Gedanken im Kopf und einem Gefühl der Leere, das mich ins Wanken brachte, sobald ich die Wohnung betrat.

Luca lag auf dem Sofa, die Füße auf dem gelben Puff. Er machte Anstalten aufzustehen, blieb dann aber doch liegen. Auf Sky lief eine Krimiserie, der Ton war leise gestellt, um die Nachbarn von unten nicht zu stören, die sich beim kleinsten Lebenszeichen beschwerten. Mit verkrampftem Gesicht sah er mich an.

Ich zog die Schuhe aus, schlüpfte in meine chinesischen Baumwollpantoffeln, betrat entschlossen das Wohnzimmer, das mit Möbeln und Teppichen seiner Mutter eingerichtet war und mit selbstgekauften Elektrogeräten (manche auf meine Empfehlung hin, andere nicht). Ich stellte meine Tasche auf dem sizilianischen Stuhl an der Wand ab, denn Taschen, so der Aberglaube meiner Mutter, gehören nun mal nicht auf den Boden.

»Weißt du eigentlich, wie spät es ist?«, fragte Luca. Er sprach wie immer leise, seine Stimme vermischt mit den Geräuschen aus dem Fernseher.

»Nein, wie spät ist es denn?«

»Nach drei, Marghe!«, sagte er mit seinem Mestre-Akzent, den er für Venezianisch hält, was er aber natürlich nicht ist, denn er unterscheidet sich vom Venezianischen genauso stark wie der aus Chioggia, Pellestrina, Burano oder der nördlichen Lagune.

»Ach ja?«, sagte ich. Ich wusste, dass es sehr spät war, zugleich schien es mir aber noch nicht spät genug, nach allem, was geschehen war. Mir schwirrte der Kopf von all dem, was Jules mir gesagt hatte, was ich ihm gesagt hatte, von all den taktilen Eindrücken. Ich spürte noch immer den Druck unserer Umarmung, die Hitze unserer eng aneinandergeschmiegten Körper, den Geschmack unserer Küsse, das überwältigende Gefühl von Nähe.

»Fünf Mal habe ich dich angerufen! Fünf Mal!«, sagte Luca, rührte sich aber nicht vom Fleck und verharrte in seiner absurd krummen Haltung. Im Vergleich zu Jules wirkte er so nichtssagend, sein Gesicht so ausdruckslos, seine Stimme so kraft- und teilnahmslos.

»Ich weiß«, sagte ich, als wäre Ehrlichkeit eine Entschuldigung. Ich hatte seine Anrufe gesehen, als ich in Venedig ins Auto stieg, aber nicht zurückgerufen, weil ich nicht den leisesten Schimmer hatte, was ich sagen sollte.

»Und wieso hast du nicht zurückgerufen?« Endlich stand er auf, war aber so steif, dass er sich kaum bewegen konnte. Er sah ziemlich müde aus, normalerweise schlief er um diese Zeit schon längst. Ich auch, jedenfalls versuchte ich es, mit unruhigen Beinen und klopfendem Herzen und Ohrstöpseln, um sein Schnarchen nicht zu hören, bis ich dann doch oft ein Schlafmittel nahm, um die negative Spannung loszuwerden, die von ihm ausging.

»Weil ich nicht wusste, was ich sagen soll«, erwiderte ich. Und das wusste ich auch jetzt nicht. Ich wusste nur eins: Ich hatte eine unheimliche Sehnsucht nach Jules, nach unseren Gesten, unseren Blicken, unseren Worten, unserer ebenso erstaunlichen wie berauschenden Affinität, nach unseren Umarmungen, unseren Küssen. Auch sehnte ich mich nach der schlafenden Wasserstadt, nach dem Nebel und der Stille, die uns einhüllten. Und auch nach dem Mond, der wundersamerweise hervorgekommen war, so kurz und doch so lang. Diese Sehnsucht war physisch, mental und emotional so überwältigend, dass ich mich kaum bewegen konnte im Flackerlicht des großen OLED-Bildschirms.

»Wo warst du denn? Und mit wem?«, fragte Luca mit leicht erhobener Stimme. »Und erzähl mir ja nicht, du hättest die blöde Klitsche erst um zwei zugemacht, denn das glaube ich dir nicht!«

»Erstens ist mein Lokal keine blöde Klitsche«, erwiderte ich, denn ich konnte es nicht mehr ertragen, ihn dauernd so abfällig über meine Arbeit reden zu hören. »Und zweitens habe ich dich gar nicht darum gebeten, mir irgendetwas zu glauben!«

»Das ist keine Antwort auf meine Frage!«, sagte Luca, auf einmal bedrohlich nah. Nun war es keineswegs so, als hätte er in den zwölf Jahren, die wir zusammen waren, jemals die Hand gegen mich erhoben, allerdings hatte es durchaus immer mal wieder Momente gegeben, wo in seinen Augen, seiner Stimme, seiner Gestik eine gewisse Gewaltbereitschaft aufblitzte. Dazu passend fiel mir ein Satz ein, den ich irgendwo gelesen hatte: Männer haben Angst, von Frauen hintergangen zu werden, Frauen haben Angst, von Männern ermordet zu werden.

Ich sagte: »Ich war mit einem Freund zusammen. Wir sind spazieren gegangen, haben geredet und dabei gar nicht gemerkt, wie die Zeit verging.« Das stimmte: laufen, reden, stehen bleiben, küssen, weitergehen, ohne jegliches Gefühl dafür, wie die Minuten und Stunden vorüberzogen.

»Welcher Freund denn?«, fragte Luca mit belegter Stimme. »Wer soll das gewesen sein?«

»Ein Freund eben«, sagte ich, doch der Begriff schien mir derart unangebracht, dass es mir so vorkam, als hätte ich vor allem mich selbst belogen, mehr noch als ihn.

»Was denn für ein Freund? Wie heißt der denn? Du sagst mir jetzt sofort, wie er heißt!« Die Gewalt war da, unterdrückt, bedrohlich. Es ist ja nicht so, als hätte es Seltenheitswert, dass Männer ihre Partnerinnen umbringen: allein in Italien passiert das im Durchschnitt alle sechzig Stunden. Ehemänner und Freunde, Exehemänner und Exfreunde. (Und keineswegs nur ungebildete Rüpel, sondern auch Ärzte, Architekten, Anwälte, Leute, die nach Aussage der Nachbarn stets ausgesprochen höflich waren.) In jedem Mann schlummert diese urtümliche Gewalt, selbst in so einer Trantüte wie Luca; ich glaube, nur sehr wenige schaffen es, sich ganz davon zu befreien.

»Er heißt Jules«, sagte ich, und allein den Namen auszusprechen ließ mein Herz schneller schlagen.

»Und wer ist das, dieser Jules?«, fragte Luca, vermutlich

ohne ernsthaft mit einer Antwort zu rechnen. »Einer aus dem Fanklub deines Restaurants?«

»Nein, er ist Zauberer.«

Luca starrte mich an und wurde bleich, regelrecht farblos im Kontrast zu seinem gelben Kaschmirpullover, dem blauen Hemd darunter, der grauen Hose und den braunen Lederpantoffeln, die ihm seine Mutter geschenkt hatte. »Wie, Zauberer?«

»Das ist sein Beruf«, sagte ich und beobachtete gebannt, wie seine Lider heftig flatterten.

»Und darf man fragen, was zum Teufel du da gemacht hast, mit einem Zauberer, mitten in der Nacht?«

Ich wusste nicht, was ich sagen sollte. Plötzlich musste ich daran denken, wie sehr ich am Anfang unserer Beziehung auf Luca eingegangen war, wie viel Elan, Zuwendung und Hingabe ich ihm entgegengebracht, wie sehr ich ihn idealisiert hatte. Doch nach kürzester Zeit hatte er all das für selbstverständlich gehalten, als hätte er ein Recht darauf, ein Recht, das er ebenso dreist wie undankbar einforderte. Ich dachte daran, wie es mich jedes Mal kränkte, wenn er meine Arbeit als belangloses Hobby abtat, seine hingegen als so unentbehrlich hinstellte wie die Ordnung der Welt und das Vergehen der Zeit, obwohl er andauernd darüber jammerte, wie eintönig sie war, wie sehr es ihn nervte, sich jeden Tag mit seinem Vater und seinem Bruder abgeben zu müssen. Zum Ausgleich rauchte er abends vor dem Fernseher einen Joint, allerdings ohne es zu genießen, aus purer Gewohnheit, als würde er eine Beruhigungspille nehmen, um den öden Alltag zu vergessen. Plötzlich war mir unbegreiflich, warum in aller Welt ich mich immer an ihn und seine Sichtweise angepasst, wie ich es so lange mit ihm ausgehalten hatte, als wäre er die einzige Alternative zur verheerenden Instabilität meines Vaters.

»Hey, würdest du mir jetzt bitte mal erklären, was du da mit ihm gemacht hast?«, fragte Luca, und seine Mundwinkel zuckten. War das nun Nervosität, ein spöttisches Lächeln, das höhnische Grinsen eines potentiellen Mörders oder nur der Ansatz eines Gähnens? Ich wusste es nicht. Vielleicht wog er ja gerade ab, ob er sich in einen Eifersuchtsanfall hineinsteigern und mir eine Szene machen oder mein nächtliches Abenteuer lieber abhaken sollte, als eine meiner gelegentlichen Eskapaden, mit denen er seine Freunde zum Lachen bringen konnte. Vielleicht überlegte er aber auch, ob er seine blutrünstigen Instinkte ausleben oder doch lieber der physischen und mentalen Behäbigkeit nachgeben sollte, die das hervorstechendste Merkmal seines Charakters war.

Schon komisch, gerade die Eigenschaften, die ich jetzt kaum noch ertragen konnte, hatte ich damals an der Schauspielschule so hinreißend gefunden, dass ich mich in ihn verliebte: die Introvertiertheit, das Schweigen, hinter dem ich unglaublich tiefschürfende Gedanken vermutete, die wütend verteidigte emotionale Distanziertheit, der Geiz, die mangelnde Leidenschaft. Damals glaubte ich, ich könnte ihm helfen, seine Probleme und Schwächen zu überwinden, genauso wie ich es bei Luigi und allen anderen geglaubt hatte. Das war der Grund, warum meine grenzenlose Nachsicht und Hilfsbereitschaft so lange meinen Frust und meine Unzufriedenheit überlagert hatten. Natürlich blieb die wundersame Verwandlung aus, nicht einmal die kleinste Evolution kam zustande; da konnte ich noch so viel reden, es war zwecklos, er hielt stur an seinen Ansichten, Ansprüchen und Erwartungen fest und bewegte sich keinen Zentimeter.

»Bekomme ich vielleicht mal eine Antwort?«, fragte Luca verunsichert, hin- und hergerissen zwischen Wut und Lethargie. »Was hast du gemacht, mit diesem blöden Zauberer?«

Eigentlich, dachte ich, lief schon seit Jahren nichts mehr zwischen uns, wir lebten bloß noch nebeneinanderher, wie Fremde, auch wenn wir im selben Bett schliefen. Dabei hatte sich etliches aufgestaut, ein unheimlicher Berg aus Dingen, die nicht funktionierten, aus unerfüllten Wünschen, enttäuschten Erwartungen, unterlassenen Gesten. Absoluter Überdruss, absolute Funkstille. Ich sagte: »Wir haben uns geküsst.«

Luca wurde noch bleicher, auch der letzte Rest von Farbe wich aus seinem Gesicht. Er fixierte mich, mit diesen hellblauen Augen, die mich früher so fasziniert hatten, mir jetzt aber nur noch wässrig vorkamen. Seine Augenlider flatterten. »Soll das ein Scherz sein, Marghe?«

Bei mir hatte sich, auch wenn es mir schwerfiel, es zuzugeben, neben dem Frust eine gehörige Portion Wut angesammelt: Unter der Oberfläche der eingespielten Routinen, der gewohnten Aufteilung von Rollen, Zeiten und Orten, brodelte es, ich war tierisch genervt von diesem vierzigjährigen Bürschchen, das es sich in der Logik des »Jeder für sich« bequem gemacht hatte, ohne jegliches Verantwortungsgefühl mir gegenüber, ohne das geringste Interesse an der Welt, an mir und an dem, was ich tat, blockiert in einer

Endlosschleife aus eingefahrenen Gewohnheiten und Einstellungen. »Nein, das ist kein Scherz.«

Seine Lider flatterten, die Lippen zitterten.

Irgendwie tat er mir sogar leid, weil er immer so leicht gekränkt war und sich hinter der eigenen Unzulänglichkeit verschanzte. Doch dann musste ich plötzlich wieder an die vermaledeite Sauternes-Flasche meines Vaters denken, an sein gebetsmühlenartig abgespultes Lamento, wie bitter ich ihn enttäuscht hatte, kein Uni-Examen, keine Hochzeit, keine Enkel und wer weiß was noch. Auch er gefangen in einer Endlosschleife. Dabei ist er es doch, der mich systematisch enttäuscht hat, solange ich denken kann, mein faschistischer Vater, der starrköpfig an seinen Glaubenssätzen festhält, während er unaufhaltsam auf den Abgrund zurast, und mich mit seiner unglücklichen Kindheit und seiner schwachen Konstitution so unter Druck setzt, dass ich schließlich Mitleid bekomme und sogar Beschützerinstinkte entwickle, auch wenn er das nun wahrlich nicht verdient hat. Mein ganzes Leben lang wurde ich enttäuscht. Erst von meinem Vater, dann von Luca. Gleich beim zweiten Mal, als wir Sex hatten, wurde ich schwanger, weil er gestresst war und ich mich von der Leidenschaft mitreißen ließ. Doch dann wusste ich nicht, was ich machen sollte, ich war achtundzwanzig, und ein Teil von mir hätte mit dem Mann, den ich liebte, vielleicht sogar gern einen Sohn oder eine Tochter gehabt, eine Familie gegründet, doch ein anderer Teil von mir fürchtete sich davor, wie meine Mutter für immer auf eine bestimmte Rolle festgelegt zu werden. Wonach ich mich sehnte, war Unterstützung, Rat und Nähe. Doch als ich das Thema anschnitt, wiegelt Luca ab, jetzt schon ein Kind, das gehe ihm zu schnell, wir hätten uns doch gerade erst kennengelernt, er fühle sich noch nicht bereit, sei noch zu jung und stehe beruflich erst am Anfang.

Folglich blieb die Entscheidung an mir hängen, tagelang war ich hin- und hergerissen, entschloss mich am Ende dann aber doch schweren Herzens, ins Krankenhaus zu gehen, und fühlte mich dabei, als hätte ich meine Freiheit zurückgewonnen – und zugleich einen unerträglichen Verlust erlitten. Und er, er wollte nichts mehr davon hören, weder damals noch später, als ginge ihn das alles gar nichts an, als trüge er keinerlei Verantwortung, als wäre das für unsere Beziehung überhaupt kein Problem. Doch dann, letztes Jahr, fragte er mich eines Abends, als wir gerade ins Bett gehen wollten, ob wir nicht vielleicht ein Kind machen sollten. Einfach so, aus heiterem Himmel, womöglich sogar auf Anregung seiner Mutter. Völlig lieblos, ohne jede Zärtlichkeit und Zuneigung, ohne die geringste Vorstellung, wie ein gemeinsames Leben aussehen könnte. Ich erwiderte, es sei absurd, auf diese Art darüber zu reden, nach all den Jahren unausgesprochener, nie aufgearbeiteter Probleme. Da war er eingeschnappt und legte das Thema wieder zu den Akten.

»Und was bedeutet das?«, fragte er nun. Anscheinend wusste er es wirklich nicht, verstand mal wieder rein gar nichts, so wie er nie etwas verstand, was mich betraf. Alles, worauf er sich verstand, war das Herumblödeln mit seinen Freunden, das unkritische Nachplappern irgendwelcher Pressemeinungen, das Disputieren mit seinem Vater und seinem Bruder oder der Gegenseite vor Gericht.

»Dass es aus ist mit uns«, sagte ich, vermutlich in einem

etwas seltsamen Ton, denn ich war genauso überrascht wie er, plötzlich diesen Punkt erreicht zu haben, nachdem ich doch Tag um Tag, Jahr um Jahr all den Frust in mich hineingefressen hatte, als könnte alles immer so weitergehen.

»Für dich vielleicht, Marghe!«, sagte Luca und schlurfte ein paar Schritte auf mich zu, in diesen grauenhaften Pantoffeln.

»Für uns beide, Luca«, sagte ich, und es kostete mich Mühe, nicht vor ihm zurückzuweichen. Auf einmal wusste ich nicht mehr, ob ich Mitleid oder Angst haben sollte, ob er gleich in Tränen ausbrechen oder mich erwürgen würde, ob ich Ruhe bewahren oder lieber schnell zur Tür rennen sollte.

Er atmete hektisch, mit bebenden Nasenflügeln und einem Glitzern in den Augen, das zwischen Aggressivität und Gleichmut schwankte, zwischen Groll und Furcht. »Ist dir eigentlich klar, was du da angerichtet hast?«

Ich nickte, doch obwohl ich litt und ziemlich verstört war, schoss mir der Gedanke durch den Kopf, dass mir seine Stimme schon immer, auch damals, als ich mich in ihn verliebte, irgendwie kraft- und ausdruckslos erschienen war.

»Wieso, Marghe?!«, sagte Luca. Im Gegenlicht der Stehlampe sah ich winzige Spritzer seiner Spucke.

»Du weißt, wieso«, sagte ich. Die ganze Situation schien mir deprimierend und gefährlich und nervenaufreibend und dramatisch und irrelevant; ich wollte nur noch weg, ins Auto springen und nach Venedig zurückfahren, auf der Suche nach einem Mann, den ich wahrscheinlich nie wiedersehen würde.

»Wieso?«, fragte Luca mit der Arroganz desjenigen, der meint, im Recht zu sein, mit der Bestürzung desjenigen, der nicht verstehen will. »Sag mir jetzt gefälligst, wieso!«

»Weil ich einfach keine Lust mehr habe!«, sagte ich so schrill, dass es ihm für einen Moment die Sprache verschlug.

»Worauf denn, verflucht noch mal?«, bellte er dann.

»Auf all das hier!«, sagte ich und deutete mit einer weit ausholenden Handbewegung auf die Wohnung, die mir nie gefallen hatte, die ich aber trotzdem all die Jahre geputzt hatte, an meinem freien Tag oder spätabends, wenn ich erschöpft von der Arbeit kam und das schmutzige Geschirr im Waschbecken vorfand. Als handelte es sich dabei um eine Art Mission, eine natürliche Bestimmung der Frau, eine gesellschaftliche Rollenzuweisung, täglich bekräftigt von Luca, seiner Familie, meiner Familie und dem Rest der Welt. Ich fragte mich, ob es womöglich auch in fortschrittlichen Beziehungen so etwas wie gegenseitige Prostitution gab: Der Mann gibt der Frau Sicherheit und männlichen Schutz (eher formal als substantiell, jedenfalls würde er sie nie vor dem Angriff eines Löwen oder seiner Mutter schützen), sie gibt ihm Sicherheit und weiblichen Schutz (eher substantiell als formal, andere sehen das gar nicht) und häusliche und sexuelle Dienstleistungen und versucht mit immenser Anstrengung, ein wenig Licht und Farbe in sein Leben zu bringen. Selbst wenn er eigentlich gar keinen Wert darauf legt und in Wahrheit allein viel besser zurechtkäme.

Luca kniff den Mund zusammen und schüttelte den Kopf, voller Verachtung und Unverständnis. Dann sah es kurz so aus, als würde er endlich etwas Wichtiges sagen, doch stattdessen machte er nur eine wegwerfende Handbewegung und sagte: »Ich gehe ins Bett.«

Ich sah ihm dabei zu, wie er sein Handy nahm und in Richtung Schlafzimmer schlurfte. Ich machte den Fernseher aus und ließ den Blick durch den Raum schweifen: ein kleines (nicht sonderlich gutes) Ölgemälde mit drei Artischocken, ein afghanischer Teppich, den ich auf einem Markt gekauft hatte, ein paar Klamotten und Schuhe im Schrank, mehr gab es hier nicht, das mir gehörte. Ich ging in die Küche, um mir einen Lindenblütentee zu machen; da wurde mir auf einmal klar, dass mich das vermutlich endgültige Aus meiner Beziehung zu Luca weit weniger aus der Fassung brachte als das mögliche Ende all dessen, was ich mit Jules erlebt hatte. Der Gedanke, dass ich ihn vielleicht nie wiedersehen würde und keine Möglichkeit hatte, Kontakt zu ihm aufzunehmen, war mir unerträglich. Ich konnte mir einfach nicht erklären, wieso wir nicht wenigstens unsere Telefonnummern oder Mailadressen ausgetauscht, irgendeine Verabredung getroffen hatten, wie vage auch immer, und sei es in drei Monaten, an irgendeinem beliebigen Ort der Welt.

Ich trank den Lindenblütentee mit einem Löffel Kastanienhonig und überließ mich der Müdigkeit; ich holte mir eine Decke und ein Kissen aus dem Schrank im Flur und legte mich aufs Sofa, so wie ich es auch früher schon häufiger gemacht hatte, wenn Luca zu stark schnarchte und ich trotz Ohrstöpseln und Tabletten neben ihm keinen Schlaf fand.

Um acht Uhr morgens stand ich
am Anleger am Rio della Pietà

Um acht Uhr morgens stand ich am Anleger am Rio della Pietà, obwohl ich weder auf Alvise mit dem Gemüse aus Sant'Erasmo noch auf Claudio mit dem Fisch aus Chioggia warten musste, weil das Restaurant an diesem Abend geschlossen blieb. Ich gab mir Mühe, nach vorne zu schauen, doch meine Gedanken kehrten immer wieder zu dem gerade erst Erlebten zurück: wie ich vor einer Stunde die Wohnung in Mestre verlassen hatte, mit einem Gefühl der Befreiung, als wäre ich einem Gefängnis entkommen; wie ich um drei Uhr nachts dort angekommen war, mit verzehrender Wehmut und ohne jedes Schuldgefühl; wie ich mit Jules durch die leere, schlafende Stadt gelaufen war; wie ich vor ihm weggelaufen und dann doch stehen geblieben war. Was ich empfunden hatte, war immer noch vollkommen lebendig, wiederkehrend, eindringlich: Es kribbelte auf den Lippen, auf der Zunge, in den Fingern, auf dem Handrücken, am Hals, in den Ohrmuscheln, an den Schläfen, den Nasenflügeln, im Herz und im Magen.

Ich setzte mich auf eine Stufe, starrte in das trübe Wasser und grübelte: Was Jules wohl gerade machte, wartete er am Bahnhof auf seinen Zug oder am Flughafen auf seinen Abflug? Oder war er womöglich schon längst abgereist und irgendwo angekommen? Jede Annahme erzeugte ein Bild in mir, bei dem ich zusammenzuckte, bevor das nächste Bild auftauchte, bei dem ich erneut zusammenzuckte. War er genauso berauscht von den Empfindungen der letzten Nacht, oder hatte er sie womöglich schon abgehakt? Dachte er sehnsüchtig an mich, oder hatte er mich womöglich schon vergessen? Wieso hatten wir weder Telefonnummern noch Adressen ausgetauscht, lag das an seiner Nachlässigkeit oder an meiner Feigheit? Weil ich mit einem anderen zusammenlebte und er Zauberer war?

Jetzt lebte ich mit keinem mehr zusammen, das war sicher, auch wenn es vielleicht noch ein paar Dinge zu klären, ein paar (wenige) Sachen abzuholen und ein paar Leute zu informieren gab. Aber Jules war immer noch ein Zauberer. Wenn ich es recht verstanden hatte, beschränkte sich seine Zauberkunst nicht allein auf sein Berufsleben, sondern reichte auch ins Private hinein: Wie sonst war sein Auftauchen und Verschwinden zu erklären, zweimal in drei Tagen? Für ihn war das vermutlich normal, aber ich hatte nun wahrlich andere Sorgen, als mich auf die Suche zu machen nach einem, der plötzlich auftauchte und dann genauso plötzlich wieder verschwand. Was ich jetzt wollte, war, mich endlich ohne Ablenkung in die Arbeit zu stürzen, jetzt, wo ich nicht mehr zwischen Venedig und Mestre hin- und herfahren musste, um für Luca die Köchin und das Dienstmädchen zu spielen. Außerdem musste ich endlich damit aufhören, von meinem Vater Dinge zu erwarten, die er mir nie geben würde, ich musste endlich damit aufhören, das kleine Mädchen zu sein, das auf Anerkennung und Legitimierung angewiesen ist. Ich musste ein neues

Gleichgewicht finden, selbständiger werden, weitergehen.

Darüber hinaus brauchte ich auch eine neue Unterkunft in Venedig, denn zu meinen Eltern konnte ich nicht zurück, nicht einmal für ein paar Tage, da wäre ich verrückt geworden. Zwar hatte Emanuela mir schon öfter angeboten, im Notfall könnte ich jederzeit bei ihr unterkommen, aber ich war noch nie gern zu Besuch bei anderen. Auch bei Luca hatte ich mich im Grunde immer wie ein Gast gefühlt; es war mir immer klar gewesen, dass es seine Wohnung war, nicht meine. Ich fragte mich, ob mein Arbeitseifer womöglich als Kompensation für mein unbefriedigendes Gefühlsleben diente, ob mein Gefühlsleben ohne mein starkes Engagement für das Restaurant womöglich besser dastehen würde. Aber ohne diese Leidenschaft wäre ich eingegangen, sie war unverzichtbar, wichtiger als alles andere. Vielleicht war die Begegnung mit Jules ja eines dieser Schlüsselerlebnisse, die einen dazu bringen, etwas zu tun, was man sonst nicht geschafft hätte; vielleicht sollte ich das alles mal unter diesem Gesichtspunkt sehen, ohne gleich Gott weiß welche Erwartungen daran zu knüpfen. Aber ich schaffte es nicht: Der Aufruhr der Gefühle war zu groß, mein Herz schlug zu unregelmäßig.

Ich versuchte daran zu denken, dass ich am Abend zu meinen Eltern gehen würde, um mit ihnen den Auftritt meines Vaters bei *Chef Test* anzusehen. Wieder würde ich die brave Tochter spielen, schließlich war ich ja auch mit nach Mailand gefahren, außerdem brauchte er ein wohlmeinendes Publikum, nicht bloß meine Mutter mit ihrer dauernden, wenig aussagekräftigen Krittelei. Doch kaum hatten sich meine Gedanken ein paar Zentimeter vorgewagt, sprangen sie sofort wieder zurück zur vergangenen Nacht. Es war sinnlos.

Zweifellos wäre es mir viel bessergegangen, hätte ich tatsächlich auf Alvise gewartet, ihm dabei zugesehen, wie er in seiner Caorlina mit den Gemüsekisten den Kanal heruntergerudert kam. Er hätte angelegt, die Stricke um die Kisten gelöst, und es wären Spitzkohl, Wirsing, Fenchel und grüne Bohnen zum Vorschein gekommen, die dieses Jahr glücklicherweise spät gesät und spät geerntet wurden. Dann hätte ich mich ans Aussuchen gemacht – und vielleicht für ein paar Minuten Jules und seine Küsse vergessen und nicht mehr daran gedacht, dass mein Leben völlig aus den Fugen geraten war.

Um acht Uhr abends stand ich vor dem Haus meiner Eltern am Campo Pisani

Um acht Uhr abends stand ich vor dem Haus meiner Eltern am Campo Pisani und drückte die Klingel, weil ich in meiner momentanen Verfassung absolut keinen Nerv hatte, in meiner vollgestopften Tasche erst noch ewig nach dem Schlüssel zu suchen. Wie gewöhnlich musste ich gut eine halbe Minute warten, bis meine Mutter sich endlich meldete, in demselben leicht alarmierten, leicht erstaunten Ton wie immer.

Ich stieg die steile Treppe bis zum vierten Stock hinauf, die mir seit einiger Zeit Sorgen bereitete, da ich befürchtete, mein Vater könnte hier leicht stürzen, weil er wacklig auf den Beinen war, es eilig hatte oder zerstreut war.

Meine Mutter stand an der Tür, mein Vater direkt dahinter im Flur, sie schien sich zu freuen, mich zu sehen. Jedes zweite Mal, wenn wir uns treffen, lächelt sie, und dieses Lächeln reicht, um all meine Vorbehalte hinwegzufegen. Allerdings ist das eine Art Nullsummenspiel, das mich jedes Mal wieder auf Start zurückwirft, denn wenn sie lächelt, lächelt mein Vater garantiert nicht, weil er sich über sie geärgert hat, mal wieder mit seinen Exteilhabern hadert oder gleich mit der ganzen Welt. Wenn er so drauf ist, kann ich eigentlich gleich wieder gehen. Wenn er jedoch lächelt, löst sich meine abwehrende Haltung ebenso rasch auf wie die Gründe dafür. Dann bin ich wieder ganz die Alte: verständnisvoll, fürsorglich, hilfsbereit.

»Kommt Luca auch?«, fragte mein Vater und warf einen Blick ins Treppenhaus.

»Nein«, sagte ich nur, denn das schien mir wahrlich nicht der richtige Augenblick, um zu verkünden, dass ich nun plötzlich wieder Single war und ohne Wohnung. Allerdings hielt sich sein Interesse ohnehin stark in Grenzen; bei den seltenen Gelegenheiten, in denen Luca mich begleitete, behandelte mein Vater ihn zwar gastfreundlich und höflich, ich kann mich aber nicht erinnern, dass er jemals versucht hätte, sich ein Bild davon zu machen, was für ein Mensch Luca war oder wie unser Zusammenleben aussah. Das hatte nichts mit Luca zu tun, vielmehr war ihm mein Liebesleben schon immer egal, er hatte mich nie danach gefragt, auch nicht als Teenager, als ich eigentlich erwartet hätte, dass er mir gewisse Grenzen setzen würde. Damals glaubte ich nämlich, dass er seine politische Überzeugung und seinen Despotismus auch auf meine ersten amourösen Abenteuer übertragen würde, aber weit gefehlt. Er verkniff sich jeden Kommentar, jedes Urteil. Keine Ahnung, ob aus Diskretion oder mangelndem Interesse, aber im Grunde ist er so mit sich selbst beschäftigt, dass da für das Gefühlsleben seiner Tochter einfach kein Platz mehr ist. Die Kommunikation zwischen uns ist einseitig, alles dreht sich nur um ihn, auch wenn er sich hin und wieder zu emphatischen Äußerungen hinreißen lässt, wonach ich angeblich der Sinn seines Lebens bin. Vermutlich glaubt er das tatsächlich, was jedoch nichts daran ändert, dass ihm die Mittel fehlen, sich um andere zu kümmern.

Manchmal redet er mit mir, als wäre ich der einzige Mensch auf der Welt, der ihn versteht; mitunter liebäugelt er sogar mit der Idee, sich mit mir gegen meine Mutter zu verbünden, die beiden Dickschädel gegen die immer etwas zerstreute Frau. Inzwischen versuche ich, dem tunlichst aus dem Weg zu gehen, doch jahrelang war ich zu allem bereit, um ihn für mich einzunehmen, das ging sogar so weit, dass ich mich in seine Männerwelt aus Überheblichkeit und Waghalsigkeit vorwagte, genauso wie ich es später auch bei anderen, Luca inklusive, gemacht habe. Erfolglos, sowohl bei ihm als auch bei den anderen, denn kaum war die traute Eintracht bei einem Boxkampf, einer politischen Analyse, einer ökonomischen Einschätzung oder einem blöden Spruch vorbei, verkrochen er und die anderen sich schlagartig wieder in ihren Wahnvorstellungen und schlossen mich aus, die blöde, verständnisvolle, einfühlsame Frau, die einem nur auf die Nerven ging. Doch damit war jetzt Schluss, jeder Mann, der es ernst mit mir meinte, musste sich von nun an gefälligst auf mein Feld begeben, nicht umgekehrt.

Mein Vater stand in der Küche am Herd, deutete auf eine ovale Platte mit sorgfältig arrangierten Fangschreckenkrebsen und sagte: »Stellst du das nun endlich auf den Tisch?«

Ohne jeden Protest nahm meine Mutter die Platte, schüttelte lediglich den Kopf.

»Ich bin schon gespannt, was für ein Gesicht meine Ex-teilhaber machen, wenn sie hören, dass ich sie in aller Öf-fentlichkeit als Diebe und Betrüger bezeichne!«

»Hoffen wir mal, dass sie dich nicht verklagen«, sagte meine Mutter.

»Darauf warte ich doch nur!«, platzte es aus meinem Vater heraus. »Dann sehen wir uns vor Gericht, und ich mache sie fertig!«

»Aber das ist doch schon mal schiefgegangen«, konstatierte meine Mutter sachlich, allerdings ohne die geringste Hoffnung, ihn zur Vernunft zu bringen.

»Du bist wirklich eine tolle Stütze«, sagte mein Vater. »Kaum bietet sich die kleinste Gelegenheit, mir in den Rücken zu fallen, bist du sofort zur Stelle!«

»War nicht so gemeint«, sagte meine Mutter und betrachtete die Krebse auf der Platte.

»Na klar«, sagte mein Vater. »Das ist es ja nie!«

»Jetzt hört schon auf zu streiten«, sagte ich, auch wenn ich genau wusste, dass es keinen Sinn hatte, ihren ewigen Kleinkrieg besänftigen zu wollen. »Gehen wir lieber die Krebse essen!«

»Ja, das wird das Beste sein!«, sagte mein Vater, nahm meiner Mutter die Platte aus der Hand und trug sie selbst ins Esszimmer.

Der Tisch war wie immer makellos gedeckt, mit Leinenservietten, drei Besteckereihen, drei Gläsern und silbernen Messerbänkchen im englischen Stil, wie man sie sonst nirgendwo mehr zu sehen bekommt. Doch auf diese Feinheiten legte mein Vater großen Wert, wenn er Gäste zum Essen einlud. Kennengelernt hatte er sie bei der reichen Familie aus Ancona, wo seine Mutter arbeitete, bevor sie nach Argentinien auswanderte. Und denselben Aufwand betrieb er auch in seinem Restaurant im Sestiere San Marco. Als wir ihn aufforderten, nicht zu übertreiben, hörte er natürlich nicht auf meine Mutter und mich und trieb dadurch die

Kosten nur noch weiter in die Höhe, was letztendlich zum Ruin führte. Aber es war sinnlos, darüber nachzudenken, meinem Vater war nicht zu helfen, er war unverbesserlich.

»Du isst ja gar nichts«, sagte er provozierend, wie immer, wenn er zu einem Gericht, das er gekocht hatte unbedingt meine Meinung hören wollte. Auf dem Weg zurück in die Küche warf er mir einen langen, prüfenden Blick zu.

Er hatte die *Canoce* auf provenzalische Art zubereitet, erst mit Schalotten (kein Knoblauch, der schmeckte seiner Meinung nach zu aufdringlich) und feingehacktem Basilikum in der Pfanne sautiert, dann mit Weißwein besprengt und mit Semmelbröseln bestreut, bevor sie in den Ofen kamen. Langsam kostete ich das zarte weiße Fleisch, es schmeckte delikat, nach Meer. Auch mir gelangen sie gut, aber seine *Canoce* waren noch einen Tick besser, geradezu ein Gedicht, vielleicht wegen der ganz besonderen Hingabe, mit der er auf die Dosierung der Zutaten und die Temperatur achtete. Oder aber es kam mir nur so vor, weil ich aus alter Gewohnheit dazu neigte, jedes Gericht zu verklären, das er mir vorsetzte. Jetzt, da er nur noch für sich und wenige andere kochte, war alles noch viel raffinierter als früher im Restaurant, wo er zweimal am Tag zahlreiche Gäste zu verköstigen hatte – jetzt endlich war er in unbekanntes Terrain vorgedrungen, das sich ihm auf einmal ohne weiteres erschloss.

»Und, wie sind die *Canoce*?«, fragte er, als er aus der Küche zurückkam, richtete die Frage aber nur an mich, obwohl meine Mutter neben mir saß und haargenau dasselbe aß. Er hatte diese Art, sie zu ignorieren, als wäre sie überhaupt nicht da, oder nur da, um ihn zu kritisieren, in jedem

Fall brachte sie ihm wohl nie den Enthusiasmus entgegen, den er seiner Meinung nach verdiente. Und tatsächlich hütete sie sich davor, ihn allzu sehr zu loben, auch wenn das Essen ausgezeichnet war.

»Lecker«, sagte ich. Es war ganz schön kompliziert, an das zarte, weiße Fleisch heranzukommen, man musste mit den Zähnen die Schale knacken, mit der Zunge hineinfahren, wobei man sich leicht schneiden konnte, und dann saugen; und nie bekam man alles, was man eigentlich wollte. *Canoce* zu essen kam mir vor wie eine Metapher für die Liebe. Und für die Beziehung zu meinem Vater.

»Ja und nein«, sagte meine Mutter. Das war eine ihrer typischen Antworten, die meinen Vater (und mich) zur Verzweiflung bringen konnten.

»Sie sahen so gut aus, da konnte ich einfach nicht widerstehen«, sagte mein Vater, ohne sie zu beachten.

»Das glaube ich gern«, sagte ich und dachte daran, wie sehr er meine Weigerung missbilligt hatte, Hummer und andere Krustentiere lebendig ins kochende Wasser zu werfen, das war ihm unbegreiflich, wie konnte ich nur, erst mein Verzicht auf Fleisch und dann auch noch das. Fassungslos hatte er mich angesehen, wie eine Vertreterin westlicher Dekadenz, eine Verräterin an den Prinzipien der guten Küche (und seiner im Besonderen). Sicherlich hatte er darin eine Provokation gesehen, eine grundsätzliche Ablehnung, obwohl ich sie nicht in Worte zu fassen wagte. Und damit hatte er nicht ganz unrecht.

»Aber?«, fragte er, schon wieder auf dem Weg in die Küche.

»Was aber?«, fragte ich.

»Sie haben nicht genug Fleisch!«, rief er von draußen. »Man muss doch bis Dezember oder Januar warten, mit den Fangschreckenkrebsen!«

Das stimmte, aber ich wollte es nicht zugeben, denn erst jetzt wurde mir klar, dass er mich auf die Probe gestellt hatte. »Trotzdem gut!«, brüllte ich.

Aus der Küche kam keine Antwort. Er hatte nur einen gegessen, die anderen lagen noch auf seinem Teller.

»Und wann geht's los, so um halb zehn?«, bei Uhrzeiten war meine Mutter noch vager als bei allem anderen, vielleicht um sich von dem Pünktlichkeitswahn meines Vaters abzugrenzen, vielleicht um ihn zu provozieren.

»Um neun, Teresa«, sagte ich, leicht verärgert wie mein Vater, weil er es ihr schon viermal gesagt hatte.

»Und wann kommt Achille?«, fragte meine Mutter, wobei sie den letzten Krebs mit der Gabel umdrehte.

»Keine Ahnung«, sagte ich. Mir fiel wieder ein, wie sie mir mit zwölf einmal ein Hofdamenkostüm zum Karneval gekauft hatte, so eines, wie man es im sechzehnten Jahrhundert getragen hatte, und dann mit mir auf den Markusplatz gegangen war. Sie hatte mir gezeigt, wie man den Kopf neigte und einen Knicks machte, um sich bei den Touristen für ein Kompliment zu bedanken. Auch mein Verhältnis zu ihr war ziemlich eigenartig, oft durch Zweifel und Unverständnis geprägt, mit seltenen Episoden erstaunlicher Nähe. Als ich klein war, gab es eine Zeit, da war sie ganz versessen darauf, mich hübsch anzuziehen und auszustaffieren wie eine Puppe; es gibt Fotos von mir, darauf bin ich vielleicht vier oder fünf und derart herausgeputzt, dass es schon fast peinlich ist, beinahe wie eine große, übermäßig dekorierte Geburtstagstorte. In anderen Phasen war meine Mutter noch verträumter als ich, dann sah sie aus wie eine Sphinx. Einmal, das war im Sommer in Lignano Sabbiadoro, hatte sie eine Affäre mit dem Klavierspieler aus einer Piano Bar, zumindest glaubte ich das, weil sie mich jeden Abend in das Lokal schleppte, um seinem Spiel zu lauschen, und nachts, wenn sie dachte, ich sei eingeschlafen, aus unserem Zimmer verschwand. Mitunter kamen ihre Versuche, mit mir zu kommunizieren, zum falschen Zeitpunkt, mitunter waren sie erstaunlich dringlich. Als ich neun war, kaufte sie mir ein Aufklärungsbuch mit vielen Illustrationen und ging es Seite für Seite mit mir durch, erklärte mir sämtliche Organe und deren Funktion. Doch als ich dann mit dreizehn unbedingt mit ihr reden wollte, weil ich Krämpfe hatte und blutete, ging sie gar nicht darauf ein, steckte mir nur kommentarlos Geld zu und schickte mich in die nächste Apotheke, um Binden zu kaufen. Als ich vierzehn war, lief sie einmal, warum, weiß ich nicht mehr (obwohl ich unzählige Male versucht habe, mich daran zu erinnern), mit einer Glasflasche in der Hand hinter mir her, um sie mir auf den Kopf zu schlagen. Ich musste ganz schön rennen, um ihr zu entkommen.

Skeptisch, vielleicht aber auch besorgt deutete meine Mutter in Richtung Küche und raunte mir zu: »Hast du gesehen, wie aufgedreht Achille wegen der blöden Sendung ist?«

»Ja, habe ich.« Ich konnte mir lebhaft vorstellen, wie frustrierend es sein musste, eine Ehe zu führen mit so einem unsensiblen Mann, der nicht das geringste Verständnis aufbrachte für die Bedürfnisse einer Frau. Sicher, in den goldenen Jahren, als das Restaurant boomte und die Einnahmen trotz aller Verschwendung dauerhaft zu sprudeln schienen, bekam sie von ihm immer genügend Geld, um für uns beide schöne Kleider und Schuhe zu kaufen, aber sonst nichts, keine liebevolle Geste, kein Kompliment, keine Ermunterung, etwas Eigenes zu tun. Damit hat er sie immer weiter Richtung Mond gedrängt, da darf man sich heute nicht wundern, dass sie dort einen Großteil ihrer Zeit verbringt.

Kopfschüttelnd verzehrte meine Mutter langsam den letzten Krebs. Bestimmt war ihr Leben sehr einsam, mit einem Ehemann, der sich nur für sich und seinesgleichen interessierte, nie zu Hause war, weil er dauernd arbeitete, und sich an seinem Ruhetag am liebsten in sein Zimmer setzte, um historische Abhandlungen aus der falschen Perspektive zu lesen. Und als es dann mit dem Restaurant unaufhaltsam bergab ging, riss er sie einfach mit in den Abgrund, ohne die geringste Vorwarnung. Er setzte alles auf eine Karte, als hätte er keinerlei familiäre Verpflichtungen – und verlor alles. Eigentlich ein Wunder, dass er die Wohnung behalten durfte (und das Boot, aber dafür hatte sich niemand interessiert). In meinen Augen war mein Vater das perfekte Beispiel dafür, was mit einem Mann passiert, wenn er grundsätzlich nicht auf Frauen hört: Er verfällt einem absurden Ehrgeiz, der ihn überwältigt und mit sich fortreißt, bis irgendwann alles zerstört ist, was er sich aufgebaut hat. Kein Wunder, dass er Napoleon so verehrt, er mit seinen spektakulären Triumphen, seinem desaströsen Untergang, seinem Gejammer und den zweifelhaften Rekonstruktionen, die er in der Verbannung auf St. Helena schrieb.

Als ich meiner Mutter half, die Teller abzuräumen, warfen wir uns einen verschwörerischen Blick zu.

»Hat er seine Exteilhaber wirklich als Diebe und Betrüger bezeichnet?«, fragte sie.

»Ja«, erwiderte ich. »Keiner konnte ihn stoppen, weder seine Kollegen noch die Leute von der Produktionsfirma.«

»Und hat er die auch brüskiert?«

»Nicht zu knapp«, sagte ich. »Er war gnadenlos und hat die Vorführung dreimal unterbrochen. Du hättest sehen sollen, wie die geguckt haben.«

»Wie auf frischer Tat ertappte Gauner, was sie ja auch sind!«, rief mein Vater, der uns offenbar gehört hatte. »Die mit ihrem albernen Geschwafel! Denen habe ich eine schöne Lektion erteilt! Das ist auch für die Zuschauer aufschlussreich, endlich kriegen die was anderes zu hören als das ständige Geschwätz über ihre ach so gehobene Küche. Alle werden endlich kapieren, dass Incapaci und die beiden anderen Scharlatane nichts sind als aufgeblasene Wasserkocher! Ganz zu schweigen von den sogenannten Autoren, diesen unrasierten, triefäugigen Affen mit ihrem Verschwörergehabe um nichts und wieder nichts!«

»Aber die waren doch bestimmt beleidigt«, sagte meine Mutter.

»Und wenn schon!«, sagte mein Vater. »Die können mich mal! Die haben es doch nicht anders verdient! Was zählt, ist, dass sie, wenn auch zähneknirschend, meine Bedeutung für die italienische Küche anerkennen mussten! Da kamen sie gar nicht dran vorbei!«

Wir folgten ihm zurück an den Tisch und sahen zu, wie er die Schüssel darauf absetzte. Zuerst befüllte er meinen Teller, dann, widerstrebend, den meiner Mutter. Das Risotto alla crema di scampi zerging auf der Zunge und schmeckte derart phantastisch, dass mir die Tränen kamen. Der Reis, die gehackten Scampi, die passierten Tomaten, Butter, Cognac, Schalotten, Möhren, eine Prise Kurkuma, Olivenöl, dazu noch ganze Scampis und alles verband sich zu einem Amalgam, das noch sensationeller schmeckte als das gefeierte Risotto mit Scampi und Champagner von der Karte des *Malventi* und später des *Mal20*.

Mein Vater hatte das Risotto noch nicht angerührt, warf mir prüfende Blicke zu und wartete auf meine Reaktion.

Ich nahm eine zweite Gabel, kaute langsam. Bei solchen Gerichten frage ich mich immer wieder, wie es sein kann, dass ein Mann, der bei der Zusammenstellung und Dosierung von Zutaten eine solche Sorgfalt, Sensibilität und Geduld an den Tag legt, ansonsten so taub sein kann für jede weibliche Stimme und sich umstandslos mit den schlimmsten, gewaltverherrlichenden Ideologien der Menschheitsgeschichte identifiziert. Aber vielleicht drängt ihn ja gerade das Wissen um seine weibliche Seite dazu, die schlimmsten männlichen Eigenschaften hervorzukehren, egal, wie sehr sie seinem wahren Wesen widersprechen.

Wie dem auch sei, jedenfalls kann ich sein Essen nie ungestört genießen, weil sich sofort solche negativen Gedanken einstellen und mir den Spaß verderben.

»Nun?«, fragte er mit bohrendem Blick.

»Exquisit«, sagte ich und tupfte mir die Mundwinkel ab.

Leicht verlegen senkte er den Blick, denn er hatte noch nie mit weiblichen Gefühlsäußerungen dieser Art umgehen können.

Wir aßen schweigend, wie immer, wenn mein Vater nicht in Stimmung ist für einen seiner Monologe über seine Kindheit, seine Kochkunst oder die schlimmen Zeiten, in denen wir leben. Wenn ich etwas erzähle (meist sehr, sehr knapp), fragt meine Mutter gewöhnlich nach, lässt sich das eine oder andere, das im Grunde vollkommen offensichtlich ist, noch einmal erklären, während mein Vater gar nicht richtig zuhört und nur auf ein Stichwort wartet, um einzuhaken und wieder von sich zu erzählen. Eine richtige Unterhaltung ist mit meinen Eltern unmöglich.

Ich sah die beiden an, so verschieden in Aussehen, Alter und Charakter, beide mit einem perfekten Wissen um die Schwächen des anderen, beide mit festverwurzelten Vorbehalten. Dann glaubte ich, mich selbst von außen zu sehen, wie ich da zwischen ihnen saß: das Resultat der Vereinigung zweier eigentlich unvereinbarer Wesen, mit den Schwächen von beiden. Die einzige Tochter, die mit vierzig nun auch nicht mehr die Jüngste ist, sich aber trotzdem immer noch nicht wie eine richtige Frau fühlt, weil sie so rein gar nichts vorzuweisen hat von all dem, was Frauen in ihrem Alter normalerweise auszeichnet: Reife, Erfüllung, Schicksalsergebenheit, Nachkommen. Wenn auch zum Glück keine Anzeichen von körperlichem Verfall, ein paar Falten, das schon, ein paar graue Haare und ein paar Kilo zu viel, aber ansonsten fühle ich mich eigentlich noch genauso wie mit acht oder fünfzehn, schon damals konnte ich sein Essen nicht genießen, obwohl ich wusste, dass es unglaublich gut war. Wie oft habe ich schon mit dem Gedanken gespielt, aus Venedig wegzugehen und irgendwo auf einer abgelegenen Insel ein kleines Restaurant zu eröffnen. Aber Tatsache ist, dass ich mich nicht trennen kann, ich hänge einfach viel zu sehr an meiner Heimatstadt und meinen Eltern, trotz all ihrer Schwächen, oder vielleicht gerade deshalb. Wahrscheinlich ziehe ich Schwächen magisch an, denn immer wenn ich versuche, sie abzuschütteln, werde ich automatisch, ganz ohne mein Dazutun, wieder auf sie zurückgeworfen.

Als wir mit dem Risotto fertig waren, stand mein Vater auf und sagte: »Als zweiten Gang gibt es eine schöne Zahnbrasse. Aus Wildfang natürlich.«

»Ich kann nicht mehr«, sagte ich. »Ich esse sonst nie um diese Zeit, normalerweise stehe ich da in der Küche und arbeite.«

»Ich weiß«, sagte mein Vater, als wüsste er alles über mein Leben, als wäre es ungerecht von mir, das Gegenteil anzunehmen. »Aber probiere doch wenigstens mal, ich glaube, es lohnt sich.«

Meine Mutter hob nur leicht die Hände, mit einer Miene, die alles bedeuten konnte. Oder auch gar nichts.

Also räumten wir die Teller ab und sahen auf die Uhr, es war fünfundzwanzig Minuten vor neun. Da fiel mir wieder ein, wie sie einmal, da war ich vielleicht elf, schreiend die Flucht ergriffen und sich in ihrem Zimmer eingeschlossen hatte. Bei diesem ersten Mal rannte ich ihr mit klopfendem Herzen hinterher und trommelte gegen die Tür. Als sie aufmachte, sah sie mich wie gewohnt mit rätselhafter Miene an und sagte: »Ach, das war nur ein Befreiungsschrei.« Auch musste ich daran denken, wie ich sie einmal, als ich schon auf dem Gymnasium war, dabei erwischt hatte, wie sie in meinem Tagebuch las oder ein andermal ein Telefongespräch mit meinem ersten Freund belauscht hatte. Unzählige Male hatte ich mir vorgenommen, auf keinen Fall so zu werden wie sie oder wie mein Vater. Ich könnte zwar nicht genau sagen, wie ich tatsächlich bin, aber bestimmt bin ich nicht wie sie, und vielleicht kann ich zumindest das als kleinen persönlichen Erfolg verbuchen. Auch in der Arbeit gehe ich eigene Wege: Obwohl ich von meinem Vater viel gelernt und bei ihm die ersten praktischen Erfahrungen gesammelt habe, arbeite ich inzwischen doch ganz anders als er; alle dogmatischen Vorschriften, mit denen er mich in meiner Lehrzeit getriezt hat, habe ich abgelegt, viel experimentiert, der Kreativität freien Raum gelassen und so meinen ganz persönlichen Stil entwickelt. Natürlich habe ich mir mit der Entscheidung, denselben Beruf zu ergreifen wie er, das Leben nicht gerade leichtgemacht, dennoch war es der einzige Weg, denn ohne Kochen, ohne Tüfteln an Rezepten und Zubereitungsarten wäre ich eingegangen. Kochen ist nun einmal das, was ich am besten kann, es ist meine Rettung, meine Ausdrucksform, mein Quell der Freude, meine Art, mit anderen zu kommunizieren und ihnen damit hoffentlich auch ein bisschen Freude zu bereiten. Vielleicht habe ich jetzt endlich die kämpferische Phase der Konfrontation, der Abgrenzung und Selbstbehauptung hinter mir gelassen, vielleicht bin ich gerade dabei, die zu werden, die ich sein will, und nicht mehr die, die mein Vater sich wünscht.

Mein Vater kam mit einer feuerfesten Form zurück, stellte sie auf den Tisch und sagte in dem sachlich-schnörkellosen Ton, der auch in seinen Restaurants herrschte: »Zahnbrasse in Selleriecrème mit Knollenselleriespänen und Dill.«

Meine Mutter und ich reckten uns, um besser zu sehen, ich auch, um daran zu riechen: Die Farben waren sehr schön, der Rücken dunkelgrau, fast blau schimmernd, die Seiten silbern, der Bauch weiß, der Duft verführerisch.

Mein Vater filetierte den Fisch, entfernte die Gräten in erstaunlichem Tempo und mit bewundernswerter Präzision, trotz der leicht zitternden Hände. »Esst jetzt, um neun beginnt die Sendung.«

Die Brasse war wunderbar, das Fleisch fest, aber zart und schön saftig unter der knusprigen Haut. Die Selleriecrème hatte ein feines Aroma, abgeschmeckt mit einer Spur Gewürz, die in Ei gewendeten und frittierten Selleriespäne waren ein Gedicht, der feingehackte Dill gab dem Ganzen eine frische, leicht minzige Note. Ich hätte vielleicht Sternanis oder wilde Fenchelsamen genommen; aber eigentlich reden wir so gut wie nie über unterschiedliche Zubereitungsweisen. Meistens sieht er in mir gar nicht die Kollegin, als hätte ich mir eine ganz andere Branche ausgesucht, von der er nichts versteht und für die er sich auch nicht interessiert. Aber so einfach ist es dann doch wieder nicht (nichts ist einfach bei uns), denn immer wenn er mir etwas vorsetzt, beobachtet er eingehend, was ich für ein Gesicht mache, analysiert meine Kommentare, meinen Tonfall. Das macht er, weil er weiß, dass ich gut bin, auch wenn er das nie offen aussprechen würde. Ich hingegen zögere, sage zunächst nichts, nehme immer erst noch eine zweite Gabel, um ihn ein bisschen auf die Folter zu spannen. Das ist die einzige kleine Macht, die ich über ihn habe, und ich setze sie extrem vorsichtig ein, aus Furcht vor schlimmen Reaktionen.

»Und? Wie schmeckt's?«, fragte mein Vater. Er hob rasch den Blick, senkte ihn wieder, sah wieder hoch.

»Köstlich«, sagte ich.

»Der Sellerie ist ein bisschen bitter«, sagte meine Mutter, um ihn bloß nicht zu viel zu loben.

Einmal mehr tat mein Vater so, als hätte er nichts gehört, und sah mich weiter an. »Könntest du dich vielleicht ein bisschen weniger allgemein ausdrücken?«

»Die perfekte Zahnbrasse«, sagte ich und versuchte, meine Empfindungen in Worte zu fassen. »Zart, aber fest, komplex, aber wiedererkennbar, vertraut. Die Selleriecrème ist mild, beruhigend, der Dill bildet einen schönen Kontrast.«

Mein Vater nickte, wandte dann aber rasch den Blick ab, als habe er genug gehört. Er griff nach seiner Gabel.

Wir aßen schweigend, aber es war klar, dass keiner von uns sich so recht auf den Geschmack konzentrieren konnte, wie gut er auch sein mochte. Dass wir in Kürze sehen würden, wie mein Vater im Fernsehen Revanche nahm, beherrschte unser Denken und lenkte uns ab. Immer wieder sah ich auf die Louis-Philippe-Uhr auf der Konsole, eins der wenigen wertvollen Objekte, die mein Vater noch nicht verkaufen musste. Mal dauerte es noch viel zu lange bis zum Beginn der Sendung, dann wieder verging die Zeit viel zu schnell.

Irgendwann fing mein Vater meinen Blick auf, sprang ruckartig auf und sagte empört: »Wieso sagt mir denn keiner, dass es gleich losgeht?«

»Ist es denn schon so weit?«, fragte meine Mutter, und wieder wusste man nicht, ob sie absichtlich so abwesend tat.

Wir ließen die Teller stehen, gingen hinüber zum Fernseher, einem grauen Ungetüm, das damals, als mein Vater es kaufte, auf dem neuesten technischen Stand war, jetzt aber wie ein archäologisches Fundstück wirkt. Meine Mutter holte sich einen Stuhl und setzte sich, wie immer jederzeit bereit, aufzustehen und wegzugehen. Ich setzte mich zwar auf das Sofa, rechnete jedoch nicht damit, das Spektakel in aller Ruhe genießen zu können, dafür waren wir alle drei viel zu aufgeregt.

Mein Vater fummelte an den beiden Fernbedienungen herum und drückte wahllos die Tasten des Decoders und des Fernsehapparats, viel zu nervös, um den richtigen Kanal zu finden.

Ich unterdrückte den Impuls, aufzustehen und ihm zu helfen, denn ich wusste, wie er reagieren würde.

»Ich glaube, den Anfang haben wir schon verpasst«, sagte meine Mutter und machte damit alles nur noch schlimmer.

»Könntest du bitte damit aufhören, alles zu sabotieren, Teresa?!«, sagte mein Vater. »Wenigstens ein Mal in meinem Leben?« Er drückte noch hektischer auf den Tasten herum und fand schließlich, wie durch ein Wunder, den Kanal von *Chef Test*.

Tatsächlich lief die Sendung schon ein paar Minuten: Saltalacqua, Capaci und Evangelista standen auf ihrem Podest und waren gerade dabei, den Chefkoch-Anwärtern den Ablauf zu erklären, ihnen mahnende Worte für die Zukunft mitzugeben und in stockendem Ton pseudophilosophische Bemerkungen zu machen. Dann forderte Saltalacqua die Kandidaten auf, die Cloches abzunehmen und sich die Zutaten anzusehen, mit denen sie nun ein Gericht kochen sollten; auf dem Bildschirm folgte eine Montage der Reaktionen, von Entsetzen bis Begeisterung. Anschließend schickte Evangelista sie los, um die Zutaten zu holen, die ihnen noch fehlten, um daraus ihr ganz persönliches Gericht zu kreieren. Die Kandidaten stürzten los, waren aber nach zwei Sekunden schon wieder zurück an ihren Plätzen. Weitere zwei Sekunden später standen sie schon am Herd und kochten.

Mein Vater stand direkt vor dem Fernseher und sah zu. Trotz seiner kleinen, schmalen Gestalt nahm er meiner Mutter und mir zumindest teilweise die Sicht, doch das störte ihn nicht im Geringsten.

Meine Mutter beschwerte sich nicht, ihr war es nur recht, sie sagte: »Capaci hat sich aber gemacht, ein schöner Mann, das muss ich schon sagen.«

»Aber klüger ist er nicht geworden«, sagte mein Vater.

»Ach, der Arme, er ist doch so ein guter Junge«, sagte meine Mutter, die Capaci auch früher schon in Schutz genommen hatte, als er noch *Souschef* bei meinem Vater war.

Um einen weiteren Streit zu vermeiden, klopfte ich mit der Hand aufs Sofa und sagte: »Willst du dich nicht setzen, Achille?«

»Alles manipuliert«, sagte mein Vater und zeigte auf den Bildschirm. »Jetzt sieht es so aus, als wäre alles glattgelaufen, dabei herrschte ein heilloses Durcheinander, als wir da waren. Ein einziges Geschrei und Gefuchtel, ohne jede Würde.«

»So läuft das nun mal beim Fernsehen«, sagte ich, aber womöglich hörte er mich gar nicht.

Nach einer Weile kam er zum Sofa und setzte sich neben

mich, noch weiter an die Kante als ich. Wir bildeten nun dieselbe Formation wie früher bei den wenigen Malen, wenn wir zu dritt einen Film oder eine Sendung im Fernsehen angeschaut hatten: mein Vater und ich auf dem Sofa, meine Mutter auf einem Stuhl, jeder aus eigenen Gründen unruhig. Aber diesmal war alles natürlich noch viel schlimmer, weil ganz unterschiedliche Erwartungen im Spiel waren und sich zu einem explosiven Spannungsfeld verdichteten: Mein Vater wartete gespannt darauf, dass er endlich in aller Öffentlichkeit rehabilitiert wurde, ich befürchtete, dass es genau dazu nicht kommen würde, und meine Mutter verfolgte das Ganzen mit diffusem Misstrauen.

Auf dem Bildschirm waren die Kandidaten gerade dabei, hektisch ihre Gerichte fertigzustellen, zusätzlich gestresst durch den Hinweis, dass die Zeit gleich abgelaufen sei. Als es so weit war, gingen die Starköche mit finsteren Gesichtern herum, sahen sich die fertigen Teller an und sammelten Anhaltspunkte für ihre Beurteilung.

Mein Vater stand auf und durchquerte das Wohnzimmer Richtung Küche. Meine Mutter und ich sahen ihm hinterher, sagten aber nichts.

Saltalacqua, Capaci und Evangelista begannen nun damit, die besten und schlechtesten Gerichte zu küren und den Kandidaten entsprechende Etiketten anzuheften, wobei sie ihre üblichen abgehackten Sätze sprachen und dabei das merkwürdige Vokabular benutzten, das sie von den hochgehaltenen Schildern ablasen. Die Hände auf dem Rücken verschränkt, standen die Kandidaten da und machten je nach Urteil betretene oder zufriedene Gesichter.

Meine Mutter verfolgte das alles halb aufmerksam, halb

zerstreut und sagte schließlich: »Aber gerecht ist das nicht, das Gericht der dünnen Blonden sah doch gar nicht so schlecht aus.«

Mein Vater kam mit einem Tablett zurück, das er auf dem Couchtisch abstellte, ohne den Bildschirm aus den Augen zu lassen.

»Was ist das denn?«, fragte ich, obwohl ich gar nicht richtig hinsah.

»Eine Apfel-Charlotte«, sagte er, ohne jegliche Begeisterung. »Wenn du möchtest.«

Da er selbst keinerlei Anstalten machte, brachte ich meiner Mutter ein Schüsselchen und nahm mir dann selbst auch eines. Die Charlotte war lauwarm und köstlich, die Säure der Renetten, in der Pfanne mit Zimt gegart und mit Cointreau und Aprikosenkonfitüre verfeinert, glich die Süße der in Milch eingelegten Löffelbiskuits aus. Mein Rezept ist einfacher, ohne Butter, dafür mit mehr Zitronenabrieb. Eigentlich ein versöhnlicher Nachtisch, der gegen die angespannte Atmosphäre jedoch nicht die geringste Chance hatte.

»Guck mal, Achille!«, sagte meine Mutter und deutete mit dem Löffel auf den Bildschirm. Dann drehte sie sich um: »Das bist du!«

»Das sehe ich selbst, Teresa, tausend Dank«, sagte mein Vater. Vor Nervosität zappelte er so heftig mit den Beinen, dass das ganze Sofa zitterte.

Mein Herz schlug doppelt so schnell wie normal, ich versuchte, mir nicht die kleinste Kleinigkeit entgehen zu lassen.

Auf dem Bildschirm sah mein Vater noch kleiner aus als

in Wirklichkeit; mit seiner weißen Kochjacke, der weißen Kochmütze und den weißen Haaren wirkte er neben den knalligen Gestalten von Saltalacqua, Capaci und Evangelista, die ihn um einiges überragten, noch bleicher und ausgesprochen ernst. Einmal hatte er mir erzählt, dass Napoleon für seine Zeit eigentlich gar nicht so klein war, aber als Winzling in die Geschichte einging, weil er sich immer mit hünenhaften Wachsoldaten umgab (zur Freude der boshaften englischen Karikaturisten). Im Fernsehen sah mein Vater neben den drei Starköchen aus wie ein Wichtelmännchen, das von menschlichen Riesen mit einem Augenzwinkern und gespielter Höflichkeit gefangen gehalten wird.

»Sag mal, haben sie dich denn gar nicht geschminkt?«, fragte meine Mutter.

»Teresa, könntest du solche Banalitäten bitte für dich behalten?«, sagte mein Vater. »So, jetzt kommt's! Jetzt fragt mich der amerikanische Dickwanst gleich nach meinem Restaurant, und ich erkläre urbi et orbi, dass meine Exteilhaber nichts anderes sind als waschechte Diebe! Passt auf!«

Wie gebannt sahen wir hin und hörten zu, aber Evangelista fragte nichts, und mein Vater erklärte nichts, er stand einfach nur zwischen den drei Starköchen und nickte. Dann folgte ein Schnitt, die Gesichter der Kandidaten kamen ins Bild, und schon stand der Herd für die Vorführung vor dem Podest der Jury. Saltalacqua kündigte an, dass mein Vater nun mit der Zubereitung der authentischen Pasta alla gricia beginnen würde.

Ungläubig sah mein Vater mich an, er war verwirrt. »Was ist denn da passiert?«, sagte er.

»Die haben einfach die ganze Passage rausgeschnitten«,

antwortete ich. Ehrlich gesagt hatte ich mich schon damals gewundert, dass die Autoren oder die Regie keine Einwände erhoben, als sich mein Vater in eine wahre Schimpfkanonade gegen seine Exteilhaber hineinsteigerte.

»Wie kann das sein?«, fragte mein Vater. »Alles weg, nicht ein Wort von dem, was ich gesagt habe!« Er guckte auf den Bildschirm, dann zu mir, als wäre ich mitverantwortlich für die Zensur.

»Ich habe nicht den Eindruck, als hätten sie was rausgeschnitten«, sagte meine Mutter aus unerfindlichen Gründen.

»Was verstehst du denn davon, Teresa?«, brüllte mein Vater und sprang auf. »Die haben alles rausgeschnitten! Jedes Wort! Alles weg!«

»Lass uns erst mal den Rest ansehen, Achille«, sagte ich. Aber auch seine Ausführungen zur Entstehung der Pasta alla gricia fehlten komplett, falls wir sie nicht durch sein Gezeter verpasst hatten.

Seine Muskeln waren so angespannt wie bei seinen Boxkämpfen als Zwanzigjähriger. »Moment, hier müsste jetzt wenigstens die denkwürdige Lektion kommen, die ich den Schwachköpfen erteilt habe, als sie von mir verlangten, ich solle Olivenöl verwenden statt Speck vom schwarzen Schwein.«

Doch als Saltalacqua mit großer Emphase die Cloche lüftete, lag da unter den Zutaten auch der Speck, so dass mein Vater nichts zu meckern hatte.

»Was ist das denn?«, sagte er und ging zwischen Fernseher und Sofa auf und ab. »Sie haben den ersten Tag rausgeschnitten und einfach den zweiten drangeklebt! Das ist doch Manipulation!«

Tatsächlich hatten sie nicht nur die Sache mit dem Speck rausgeworfen, sondern auch all seine anderen Erklärungen und die Schnitte durch geschicktes Einfügen diverser Nahaufnahmen der drei Starköche, der Kandidaten, meines Vaters und seiner Hände unkenntlich gemacht. Was wir zu sehen bekamen, war eine reibungslose Vorführung, ohne das geringste Problem, ohne den geringsten Einwand, ohne die geringste Erklärung. Mein Vater absolvierte die Zubereitung schnell und flüssig, Saltalacqua, Capaci und Evangelista sahen ihm voller Bewunderung zu und machten ihm Komplimente, er nickte und quälte sich zum Schluss sogar ein Lächeln ab. Und dann war er auch schon wieder verschwunden, unter einhelligem Applaus. Es folgte eine Werbepause, und wenig später sah man die drei Starköche auf der Piazza Eroe dei Due Mondi in Orbetello, wie sie die Kandidaten anfeuerten, noch einmal alles aus sich herauszuholen, in einem externen Wettbewerb mit einer lokalen Kochgröße.

»War aber ganz schön kurz, dein Gastspiel«, sagte meine Mutter mit dem Blick auf den Fernseher.

»Spinnst du? *Anderthalb Tage* hat es mich gekostet, das blöde Gastspiel!«, brüllte mein Vater so zornig, wie ich ihn seit der Zeit der heftigsten Auseinandersetzungen mit seinen Exteilhabern nicht mehr erlebt hatte. »Umgeben von diesen unsäglichen Dumpfbacken!«

»Reg dich doch nicht so auf, Achille«, sagte ich, denn ihn in diesem Zustand zu sehen fachte aufs Neue all meine Ängste an.

»Ich will mich aber aufregen!«, schrie mein Vater. »Das ist doch der blanke Hohn! So eine Unverschämtheit! Bei

dem, was ich alles durchgemacht habe, die höllische An-
reise, der respektlose Empfang, das ganze Affentheater in
dieser grauenhaften Fabrikhalle mitten in der Pampa, die
wollten mich auftakeln wie eine Soubrette und mir ein
vollkommen falsches Rezept unterjubeln, schon der Name
stimmte nicht, geschweige denn die Zutaten, ich musste die
ganze Arbeit allein machen, für eine Horde unfähiger, ar-
roganter, stinkender, bärtiger Lümmel, und alles nur, um
der Welt endlich erklären zu können, wie man mich übers
Ohr gehauen hat, mich um mein Restaurant und meinen
guten Namen gebracht hat, und ihnen vielleicht noch, wo
ich schon mal da war, eine Lektion in guter Küche zu er-
teilen. Und dann ist am Ende nichts mehr übrig von allem,
was ich gesagt und getan habe! Überhaupt nichts!«

Am liebsten hätte ich ihm unter die Nase gerieben, dass
er all diese Zumutungen ja nicht allein gemeistert hatte,
sondern zusammen mit seiner dummen, treuergebenen
Tochter, die dafür sogar in Kauf genommen hatte, ihr Restaurant zu schließen, ihn zwei Tage lang zu ertragen, ohne
das kleinste Zeichen von Dankbarkeit und Wertschätzung.
Aber ich machte mir zu große Sorgen und sagte nur: »Im
Grunde haben wir doch gewusst, was uns da erwartet,
nicht wahr?«

»Eine Sippschaft durchtriebener Ganoven, das auf jeden
Fall!«, schrie mein Vater und ruderte so heftig mit den Armen, dass er beinahe auf der Stelle hüpfte. »Aber alles vollkommen zu entstellen, mit einer derartigen Unverfroren-
heit, das hätte ich ihnen nicht zugetraut!«

»Aber du warst doch richtig gut! Was soll denn daran
bitte schön so schlimm sein?«, sagte meine Mutter. Und

wie immer wusste man nicht, ob sie es nett oder boshaft meinte.

»Alles, Teresa, der ganze Auftritt war unsäglich!«, brüllte mein Vater, kurz davor, die Fassung völlig zu verlieren. »Jetzt stehe ich doch da wie der letzte Depp, der große, einst berühmte Küchenchef, den man aus Mitleid einlädt, um ihn dann mit einer blöden Übungsaufgabe aus dem ersten Lehrjahr abzuspeisen!«

»Entschuldige mal, das war doch keine blöde Übungsaufgabe«, sagte ich. »Das war eine geradezu vorbildliche Demonstration.«

»Nein, Margherita, nein!«, fauchte mein Vater mich an, als wäre ich eine Komplizin der Fomo und ihrer Autoren. »Und wage es ja nicht abzustreiten, dass ich jetzt wie ein pathetischer alter Trottel dastehe, der sich bereitwillig für so eine schmierige Fernsehshow hergibt!«

»Aber das stimmt doch gar nicht«, sagte ich. »Du warst ein Beispiel an Würde und Korrektheit.«

»Hör auf!«, schrie mein Vater mit einem wütenden Glitzern in den Augen. »Höchstens ein Beispiel an Dummheit.«

»So ist das halt beim Fernsehen, Achille«, sagte ich. Offensichtlich war ich bei weitem nicht die Einzige mit völlig überzogenen Erwartungen. Da hatte mein Vater doch tatsächlich geglaubt, er könne der Wahrheit zu ihrem Recht verhelfen, wenn er in einer Sendung auftrat, die ihm eigentlich gegen den Strich ging. Mit ansehen zu müssen, wie wenig er den Anforderungen des Lebens gewachsen ist, sobald er seine Küche verlässt, war für mich jedes Mal aufs Neue unerträglich, auch wenn ich es im Lauf der Jahre schon tausendfach erlebt hatte; auch wenn ich selbst nicht gerade vor Selbstbewusstsein strotzte.

»Genau! Und wer sich darauf einlässt, degradiert sich automatisch zum Schwachkopf!«

»Aber nicht durch einen einzigen Auftritt«, sagte ich und gab mir Mühe, nicht zu vergessen, dass er es war, der um jeden Preis mitmachen wollte und all meine Einwände (sowie seine eigenen Überzeugungen) in den Wind geschlagen hatte.

»Doch, ein Mal reicht!«, schrie mein Vater. »Hast du ein Mal vor der Kamera den Schwachkopf gegeben, dann bist und bleibst du für Millionen Zuschauer ein Schwachkopf! Unwiderruflich!«

»Aber du hast doch gar nicht den Schwachkopf gegeben«, sagte ich, denn auch ich kann, wenn ich will, ziemlich hartnäckig sein. »Du hast deine Position verteidigt.«

»Hör auf mit dem Blödsinn, ich lass mich doch von dir nicht einwickeln«, schrie er. »Merkst du denn gar nicht, dass du mich jetzt auch schon wie einen Schwachkopf behandelst?« Wütend hackte er auf die Fernbedienungen ein, um den Fernseher auszuschalten, aber er war so aufgeregt, seine Hände zitterten so stark, dass er es nicht schaffte: Auf dem Bildschirm tauchten kurz hintereinander ein Verkäufer für Farbrollen auf, eine deutsche Krimiserie, der Wetterbericht.

»Entschuldige, Achille, aber eigentlich wollte ich noch weitergucken«, sagte meine Mutter völlig ungerührt, weil sie die Szenen meines Vaters nur allzu gut kannte.

»Was zum Teufel willst du da denn sehen?«, brüllte mein Vater. »Kriegst du denn gar nichts mit? Kommst du vom Mond, verdammt?«

»Mir hat es eigentlich ganz gut gefallen«, sagte meine Mutter. »Capaci und der andere Blonde sind doch gar nicht so übel.«

Ich musste daran denken, was mein Vater irgendwann einmal über Gandhi und seinen Kampf gegen die Engländer gesagt hatte: Auch Pazifismus ist eine Kriegstaktik.

»Wie bitte, diesen Schwachkopf von Incapaci, den findest du gar nicht so übel?«, kreischte mein Vater. »Und dieser Affe mit der unsäglichen Filzmatte, der gefällt dir wohl auch? Und am Ende sogar der amerikanische Fettwanst, oder?«

»Aber ja doch, den finde ich auch nicht unsympathisch«, sagte meine Mutter.

»Wie kannst du nur so blind sein, siehst du denn nicht, wie obszön das alles ist, ein einziger würdeloser Zirkus.« Mein Vater schrie wie am Spieß, stampfte vor Wut mit den Füßen, fuchtelte mit den Fernbedienungen herum. »Die reinste Ignoranz ist das, völlig vulgär.«

»Ich finde es, ehrlich gesagt, gar nicht so vulgär«, sagte meine Mutter und sah mich hilfesuchend an.

»Mit dir kann man einfach nicht reden!«, brüllte mein Vater, inzwischen mit hochrotem Kopf. »Du bist so was von einfältig, das ist nicht zu fassen! Und dann fällst du mir auch noch in den Rücken! Mit dir will ich nichts mehr zu tun haben, endgültig!«

»Schluss jetzt!«, sagte ich und stellte mich zwischen die beiden. »Die Tatsache, dass du bei der blöden Kochshow mitgemacht hast, ändert gar nichts!«

»Genau!«, brüllte mein Vater vollkommen außer sich. »Aber ich wollte etwas ändern, nur deswegen bin ich doch überhaupt hingefahren! Und alles, was ich erreicht habe, ist, dass jetzt auch noch der letzte Rest meiner Reputation den Bach runter ist!«

»Wieso denn?«, fragte ich, erschrocken von der Heftigkeit seines Wutausbruchs, vor allem aber, weil er sich jetzt auf uns einschoss.

»Weil ich mich verkauft habe, an ein niederträchtiges System, das ich eigentlich verabscheue!«, schrie er. »Die haben aus mir die Karikatur eines Kochs gemacht! Eine jämmerliche Knallcharge! Mit deiner Hilfe und der deiner Mutter!« Völlig außer sich ruderte er weiter mit den Armen und bearbeitete die Fernbedienung: Auf dem Bildschirm erschienen eine Dame und ein Herr in Kostümen aus dem achtzehnten Jahrhundert, die sich küssten, ein Lokalpolitiker, ein Teppichverkäufer, ein Eishockeyspiel.

»Du hast dich doch nicht verkauft«, sagte ich, obwohl mir langsam die Lust verging, weiterhin die brave Tochter zu spielen, die sich ohne Gegenwehr geduldig beschimpfen lässt, dann aber bei Bedarf trotzdem jederzeit bereitsteht, um psychologische Unterstützung zu gewähren.

»Natürlich habe ich das, wie blöd bist du eigentlich!«, schrie mein Vater. »Erst haben sie mir Honig ums Maul geschmiert, mich mit ihrem Gesülze eingelullt und dann als Kretin hingestellt! Damit haben sie endgültig alles zunichtegemacht, was ich mir in meinem Leben durch harte Arbeit aufgebaut habe!«

»Jetzt hör aber auf, basta!«, erwiderte ich trotz der Kränkung eher zurückhaltend, weil mir sein Zustand einen gehörigen Schreck einjagte.

»Von wegen! Wenn hier jemand basta sagt, dann bin ich

das! Bastaaaaaa!« Er gebärdete sich wie ein Verrückter und malträtierte weiter die Fernbedienung. Auf dem Bildschirm erschien Capaci in einer Werbung für Frittieröl, ein Korrespondent aus Palästina, der Ministerpräsident in einer Trattoria, ein Springpferd, das ein Hindernis verweigerte, ein Hai, der Papst auf dem Petersplatz, wie er den Menschen die Hände schüttelte.

»Ich verstehe gar nicht, warum du dich so aufregst«, sagte meine Mutter.

»Und ich verstehe nicht, warum du in aller Seelenruhe systematisch gegen mich arbeitest, du mit deinem Sphinxgesicht!«, brüllte mein Vater, wobei er sich immer mehr verhaspelte, immer mehr in Rage geriet. Dann drehte er sich um und zeigte mit der Fernbedienung auf mich: »Und du auch! Statt mir beizustehen, entblödet ihr euch nicht, den Schaden kleinzureden und so zu tun, als wäre alles halb so schlimm! Macht ungeniert gemeinsame Sache mit meinen schlimmsten Feinden, haltet mich fest, damit sie noch besser auf mich einschlagen können.«

Meine Mutter warf mir einen ihrer unsäglichen Blicke zu und zuckte nur die Achseln.

Mit überschnappender Stimme schrie er: »So eine Gemeinheit! Immer seid ihr alle gegen mich! Das muss aufhören, sofort aufhören, sag ich, aufhöööööören.« Dann riss er das Fenster auf, und ich sprang zu ihm aus Angst, er würde sich hinunterstürzen, doch stattdessen pfefferte er die Fernbedienungen hinaus. Dann knallte er das Fenster wieder zu, trat wutentbrannt gegen die Wand, wobei er sich garantiert tierisch weh tat, und stürmte auf den Fernseher zu, als wäre der der allerschlimmste seiner zahllosen Feinde.

Auf dem Bildschirm war eine begeisterte Menge von Gläubigen gerade dabei, ihr Handy hochzuhalten, die Stimme des Kommentators klang verzerrt, weil der Ton voll aufgedreht war. Mit einem wilden »*Ouarrrgh!*« stürzte sich mein Vater auf den Fernseher, riss ihn zu Boden und nahm dabei auch gleich noch die Stehlampe und das Tischchen mit, samt der Kamelien in der blauen Muranovase meiner Mutter. Dann stolperte er über den Teppich und fiel mit einem dumpfen Knall zu Boden.

Es sah aus wie auf einem Schlachtfeld: Der Fernseher lag umgekippt und stumm auf dem Boden, die Lampe war kaputt, die Muranovase in Scherben, der klatschnasse Teppich mit Kamelien übersät, überall lagen Glasscherben. Mein Vater drehte sich auf die Seite und sah uns hasserfüllt an.

»Hast du dir weh getan, Achille?«, fragte meine Mutter, jedoch ohne sich von ihrem Stuhl zu erheben.

Ich ging zu ihm, ergriff vorsichtig seinen Arm, um ihm, wider besseres Wissen, beim Aufstehen zu helfen.

»Fass mich bloß nicht an!«, fauchte er, als wäre ich sein Todfeind. »Ich stehe allein auf, wie immer!«

Ich zog mich zurück, erneut gekränkt und enttäuscht. Aber diesmal schmerzte es noch heftiger, weil ich gerade überempfindlich war und auch weil ich mir eingestehen musste, dass ich mit unserer gemeinsamen Reise nach Mailand eine Unmenge illusorischer Erwartungen verknüpft hatte. Hätte ich je Zweifel daran gehabt, dass Menschen sich nicht ändern, hätte ein Blick auf meinen Vater genügt, wie er da hilflos am Boden lag, mit verzerrter Miene, aus Groll gegen alles und jeden.

Wir verharrten schweigend, jeder mit seinen eigenen Gedanken beschäftigt: mein Vater auf dem Boden, meine Mutter auf dem Stuhl, ich stehend zwischen ihnen. Und dann klingelte es: ein Mal und noch ein zweites Mal.

»Hast du vielleicht jemanden eingeladen, Achille?«, fragte meine Mutter.

»Wie kommst du denn darauf? Wen zum Teufel sollte ich schon einladen?«, sagte mein Vater, auf einen Arm gestützt.

»Das ist bestimmt Luca«, sagte meine Mutter und sah mich fragend an.

Das hatte mir gerade noch gefehlt, ausgerechnet Luca, mit seinem langen Gesicht, seinen schweren Augenlidern und seiner vollkommenen Antriebslosigkeit, hier in Venedig, womöglich um einen Versöhnungsversuch zu unternehmen, oder aus Respekt vor meinem Vater, oder einfach nur, weil er zum ersten Mal in all den Jahren kein vorgekochtes Abendessen im Kühlschrank vorgefunden hatte. Aufgebracht und weinerlich, mit so manchem Fehler meines Vaters, doch ohne dessen Qualitäten. Was auch immer ihn angetrieben haben mochte, er kam zu spät, wie immer und bei allem, was mich betraf. Für mich war es eindeutig aus und vorbei, mit ihm, mit unserer zwölfjährigen Beziehung, mit meinen sinnlosen Kompensationsversuchen. Und wenn Gewohnheit, Langeweile und Tristesse die Alternative waren, nahm ich die Ungewissheit gern in Kauf. Im Grunde war das auch nichts Neues, denn schließlich ruhte mein gesamtes Gefühlsleben seit jeher auf einem unsicheren Fundament. Zuerst spielte ich mit dem Gedanken, mich im Bad oder in meinem alten Zimmer zu verkriechen, fand das dann aber doch zu peinlich, vor allem, weil meine

Mutter gerade damit beschäftigt war, ihre Kamelien aufzusammeln. Also ging ich, ganz gegen meine Eingebung, den Flur entlang und öffnete die Tür.

Doch auf dem schlecht beleuchteten Treppenabsatz stand gar nicht Luca – sondern Jules, der französische Zauberer, mit hochgestelltem Mantelkragen und diesem dunklen, warmen Blick.

Meine Verblüffung war so groß, dass ich unwillkürlich zurückprallte und mir den Kopf an der Garderobe stieß.

Er machte einen Schritt nach vorn und fragte: »Hast du dir weh getan?«

»Nicht so schlimm«, sagte ich, obwohl ich mich ziemlich heftig gestoßen hatte und es ganz schön weh tat.

Jules musterte mich aufmerksam.

»Was machst du denn hier?«, fragte ich und versuchte, eine halbwegs normale Miene aufzusetzen.

Er zeigte mir die beiden verbeulten Fernbedienungen, die mein Vater aus dem Fenster geworfen hatte. »Die habe ich aus eurem Fenster fliegen sehen.«

»Und was hast du da unten gemacht?«, fragte ich und stellte fest, dass meine Stimme leicht zitterte.

»Ich wollte mir noch einmal ansehen, wo du aufgewachsen bist. Ein Glück, dass ich die Wohnung in diesem Stadtlabyrinth wiedergefunden habe.«

»Und wie bist du unten reingekommen?«, fragte ich, obwohl die richtige Frage eigentlich gewesen wäre, wieso er überhaupt noch einmal sehen wollte, wo ich aufgewachsen war.

Er breitete die Arme aus, lächelte leicht.

Mein Herz klopfte unregelmäßig; ich wollte auf ihn zugehen, wollte vor ihm zurückweichen. Ich versuchte, ihm den Blick zum Wohnzimmer am Ende des Flurs zu verstellen, aber dann war plötzlich die Stimme meines Vaters zu hören.

»Luca?«, rief er, fast heiser von dem vorherigen Gebrüll.

»Es ist nicht Luca!«, rief ich zurück. Ich war unschlüssig, ob ich Jules die Fernbedienungen abnehmen und ihn auf ein anderes Mal vertrösten sollte oder ob ich ihn hereinbitten und ihm einen Einblick in mein familiäres Umfeld gewähren sollte.

»Wer ist es dann?«, brüllte mein Vater aus dem Wohnzimmer. »Darf man das vielleicht mal erfahren, Margherita?«

Ich zögerte noch immer, zeigte dann aber fragend in den Flur.

Jules nickte und folgte mir. Schwer von Begriff war er nun wahrlich nicht.

Der Flur ist vielleicht zwanzig Meter lang, doch als ich ihn mit Jules hinunterging, kam es mir vor, als bräuchte man dafür eine Ewigkeit; bei jedem Schritt hätte ich mich am liebsten umgedreht, um ihn zu umarmen und einfach mit ihm zu verschwinden.

Mein Vater saß noch immer am Boden, zwischen dem Fernseher und dem umgekippten Tischchen, umgeben von Glasscherben. Meine Mutter stand neben ihm, mit den Kamelien in der Hand. Sobald wir den Raum betraten, drehten sich beide zu uns um, meine Mutter zupfte ihre Strickjacke zurecht, mein Vater griff nach dem Fernsehtisch, um sich hochzuziehen. Er schaffte es ohne große Schwierigkeiten, denn trotz seines Alters und gewisser Wehwehchen haben ihn die Kräfte des früheren Fliegengewichts noch nicht ganz verlassen. Er japste zwar noch ein bisschen und war blasser als gewöhnlich, hatte aber offenbar von dem Sturz keine schwerwiegenden Verletzungen davongetragen.

Ich deutete auf Jules und sagte: »Er hat die Fernbedienungen aus dem Fenster fliegen sehen, sie eingesammelt und zurückgebracht.«

»Sehr freundlich, vielen Dank«, sagte mein Vater mit seiner gewohnten formalen Höflichkeit. Er war schon wieder ganz der Alte. Unglaublich.

Als wäre es das Normalste der Welt, überreichte Jules mir die halbzerstörten Fernbedienungen, ging zu meiner Mutter, reichte ihr die Hand und sagte: »Jules Deleuze, angenehm.«

»Teresa, hallo«, sagte meine Mutter, die meine Freunde schon immer mit größter Selbstverständlichkeit duzte.

Jules schüttelte auch meinem Vater die Hand und sagte: »Guten Abend, Jules Deleuze. Wir haben uns in Mailand kennengelernt, im Hotel.«

»Ach ja, sicher, freut mich, Sie wiederzusehen«, sagte mein Vater beinahe liebenswürdig. Er klopfte sich den Ärmel ab, als hätte er mit dem Chaos hinter sich nicht das Geringste zu tun.

»Kann ich vielleicht helfen?«, fragte Jules und zeigte auf den umgestürzten Fernseher.

»Ja, gern«, sagte meine Mutter.

»Nein, danke«, sagte mein Vater.

»Bitte entschuldige das Durcheinander«, sagte meine Mutter.

»So ist das Leben«, sagte Jules.

Meine Mutter sah ihn wie verzückt an und umklammerte ihre ruinierten Blumen.

Mein Vater zupfte seine Krawatte zurecht und sagte: »Darf ich Ihnen etwas zu trinken anbieten? Einen hausgemachten Lakritzlikör, einen Armagnac? Einen heißen, aromatischen Punsch aus den Abruzzen?«

»Nein, danke«, sagte Jules. Womöglich dachte er, er hätte gerade wunderbare Eltern kennengelernt. Vielleicht dachte er das aber auch nicht.

Ich legte die Fernbedienungen auf dem alten Holzschreibtisch ab und fragte Jules, weshalb er wirklich gekommen sei, doch sicher nicht nur aus reiner Höflichkeit.

»Ich wollte dir etwas sagen«, antwortete er mit leiser Stimme.

Ich drehte mich um: Mein Vater und meine Mutter beobachteten uns, mehr oder weniger aufmerksam. Meine Beine zitterten, ich war im Moment nicht gerade in der besten Verfassung, nach allem, was letzte Nacht und vor ein paar Minuten passiert war. Ich deutete auf den Flur und sagte zu Jules: »Gehen wir in den Flur?«

»Ja, ja«, sagte er. Er gab meinen Eltern erneut die Hand, mit einer Freundlichkeit, die nicht gekünstelt wirkte, und folgte mir in den Flur, der mir schon wieder viel länger vorkam, als er tatsächlich war.

An der Eingangstür blieb ich stehen, direkt vor der Garderobe, an der ich mir vorhin den Kopf gestoßen hatte. Ich kam mir blöd vor, weil ich so aufgeregt war, und konnte es gleichzeitig kaum erwarten: »Was wolltest du mir denn sagen?«

Jules breitete die Arme aus, auf seine ganz eigene Art, und sagte: »Ich habe keine Lust mehr, in der Welt herumzuziehen wie ein Pilger.«

»Bravo«, sagte ich, um möglichst kurz angebunden zu klingen. Wieso war er dann überhaupt gekommen? Wieso hatte er mich extra bei meinen Eltern aufgestöbert, nur um mir dann zu sagen, dass er jetzt für immer verschwinden würde? Liebend gern hätte ich ihn mit irgendeinem Spruch abgefertigt, aber mir fiel nichts ein.

»Deshalb habe ich beschlossen, mir eine Wohnung zu suchen. Nach sieben Jahren im Hotel.«

»Gute Idee«, sagte ich. Mein Magen krampfte sich zusammen, meine Ohren glühten, meine Gesichtsmuskeln spannten. Ich ärgerte mich, weil ich mich selbst in eine unterlegene Lage gebracht hatte, Zorn stieg in mir hoch, der Wunsch, das Gespräch sofort zu beenden, ihn wegzuschicken. Ich ging an ihm vorbei, streng darauf bedacht, jede Berührung zu vermeiden, und drehte den Schlüssel, um die Tür aufzuschließen.

»Und ich habe eine gefunden, hier in Venedig«, sagte Jules. »Ein bisschen heruntergekommen vielleicht, aber dafür im vierten Stock, an einem Kanal, in Castello. Nicht weit von deinem Restaurant.«

»Ach ja?«, sagte ich verblüfft, denn damit hatte ich überhaupt nicht gerechnet. Ich fühlte mich noch wackliger auf den Beinen als zuvor.

»Es ist deine Schuld, dass ich mich in diese Stadt verliebt habe«, sagte er.

»Wirklich?«, sagte ich und versuchte vergeblich zu lächeln.

»Und in dich«, sagte Jules.

Ich fragte mich, wie wohl eine normale Frau reagierte, wenn sie so etwas gesagt bekam, in der Wohnung ihrer Eltern, von einem Mann, den sie eigentlich kaum kannte, den sie aber in der Nacht zuvor geküsst hatte. Was würde sie sagen? Mit welchem Gesichtsausdruck?

Jules sagte: »Ich bin gekommen, um dich zu fragen, ob du mit mir zusammenziehen möchtest.«

Ich versuchte, die Fassung zu bewahren, aber es ging nicht, mir schossen die Tränen in die Augen, ich wandte das Gesicht ab.

»Die Wohnung zeigt auch nicht nach Nordosten, ich schwöre es«, sagte er. »Ich habe mir extra einen Kompass gekauft, um sicherzugehen. Südwest, hundertprozentig.« Halb euphorisch, halb unsicher sah er mich an, halb davon überzeugt, dass ich ja sagen würde, halb, dass ich nein sagen würde.

»Meinst du das ernst?«, fragte ich. Halb glaubte ich an ein Ja, halb an ein Nein.

»Ja«, sagte er.

»Du willst also wirklich mit einer zusammenziehen, die du gar nicht kennst?«, fragte ich. Das erschien mir wie die absurdeste Idee der Welt und zugleich wie die normalste.

»Aber ich kenne dich doch«, sagte Jules und wiegte nachdenklich den Kopf. »Und du kennst mich, oder nicht?«

»Tue ich das?«, sagte ich. Irgendwie stimmte es, aber irgendwie gab es da auch noch tausend Dinge, die wir nicht voneinander wussten.

»Es wird herrlich, all das zu entdecken, was wir noch nicht voneinander wissen. Ganz langsam, ohne jede Eile.«

»Aber eine Sache musst du mir erst noch erklären«, mein Herz sandte mir widersprüchliche Signale. »Ist das hier ein Zauberkunststück?«

»Nein«, sagte er. »*Nein.*«

»Und darf man fragen, wie das funktionieren soll, mit einem Zauberer, im wahren Leben? Im einen Augenblick bist du da und im nächsten schon wieder weg?«

Er lächelte, ein bisschen traurig. »Ja, das war wirklich eins meiner Probleme.«

»Kann ich mir vorstellen«, sagte ich so vorsichtig, als würde ich mit kochend heißen Töpfen hantieren.

»Allerdings ist mir die Lust am Verschwinden vergangen. Jetzt interessiert es mich viel mehr, Dinge erscheinen zu lassen.«

»Wirklich?«, fragte ich. Konnte ich seine Worte ernst nehmen, oder sollte ich sie lieber gleich verwerfen?

»Wirklich«, sagte er und sah mich mit einer seltsamen Mischung aus Überzeugung und Verunsicherung an.

»Eine Erscheinung, die sich dann nicht mehr verflüchtigt?«, fragte ich.

»Das ist doch die wahre Magie, oder nicht?«

Eigentlich wollte ich ihm antworten, dass sein Vorschlag keinen Sinn ergab, dass mir unsere Küsse zwar sehr gefallen hatten, das aber noch lange nicht bedeutete, dass wir uns kannten, wie er behauptete. Ich wollte ihm antworten, dass ich keine achtzehn mehr war, und er schon gar nicht, dass mich derart unbedachte Gesten nicht überzeugten, dass ich lieber allein blieb, um mich ganz auf meine Arbeit zu konzentrieren, ohne dauernd abgelenkt zu werden.

Aber Tatsache ist, dass Jules, jenseits aller Zaubertricks, wirklich über magische Kräfte verfügt. Denn schon im nächsten Augenblick hatte sich die Distanz zwischen uns, dieser halbe Meter voller Zweifel, Unverständnis und Misstrauen, in Luft aufgelöst. Wir fielen uns in die Arme und drückten uns aneinander: fest und unsicher, beherzt und zögerlich, ein überbordendes Geben und Nehmen. Wir küssten uns wie in der Nacht zuvor, ja noch leidenschaftlicher, leidenschaftlicher gar als in jeder anderen Nacht, mit oder ohne Mond.

Andrea De Carlo
im Diogenes Verlag

»Wenn Andrea De Carlo schreibt, scheint er die Kamera durch die Feder ersetzen zu wollen, und sein Stil, weit entfernt von jedem literarischen Vorbild, erinnert an die Bilder der Maler des amerikanischen Fotorealismus.« *Italo Calvino*

»Andrea De Carlo hat sich mit Geschichten über Hoffnungen seiner Generation, die Folgen der rasanten Industrialisierung und die Schattenseiten des haltlosen Hedonismus ein großes Publikum erschrieben.« *Maike Albath / Neue Zürcher Zeitung*

Vögel in Käfigen
und Volieren
Roman. Aus dem Italienischen von Burkhart Kroeber

Creamtrain
Roman. Deutsch von Burkhart Kroeber

Macno
Roman. Deutsch von Renate Heimbucher

Yucatan
Roman. Deutsch von Jürgen Bauer

Zwei von zwei
Roman. Deutsch von Renate Heimbucher

Arcodamore
Roman. Deutsch von Renate Heimbucher

Wir drei
Roman. Deutsch von Renate Heimbucher

Wenn der Wind dreht
Roman. Deutsch von Monika Lustig

Das Meer der Wahrheit
Roman. Deutsch von Maja Pflug

Als Durante kam
Roman. Deutsch von Maja Pflug

Sie und Er
Roman. Deutsch von Maja Pflug

Villa Metaphora
Roman. Deutsch von Maja Pflug

Ein fast perfektes Wunder
Roman. Deutsch von Maja Pflug

Das wilde Herz
Roman. Deutsch von Petra Kaiser und Maja Pflug

Margherita und der Mond
Roman. Deutsch von Petra Kaiser

Folgende Romane sind zurzeit ausschließlich als eBook erhältlich:

Techniken der Verführung
Deutsch von Renate Heimbucher

Guru
Deutsch von Renate Heimbucher